あとらす

ATLAS

No.49
2024

参加型の
総合文芸誌

西田書店

あとらす49号　目次

麹町中屋敷跡考

近代の序幕を告げる土地の記憶

徳光祝治

麹町中屋敷跡考

近代の序幕を告げる土地の記憶

徳光祝治
Tokumitsu Syukuji

西田書店

歴史もまた細部に宿る

幕府崩壊と明治政府誕生の変遷を
この地は見つづけた。
史料と取材を紡いで織りなす麹町の光芒。

西田書店

歴史もまた細部に宿る

幕府崩壊と明治政府誕生の変遷を

この地は見続けた。

史料と取材を紡いで織りなす

麹町の光芒。

A5版、312ページ
（本体3000円+税）

デザイン◉古藤祐介

遥か昔、シュガーヒルへの旅

川本卓史

一・「シュガーヒル・イン」へ

はじめに

残り少ない日々を、昔を思い出すことで過ごす時間が増えました。そんな訳で、四半世紀も昔の旅を語りたいと思います。

一九九九年の夏、米国ニューハンプシャー州にあるシュガーヒルという小さな町まで旅をしました。一行は私を入れて四人ですが、うち三人は女性です。目的地は彼女たちにとってシュガーヒル・クッキーという名前が生まれた、いわば「発祥の地」です。

仲良くクッキーを作り続けてきたじゅん子（五八歳）、まり子（五二歳）、ちか子（四九歳）、それにツアー・コンダクターとしてじゅん子の亭主であるたかし（六十歳）が加わりました（ここでは名前だけの呼び捨てで、ひらがなで登場することに致します）。以下、記録係りとしてのたかしの筆による思い出話です。

「シュガーヒル・イン」のこと

思い起こせばこの旅の、さらに二十年近い昔、私たち（たかし&じゅん子）夫婦はニューヨークに住んでいました。その折り、まだ小学生だった二人の娘を連れて秋の三連休を利用して、シュガーヒルまで車で出掛けました。往復千二百キロを走り、シュガーヒル・インという宿に泊まりました。「遠くから来ただけの価値がある可愛らしいイン。友人の家の食堂で家庭料理を頂く雰囲気」と当時の日記にあります。

アメリカ合衆国東北部のマサチューセッツなど六つの州を総称してニューイングランド地方と呼びます。広大なアメリカ大陸の中でも面積としては小さいですが、現在の合衆国はここから始まった訳で、歴史的にも文化的にも重要な地域です。英国からのメイフラワー号が上陸したのはマサチューセッツ州プリマスで、独立革命はここニューイングランドから生まれました。戦いはボストン郊外のレキシントンで始まりました。「アメリカン・ルネサンス」と呼ばれる文化も花を咲かせました。ハーバードやイエール大学に代表される優れた教育制度もこの地で発展しました。

シュガーヒルの所在するニューハンプシャー州はその中でも北。カナダとの国境に近く、山や丘や田園地帯の多いのどかなところです。州の北部には、マウント・ワシントンというニューイングランドで一番高い山（千九百メートル）があります。夏は避暑で、秋はまわりの全山が真っ赤に染まるほどに紅葉が見事で、冬はスキー客が訪れ、有数の観光地も多くあります。

その中でシュガーヒルは、ルート一一九という州道に沿った、リゾート地の中心から少し外れている小さな町です。二〇二〇年の国勢調査によると人口は僅か六百四十七人、その殆どがいわゆる「白人」です。

じゅん子は、町の名前は、冬になると丘の上に雪が積もって、ちょうど砂糖を盛ったようになるからではないかと推測しました。その後、町境にある大きなサトウカエデ（シュガー・メイプル）の樹が町名の由来だと知りました。サトウカエデはカナダの国花で、国旗の中央にはこの樹の紅葉した葉が配置されます。

私たち一家四人（長男は前年日本の学校に復学していました）が「シュガーヒル・イン」に一泊したのは、一九八一年九月末、紅葉が始まったばかりの季節でした。そのころ私は、ニューイングランドの「カントリー・イン（country inn）」に凝っていました。安価でよさそうなところを見つけて泊まるのが楽しみでした。実際に出掛ける機会は限られましたが、これらを紹介する本を眺めながら行ったような気分になることが多かったのです。

カントリー・インとは、直訳すれば「田舎の宿」ですが、アメリカでは独特の語感と懐かしさを持って使われるように感じます。「歴史的（ヒストリカル）」という形容詞を付けて使われることもあります。あまり大きな宿ではなく、夫婦で経営していて、周りの田園風景や素朴ながら品の良い造りや家庭的な雰囲気を売り物にしているところが多いです。夕食を出さないＢ＆Ｂ（ベッド・アンド・ブレックファスト）のところもあります。

後年ロンドンに勤務する機会があって、こういう宿のコンセプトや存在は英国輸入なのだと理解しました。英国にも同じような田舎の宿があって、これらを紹介する本がいろいろあり、写真を眺めるだけで楽しめます。

ニューヨーク時代に私が愛読したのは『ニューイングランドお勧めのイン』というガイドブックで、「シュガーヒル・イン」もお勧めの一つでした。このときここを私が選んだのは、その可愛らしい名前にも惹かれたのだと思います。

そして期待に違わず、私たち家族にとって思い出深い小旅行となりました。たまたまその前年にはまだ中学生の長男もいて一家五人で、上述のガイドブックに導かれてお隣のヴァーモント州にある「ジョニー・シーソー」というところに泊まりました。ここも素朴で親しみやすい宿でした。翌年の「シュガーヒル・イン」滞在は、すでに日本に帰っていた息子との数少ない旅の記憶を、似たような場所で思い出させてくれたということもあったかもしれません。

因みに私たち夫婦が、アメリカ滞在時に同じインに二度泊まったのはコロニアル・インだけです。ボストン郊外のコンコードという美しい町にあり、『若草物語』を書いたルイザ・オルコットはここで生まれ育ちました。シュガーヒル・インは、日本から再度訪れるという稀有な事例になりました。

シュガーヒル・クッキーのこと

私が帰国したのは一九八四年ですが、じゅん子は一足先に帰国して、クッキー作りを始めていました。彼女はもともとお菓子作りが好きだったのですが、その中で特にクッキーにこだわったのには個人的な理由があります。昔々私たちが結婚をした時、彼女が自分で焼いたクッキーを披露宴の引き出物にして来賓に差し上げたのです。たまたま、じゅん子の妹のまり子、その友人のちか子の二人が興味を持って、三人で作り始めたのが同じ年のことでした。

最初は趣味で作っていたのだと思います。そのうち、比較的評判がよいこともあって、ちゃんとお金を頂いた方がこちらも真剣になるだろうという判断で、注文を頂いて作ることにしました。その際、じゅん子の発案でこのクッキーにシュガーヒルという商品名を選んだのです。「シュガーヒル・イン」でクッキーを食べた訳でもなく、たぶんこの地の思い出が良かったのと、「シュガーヒル」という言葉がいかにもお菓子にぴったりで気に入ったのでしょう。シュガーはもちろん砂糖のことですが、じゅん子・まり子の結婚前の姓が佐藤というので、それにひっかけたのではないかと言う人もいます。

それぞれに多忙な暮らしをしている三人が一週間に一日、好きなクッキー作りをし、ご注文に応じてお送りするという作業です。その際ベテラン主婦がいちばん念頭においたのは、素材が確かで健康にも良いということでした。第二に、製品や包装に無駄や環境汚染を出来るだけ少なくする、そしてどこにも売っていない物を、注文頂いた方にだけ焼いてお送りするというやり方も特徴としてあげられるでしょう。趣味をベースにしたいわばボランティア活動ですから人件費はかかりません。一箱千六百円の売上げから材料費などのコストを差し引いた少々が手許に残ります。その中から毎年少額ですが、あしなが育英会などに寄付を続けました。

楽しみながら十五年も続けてきました。おまけにその間じゅん子は亭主つまり私の転勤について、ロンドン、シドニーと六年間日本を留守にしました。彼女が留守の間も、残ったまり子とちか子両人の頑張りで活動を続けてきました。

宣伝は一切しませんのでお客様は知り合いから始まり、貰って召し上がった方がおいしかったと言って新たに注文してくださったりして口コミで増えていきます。ほとんどが固定客・馴染み客で、総数せいぜい百人ぐらいでしょうか。結婚披露宴の引き菓子に使って下さる方もいて、いつだったか、長男が同じ職場の同僚の結婚式に友人の一人として招かれたら帰りにおふくろのクッキーをもらったよ、とびっくりして電話を掛けてきたこともありました。

週一回の共同作業が続き、その中でじゅん子はクッキーの名前の由来についても語ったことでしょう。その「シュガーヒル・イン」がどんなところか、まり子とちか子は行ったことがありません。いつかここに泊まってみるというのが、三人共通の夢となりました。そしてその年が発足十五周年でもあり、クッキーを売ってためたお金も何とか海外旅行に支出できるくらいの金額になりました。みんな元気のうちに長年の夢を実現しようかという機運が盛り上がってきたのです。

と言っても、アメリカのしかもニューハンプシャーの田舎まで、熟年女性だけでそう簡単に行けるものでもありません。そこで亭主が登場する羽目になりました。ためたお金からもう一人分の旅行費用ぐらい出せそうだから、ツアー・コンダクターをやって頂戴よ、という訳です。亭主の方は当時まだ現役でしたから日程繰りが難しいのですが、幸い私立大学に勤務していたので、夏に二週間の一斉休暇があります。この間を利用することになりました。夏休みの頃は航空運賃も高いのですが、止むを得ません。なるべく安価な飛行機のエコノミー席を探して、一九九九年の八月上旬決行ということで衆議一決となりました。たかしとじゅん子にとっては十八年ぶりの「シュガーヒル・イン」再訪です。

計画を立てる

由来になった町の名前の付いた宿に泊まることを、計画の中心に据えなければなりません。幸い、私はニューヨーク（以下NYと略します）には二度、都合八年住んでいますから、土地勘のあるこの地を起点に旅を組み立てることにしました。東京からNYに飛んで、そこからレンタカーを利用してニューハンプシャー州シュガーヒルに行ってまた帰ってくるという旅程です。ボストンから車で行く方法もあり、この方が短距離です。しかしNYに飛ぶ方が日本からのアクセスは良いし、勝手知ったる場所でもあり、昔住んでいた家を訪れたり友人に会ったりすることもできます。こちらに決めました。

車の運転は主に、経験のあるたかしとじゅん子の担当です。しかし十五年ぶりでもあり無理はしたくないし、折角ならいろいろ寄り道をする方が楽しいだろう。そう考えて行きは、夏恒例のタングルウッド音楽祭を聴きに行く日程などを入れることにしました。八月六日夕方NYに到着して翌日に出発、途中マサチューセッツ州の西端レノックスの郊外に二泊して四日目にシュガーヒルに到着し、五日目には一日で走り続けて戻ってくる。そしてNYに二泊してから帰国の途につく。そんな日程に決まりました。往復で約千三百キロを運転することになるでしょう。

大まかな全体の組み立ては出来ましたが、「シュガーヒル・イン」に泊まれないことには目的を果たしたとは言えません。しかし「イン」はまだ健在でしょうか?

『ニューイングランドお勧めのイン』は日本に持ち帰って私の書棚にあります。そこに掲載されている番号がまだ変わっていないことを期待しつつ、電話をしてみました。私には、アメリカという国はこういうところはあまり変化しないんだという期待感がありました。そして案の定、電話はつながりました。

それにしても、実際に「シュガーヒル・インです」と相手が電話口に出た時にはちょっと感動しました。変わらないところは頑固に古いものを守る。と同時に、変える意味があると思えば新しい状況に積極的に対応する。この国からはそんな姿勢を強く感じます。というのも私が、「日本から掛けています」と告げて予約をお願いして、そのあと手紙で確認を入れ、電子メールのアドレスも書いておきました。返事がすぐにメールで到着して、そのあとのやり取りは全て電子メールに切り替わり、ホームページを持っていることも分かりました。

付け加えれば、途中で寄ったタングルウッド音楽祭の切符も、音楽祭の会場に近い「ブランタイア」という宿の予約も、NYでの「モーストリー・モーツァルト」の演奏会の切符も、全て日本からインターネットを通じて可能でした。

こんなことを書くと、「当たり前じゃないか。電話番号など調べなくてもまずネット検索だよ」と思われるでしょう。しかし、理解してほしいのは、グーグル社の創業が一九九八年であり、この旅はその翌年だったということです。

「一九九五年から二〇〇五年までの十年というのが、インターネットの時代とすれば、おそらく二〇〇六年から次の十年というのはグーグルの時代＝検索エンジンの時代なんです」とはアメリカ在住のIT起業家梅田望夫氏の言葉です(『ウェブ人間論』新潮新書、二〇〇六年)。

つまり「私たちの旅」は、インターネットの時代になって四年に過ぎず、グーグルのサービスは始まったばかりで、梅田氏の予測した「検索エンジンの時代」到来はまだ先の話でした。そういう時期に、パソコンを活用して海外旅行の計画を組み立てたのは私にとって初めての貴重な経験であり、六十歳にしては独りでよくやったなと、懐かしく思い出します。その後も、「検索」という機能がいかに便利かを痛感しています。

インターネットで「シュガーヒル・イン」と検索すればすぐにホームページが出てきてメール・アドレスも載っている、そんな時代しか知らない若者には想像つかないでしょう。

すぐに答えが出てくる。それだけに、想像したり足を使って調べたりする力は衰えたかもしれないと自らを省みて感じることもあります。シュガーヒルと検索すれば町名の正しい由来が出てくる。それは、「冬になると丘の上に雪が積もって、ちょうど砂糖を盛ったようになるからではないか」と想像する楽しみを私たちから奪ってしまうかもしれません。

そして、その後の情報技術の進化はさらに目覚ましく、他方で当方の頭脳はむしろ加齢により劣化しています。スマホを駆使できず、パソコンが動かないと言っては長女夫婦の助けを求めている有様です。

二．運転事情と途中の寄り道

アメリカは車の国

これも今なら簡単にグーグル検索できますが、NYからレノックスまでのドライブは約二百二十キロ、レノックスからシュガーヒルまで約三百五十キロ、NYからシュガーヒルまでの直行だと約五百二十五キロと出てきます。当時は地図帳で調べるしか出来ませんでしたが、いま検索しても、途中で寄り道したのは大きな無駄ではなかったことが分かります。

ここで、当時のこの国の運転事情に少し触れておきましょう。当時はむろんガソリン車で、ハイブリッド車がやっと話題になっていたでしょうか。これからは電気自動車の時代ですね。

運転自体は、まり子もちか子もアメリカでは初めてでしたが、勇敢に挑戦し、無難に走りました。NYの街中ともなれば別ですが。田舎道は車も少ないし、道は広いし、慣れれば運転はしやすいのではないでしょうか。気を付けなければいけないのは、日本と逆で右側通行です。それと速度や距離はメートルではなくマイル表示です。これも守るべき「文化」と思っているのでしょうか。アメリカは一方で「グローバル・スタンダード」を世界に標榜しながら、他方でこういうところは頑固に自国のルールを変えようとしません。気温を摂氏ではなく華氏でいうところも同じです。

走る方向が日本と逆だということは、交差点を曲がる時にいちばん注意が必要です。あわてて曲がったりすると反対側のレーンに入ってしまいそうになります。私たちは、助手席に座った者が「右小回り」「左大回り」と指差し呼称をすることで間違わないように気をつけました。

高速道路の運転にほとんどお金がかからないのは、いまも変わっていないでしょうか？　この時の旅では、主に信号のない高速道路を走ったのですが、料金は一ドル二十五セントを二回払っただけでした。この料金は、NYのマンハッタンに入る時と出る時、橋を渡るのに払いました。有料の道路もある筈ですが、私たちが走ったのは全て無料でした。

道路標識もとてもわかりやすい、というのが初めてこの国で運転した二人の感想でした。道路はすべて番号で表示されて、必要なところに必要な道路番号と標識がきちんと出てきます。その都度カーナビに指示されなくても目的地まで一度も迷うことなく走りました。当時レンタカーにカーナビはついてなかったですが、そもそもその必要性は日本ほど高くないかもしれません。何れにせよ私は、地図を眺め、時に迷いながら目的地に到着する旅に愛着があります。

あらためて感心したのが、パークウェイという高速道路です。商業車の乗り入れが認められず、乗用車専用の道路です。二車線の、信号のない、だいたいが緑の多い地帯を景観を配慮して作られており、気持ちよく走れます。どこにでもある訳ではないでしょうが、ニューイングランド地方には多いです。走っている車も、さほど無理をせずゆったりと走っているような気がします。

そんなところは変わっていないなという印象を持ちつつ、快適なドライブを楽しみました。言い古されたジョークですが、「アメリカの国花は?」という質問があります。「カーネーション」と答えるのがジョークで、カー・ネーション（車の国）と引っかけていて英語の綴りも同じです。そしてこの国では国花より州花が大切で、ニューヨーク州は薔薇です。マサチューセッツ州はむろんメイフラワーです。

途中の寄り道

先述したように、途中で一泊しました。目玉はタングルウッド音楽祭で、レノックス郊外の森で開催されます。ボストン交響楽団は夏の間、ここを本拠地にして演奏会を開きます。会場は屋内の椅子席の周りに芝生席もあり、多くの観客がピクニック気分で集まり、寝転がったり、食べたり飲んだりしながら音楽を楽しみます。私たちは八月七日の屋内の切符を購入しました。演目はマーラーの交響曲七番、指揮者はクラウディオ・アバドでした。

ちか子は長年子供たちにピアノを教えていますので音楽には詳しいですが、演奏も指揮も素晴らしかったと大感激でした。「アバドの引っ張っていく力がすごいですね」というのが先生の感想でした。

演奏が終わると聴衆が総立ちで拍手です。スタンディング・オベーションは十分ぐらい続いたでしょうか。アバドは何度も舞台に呼び戻され、演奏者全員と喜びを分かち合い、花束の贈呈もアンコールもなく、マーラーの余韻がいつまでも残る中で音楽会は終わりました。すがすがしく気持ちの良い夜でした。

レノックスのあるマサチューセッツ州の西の丘陵地帯はバークシャー地方と呼ばれます。

このあたりの風景はどこも似ていて、小さな町が散在し、白い教会の尖塔が目につきます。十九世紀に栄えた小さな産業の跡である製粉場や水車小屋を見かけます。「一年を通して人気のあるリゾート地で別荘も多い。夏のさわやかな気候、秋の美しい紅葉、そしてハイキングや釣りなど様々なアウトドアの活動が可能である」と案内書にあります。

今回寄り道したストックブリッジとウィリアムズタウンは、なかでも良く知られています。「典型的なニューイングランド風の町で、どの建物もいやみな自己顕示をせず、空気まで清らかにしてしまいそうな清潔感と質素さがある」という、司馬遼太郎の文章を思い出します（『アメリカ素描』の中の、ニューハンプシャー州ポーツマスに関する記述から）。

この二つの町にあるノーマン・ロックウェル美術館とクラーク・アート・インスティテュートを訪れました。どちらも建物からして素敵です。

ノーマン・ロックウェルは、長年「サタディ・イブニング・ポスト」という雑誌の挿絵画家で、主にこの国の庶民の日常生活を描き、「アメリカで最も人気のある最もアメリカ的な画家」と言われます。美術館は彼が住んでいたストックブリッジの、バークシャーの高原を見渡す眺めの良い高台に立っています。

クラーク美術館の方は、レノックスから州道をさらに四十分ほど北に行った、ニューハンプシャーとの州境に近いウィリアムズタウンという美しい（定冠詞付きの「ザ・ヴィレッジ・ビューティフル（美しい村）」と呼ばれるほどです）町にあります。

私たちは八日の日曜日、この町までまり子の運転でレノックスから往復しました。この間の「ルート七」は高原を抜ける道で、バークシャー地方でもいちばん人の少ない自然の豊かなあたりです。

ここにはウィリアムズ・カレッジという、全米でも一、二を争うレベルの高いリベラル・アーツ・カレッジがありますが、美術館は大学と並んで町のシンボルマークです。クラーク夫妻という富豪のコレクションを一堂に集めたものですが、静かな、そして不便な田舎町を美術館の場所に選んだのには夫妻の強い意志を感じます。

白い大理石の建物も周りの緑と調和して、建物の他に看板や目立った物は一切なく、個人の大邸宅にアプローチするような印象を受けます。

中世の宗教画から十九世紀の印象派、ルノアールも四枚、ゲインズボロやデヴィッドの肖像画、ターナーやコンスタブルの風景画などなど、落ち着いたゆったりした雰囲気のなかで見て回ることができます。

感心したのは、マネの「ルーアンのカセドラル」を眺めていたら、係りの人が近づいてきて、「この絵は十五フィートぐらい離れて見てご覧なさい。まったく違った絵に見えますよ」と囁いてくれました。それと、写真も原則として自由に撮っていい、フラッシュ付きでも構わない、とわざわざ教えてくれました。何となく、贅沢な余裕を身体全体に感じたひとときでした。

「ルーアンのカセドラル」について補足すると、クロード・モネは、一八九二年から九三年にかけて、北フランスのセーヌ河に面するゴシック風の街ルーアンにたびたび滞在し、カセドラルをテーマに三十枚の連作を描きました。殆どが同じような構図で、季節や天候や一日の内の時刻の移り変わりによって色合いを変える大聖堂を描きわけています。クラーク・アート・インスティテュート所蔵はそのうちの一枚で、他にボストン美術館、NYのメトロポリタンやパリのオルセーなどにも飾られています。

三. 「シュガーヒル・イン」再訪

宿に着いて

レノックスを出発したのは八月九日朝。ボストンまでつながるハイウェイにすぐに乗れて東に暫く走り、インターステイト九一という南北に走るハイウェイにぶつかるところでこれに乗り、ひたすら北上します。ニューハンプシャー州に入り、そろそろカナダも近いという出口で高速を降り、州道を乗り継いで最後は一一七を東に向かって一時間ほど走ると目的地です。

シュガーヒル到着は午後になりました。ヒル（丘）と言ってもなだらかな起伏を上がった街道沿いに小学校が一つ、食堂が一つ、教会が二つ、宿屋が二つ、お店が一つ、郵便局、あとは町役場、公会堂、農場といったところが眼に付くくらいでしょうか、何れも木造の建物です。住宅は街道沿いに数十軒ほど目につきました。

現在の「シュガーヒル・イン」（HPから）

1999年の「シュガーヒル・イン」入口にて

シュガーヒル・インは、町からちょっと離れて、丘を下った中腹にあります。もとは一七八九年（というから独立戦争の三年後、アメリカとしては随分古い昔になります）に建てられた農家だったという白い木造の建物です。「昔と少しも変わっていないみたい」とはじゅん子の弁で、あとの二人は「とうとう来たのね」と感慨深げでした。

十六エーカー（これも英米流の表示ですが、一エーカーは約四千平米）の敷地に母屋と別棟。玄関を開けると広いロビーがあってその奥がフロントです。

イン・キーパー（宿の主人）はジムとバーバラ・クイン夫妻で五十代後半といった年頃。娘さんたちも一緒に働いています。十三年前に前の持ち主から買い取ったそうで、以前訪れた時とは経営者が変わっています。一九二〇年代に宿屋に衣替えしたという話でした。

「日本人のお客さんはあまり多くありませんよ」

「日本人といっても、ニューヨークやボストンに住んでいる人たちでしょうね。私たちは日本から来たんです」

そんなやり取りをしながらチェックインをして、母屋の裏手にあるコッテージ風の別棟に案内してもらいました。テレビも電話も冷蔵庫も置いてありません。バーバラさんが自分で部屋の飾りつけをやるということでしたが、キルトのクッションや熊のぬいぐるみや壁紙も可愛らしくていかにもアメリカの田舎にやってきたというおもむきでした。ドアの鍵がうまくかからないのでその旨を案内してくれた娘さんに伝えてくれたところ、「ちょっとこつが要るんです。でも鍵をかけなくても絶対心配はいりません。保証します。心配なのは山から下りてくる熊ぐらいです。この季節には、夜の間にポーチに座っていることがありますよ」と真面目な顔で答えてくれました。熊さんに出会ってどう対処したのかまでは聞き損ねました。

はるばる日本からやって来たとは奇特な連中だと思っているだろうから、早めに事情を説明した方がよかろうと四人で話しました。そこでチェックインを終えてすぐ、かねて用意の「シュガーヒル・クッキー」を一箱持ってバーバラさんに会いに行き、進呈しました。

そして三人でクッキーを作っていること、シュガーヒルと命名したこと、この地にやってくるのが長年の夢だったこと、本日ここに実現したこと、そんな説明を付け加えました。ちょうどティールームではお茶の時間で、他のお客も加わって、進呈したクッキーを早速つまみながら興味深く聞いてくれました。

「名前を使っているのなら使用料を払ってもらわないとね」と夫のジムが笑いながら冗談を言い出し、

「でも、はるか日本で名前を広めてくれているんだから、

広告宣伝料を払わなくちゃいけないよ」とお客さんの一人が反論し、

「つまりこれで相殺されるって訳ですね」と私が結論を出させて貰いました。

短い滞在

「イン」での夕食は素朴な田舎料理で、主食にラム（子羊）やローストしたダックリング（子鴨）をそれぞれ頂きました。ご承知の通り、アメリカ料理はとにかく量が多い。前菜と主食を頂くととてもデザートには手がでません。先に済ませたお客の一人が「ここはデザートが売りだよ」と教えてくれたので、ベッツイさんという、注文を聞いてくれる年配の女性に、

「主食を少なくしてってシェフに頼んで頂けますか？　デザートが食べられなくなってしまうから」と頼んでみました。

ベッツイさんはにこりともしないで、「心配ならデザートから逆に始めるやり方もありますよ」と答えてくれました。

食堂には他に三組のお客が同席していたのですが、彼らがいっせいにどっと笑いました。

もちろん私たちのお願いはシェフに通じて、無事にフルコースを楽しむことが出来ました。先に食事を終えて席を立つお客の中には、「デザートをちゃんと食べて下さいよ」とわざわざ声をかけてくれる人もいます。二度と会わない人同士であっても、ほんの束の間交流するのはいいことだな、日本だって袖すり合うも他生の縁という言葉もあるなという話を四人でしました。日本も同じかもしれませんが田舎ということもあるのか、初対面の異国人に対してごく人懐こいアメリカ人の姿が記憶に残りました。

食事の後はバーに入り込んで、置いてあるピアノを囲んでしばらくくつろぎました。ちか子はピアノの先生ですから、彼女の伴奏で蛮声を張り上げて、「ふるさと」だの「峠の我が家」だの歌いました。私とじゅん子は、昔、フィージーに観光旅行をした時に「幸せなら手を叩こう」を歌った思い出話を披露しました。

シドニーに住んでいた時に休暇を取って出かけたのですが、フィージーから船に乗ってサンゴ礁に囲まれた無人島を三日かけて訪れるという旅。日本人は私たち（末の娘を連れた三人）だけで、多様な国からの観光客でした。無人島の一つに上陸してみんなで火を囲みながら食事をして、ガイドさんの提唱で順番にそれぞれの国の歌を披露するということになったのです。順番が来たら何を歌おうかと三人で真剣に相談したあげく、娘が「幸せなら手を叩こう」を提案しました。これが本当に日本のオリジナルの曲かどうか定かではなかったのですが、下手な英語で訳を付け、メロディも歌詞も分かりやすい歌なのでみんなも一緒に手を叩いて喜んでくれました。

そんな昔の話をしながら、ここでもこの歌を合唱しました。

ちか子はボランティアで音楽療法のヘルパーとして高齢者施設を廻ってもいて、施設でも人気のあるレパートリーだと言っていました。

　そうこうするうちに夜は更け、真夏とはいえ高原の夜は肌に涼しく、星もよく見えました。明日も良く晴れてくれそうです。

翌日はＮＹへ

　翌日の朝、少し手の空いたバーバラさんと話す時間がありました。彼女は、日本女性三人が作るクッキーのプロジェクトに興味を持ってくれたようです。「イン」では年に二回、お客様あてに「お便り（ニューズレター）」を送っているそうですが、これに紹介したいので一緒に建物の前で写真を撮りたいと頼まれました。それと今年のクリスマスに泊まるお客さんにこのクッキーを進呈したいので、そのころ十八個ほど送ってくれないかという注文まで頂きました。

お揃いのTシャツを着て

ピアノ伴奏で歌う

　チェックアウトをして出発する前に、近くに一軒だけある雑貨屋に寄り、日本へのお土産にTシャツをたくさん買い込みました。「あなた方のことはバーバラから聞いていますよ」と言いながら応対してくれました。町名の由来でもあるサトウカエデ（シュガー・メイプル）のシロップの入ったお菓子も買いました。彼女たちのクッキーはそれぞれが小さいお菓子ですが、コーヒーだのレモンだの抹茶だのいろんな香り付けを加えた数種類の詰め合わせから成っています、「この風味はどうかしら？」とまり子がアイディアを出すことが多いそうですが、特産品らしいメイプル・シロップの瓶を眺めながら「この味は使えないかしら？」と研究していました。マーケティングと素材探しを兼ねた旅でもあったようです。

　この日のうちにＮＹまで帰る旅程であり、短い滞在でしたが、女性軍は大満足の様子でした。彼女たちにしてみれば、シュガーヒルという町を訪れて「イン」に泊まって、クッキーを進呈すれば、それで長年の夢が叶った訳で、それ以上は望むことはありません。あとは帰途に就くだけです。

四　最後に後日談

クッキーと私たちのその後

旅の話はこれでおしまいです。NYに戻って二泊してから帰途につきました。途中で「ブランタイア」という英国のマナーハウス風の宿に泊まったこと（何と本館にはタングルウッド音楽祭で指揮したアバドが泊まっていました。私たちは格安の、しかし素敵なコッテージ泊まりでした）、NYでは、音楽会を楽しみ、昔住んだ家を訪れて大家さんと再会して懐かしかったことなど、詳しくは省略致します。トラブルもなく、全員体調も崩さず元気で帰国できたのが何よりでした。

最後は、その後の私たちとシュガーヒル・インについての補足です。

私は旅の記録を残しておきたいと思い、その年のうちに七十頁ほどの小冊子を作りました。女性三人はこれを日頃ご愛顧頂いているお客様に送ってくれました。

彼女たちはその後もクッキー作りを十年以上続けてから、二〇一一年になって高齢を理由に終えました。常連のお客様には丁寧な手紙で営業終了を伝えましたが、いまだに「いまでも手に入りますか?」といった電話がたまにかかってくるそうです。

その話をじゅん子から聞いたので、今回の記述にあたって、「シュガーヒル・クッキー」とパソコンに入れて検索してみました。私が旅の直後に書いた小冊子「シュガーヒルへの旅」が真っ先に出てきます。二千円の値がついています。むろん買う人は皆無でしょうが、どなたか受け取ったお客様がオークションに出品したのでしょう。

次に出てくるのが、「あざみままの勝手にひとり言」というブログの二〇〇八年五月三日のサイトです。「Sugar Hill（シュガーヒル）クッキー in 世田谷区北沢」と題する以下の文章が写真付きで掲載されています。

――いつものヤマト運送のお兄さんが「こんちわ!! お届け物で～す!!」中を開けると「ん? ん?」「わ～クッキーだぁ～🎀」。

お届け元はナチュラルフーズにこだわりのある人です。普通のクッキーでない事だけは確かです。頂くのがもったいないくらいの品物です。

メニューが入っていました。「ふむ・ふむ・ふむ。うん、なるほど」納得・納得。

後から聞いた話ですが、今日の今日、お店に行っても買えないそうです。半年待ち? くらいだそうです。しみじみといただきましたぁ。ごちそうさまでしたぁ。――

こんなに喜んで下さった方がおられるとは、作っている三人にとってさぞ嬉しいことだろうなと今更ながら思いました。

いまやまさにSNSの時代、きれいなホームページでも作ってインターネットを活用したビジネスを展開したら意外に評判になっていたかもしれません。シュガーヒル・インを再度訪れるぐらいの資金が貯金できたかもしれません。

しかし昔風の日本女性三人は、資本主義の波にほんの少しでも乗ろうなどという野心は露ほども持ち合わせていません。もともと楽しみで作っており、時機が来たらさっさと未練なく終えてしまう。いまでも時々仲良く集まって旅の思い出話を含めてお喋りに花を咲かすことが最大の楽しみ。もちろんそれぞれ他のボランティア活動は続けていて、例えばまり子であれば、いまも世田谷区の「ひびき」という聴覚障碍者のための朗読グループの中心メンバーのひとりです。

他方で、たかしにとってもこの旅は貴重な経験でした。帰国してその後今度はロンドンとシドニーへ勤務することとなり、シュガーヒルの旅で訪れるまで米国には十五年ご無沙汰しました。そしてこの間に、以前の職場を定年退職して京都府宇治市にある大学に勤務していました。そこで「新学科準備室長」というポストに就き、新しく設立する予定の学科の構想を練る中で参考にすべく、米国の大学を調査することも必要ということになって、同国出張の機会が生まれました。

もっぱら東海岸でしたが、シュガーヒルの旅の翌年の二〇〇〇年五月を皮切りに、〇二年、〇五年と三回です。特に二〇〇〇年は大学学長との二人旅でした。ボストン郊外にある学長の母校を訪れ、レンタカーを運転して、他にも大学をいくつか訪問しました。その際、前年のシュガーヒルへの旅で高速道路やNYの街中を運転し、土地勘を取り戻したことが大いに役立ちました。また二年続けての旅はアメリカの社会や文化について考える良い機会にもなり、帰国してから『なぜアメリカの大学は一流なのか』（丸善ブックス）と題する本を出すことにもなりました。

二〇〇二年の出張は新学科に教授として迎える予定の某さんが当時首都ワシントンにある世界銀行に勤務していたので、彼に会ってともに行動しました。この時は、ボストンの西、マサチューセッツ州アマーストにあるアマースト・カレッジを訪れたのが貴重な出来事でした。明治時代に、のちの同志社を創立した新島襄の母校です。日本を良く知るムーア教授がキャンパスを案内してくれました。

新島は幕末、二十歳のときに国禁を犯してアメリカに行き、親切な慈善家の援助を受けて十年滞在し、当時としては最高の教育を受けました。名門アマースト大学は彼を卒業生の誇りとして、その肖像画を大学構内にあるチャペルの祭壇右横という最高の場所に、同大学卒業生で唯一の大統領クーリッジのものと並べて飾りました。いまもそのままかどうかは知りませんが、ムーア教授は、「太平洋戦争中、「敵国日本人の肖像画は取り外せ」という圧力があったが、大学は頑として圧力に負けず、飾り通した」という出来事を話してくれました。いまも記憶に残る逸話でした。

ということでその後のアメリカ出張を無事かつ有意義に済ませることが出来たのは、シュガーヒルへの旅のお陰もあると思っています。

シュガーヒル・インのその後

最後に、シュガーヒル・インはいまどうなっているでしょう。そう思って、今回やはりインターネット検索をしてみました。立派なホームページ（ＨＰ）があり、さまざまな情報を得ることが出来ます。

先述したように、初めて訪れた一九八一年と今回述べた九九年の旅の時とではインの持ち主は変わっていました。その後さらに二人代わっています。スティーブ・アレンという人が二〇〇六年に買い取り、二〇一〇年にはまだ比較的若いクリスとカースティン夫婦に売却しました。彼らが現在の持ち主です。

スティーブ・アレンはなかなかのやり手です。ＨＰには、スティーブは生き馬の眼を抜く激烈な競争社会で必死に働き、成功はしたがいつかそこから抜け出したいと思っていたので、壁には穴が空き、冷房もなく、家族も若干懸念したにも拘わらず、老朽化していたシュガーヒル・インを思い切って買い取った、とあります。

そして、伝統的なニューイングランド風建築という外観を変えずに、付属するロッジを瀟洒に作り替え、本館の内装や提供する料理やワインの質やもてなし方など全てを一新しました。

その結果、数々の受賞歴に輝く、評判の高いカントリー・インへと見事に再生を果たしました。二〇一八年には、『シュガーヒル・イン経営の極意（Sugar Hill Inn, The Art of Innkeeping）』と題する本まで出版しました。

そして出版の翌々年には、すっかり有名になったインを、やはりビジネスで成功し必要な資金を手にした現在の持ち主に売却しました。もちろんスティーブ自らこの田園の地とイン経営を愛し、努力を重ねた成果でしょう。しかし同時に、夢を実現したら持続するよりも応分の利益を得て手放し、新たな夢に挑戦するという、資本主義精神にあふれたアメリカ人らしい生き方も感じられます。

スティーブから買い取ったクリスとカースティンの夫婦は、ともにニューイングランド出身で何れ故郷に戻りたいと願っていたそうです。九歳と七歳の子供をこの地で育てることにも情熱を燃やしています。自らも田園暮らしを楽しみながら、宿に続く家庭的な雰囲気を保ち続けようとしています。

シュガーヒル・インそのものは百年も続いている。しかし持ち主は二十年も経たずに変わり、新しく挑戦する人に引き継がれる。そのあたりがいかにもアメリカらしいと言えるでしょう。

思い起こせばこの宿は、私たちからみれば十分に満足できる素敵なところでした。しかし、たしかに部屋に電話もテレビも冷蔵庫もなく、冷房がなく壁に穴が空いていたことまでは気づきませんでしたが、鍵がなかなかかからず苦労したことからも言えるようにいささか老朽化していました。スティーブのような眼の肥えた投資家の眼からすれば、立地条件はいいし、お金をかければさらにお客を惹きつけられると判断したのは当然だったかもしれません。

その結果、以前よりも高級なインに「変貌」したことがHPから伝わります。少なくとも熊がポーチに入り込むなどという事件は起きないでしょう。今のシュガーヒル・インだったら、小学生の子供を連れて泊まったり、クッキーを長年作って貯めた資金で日本から訪れたりする私たちには、少し敷居が高い場所ではないでしょうか。新しい「イン」の姿はこの間の、格差と分断の深まりに示されるアメリカ社会そのものの「変貌」をも象徴しているかもしれません。

そう考えると、素朴な「田舎の宿」がまだ健在な時代に泊まることが出来て幸運だった、と改めて昔の旅を思い出した次第です。

文庫を読む⑰

幸田文『崩れ』（講談社文庫）

斉田睦子

この文庫は一九九一年に同じ講談社からA5判の単行本として出されたことが一九九四年に刊行された文庫版に記されております。文庫版解説（川本三郎さん）によれば『婦人之友』に一九七六年から七七年にかけて連載され、一九九〇年に作者が亡くなったあと一年して、ようやく講談社から出版された」とあります。幸田ファンであった私はこの本を求めたときの驚きをいまでも憶えています。「崩れ」という表題から日本文化への警告のような内容を連想した手前勝手がたちまちにして「崩れ」去り、どぎまぎした記憶です。

なにせ著者は静岡の安倍川支流「大谷崩れ」を皮切りに日本三大崩れ（大谷崩れ、長野の稗田崩れ、富山の鳶山崩れ）のほか、富士山の大沢崩れや甚大な被害をもたらした新潟県松之山町の地滑り、富山の常願寺川の砂防ダムなどなど、日本各地の崩れの現場に足を運び、その実態をつぶさに報告しているのです。七十過ぎてふだんの着物すがたをズボンに替え、「因果なこと」をなぜ続けたのか。川本さんは「『崩れ』を読みながら私たちが感動するのは、単に七十二歳の女性が危険な岩山に足を踏み入れるというその冒険心にではない……」と著者の「作家精神」に感動しています。青木玉さんのあとがき、藤本寿彦さんの年譜がこの文庫に深みを与えています。

観音寺をぐるぐる

岩井富美恵

令和四年九月、伊予西条駅から岡山の大元駅へ帰る途中で、観音寺駅で一時間ほど待ち合わせがあった。駅の売店で観音寺の土産を買おうと思ったがこれと言ったものがなく、本場の伊吹いりこが買いたくなって店員さんに聞いたら、海産物を専門に扱っている高田海産を地図で説明してくれた。その地図は、「観音寺駅～琴弾公園案内地図」というもので、ご当地お手製である。ところがその地図には高田海産は載っておらず、観音寺グランドホテルの先だと地図に矢印をつけてくれた。とにかく行ってみようと歩き始めたが、どこまで行ってもそれらしき店は見えず、電車の時間が気になり駅にひきかえした。

やはり伊吹いりこを買いに行こう

岡山でも伊吹いりこは買えるが、本場ではどんな種類のいりこが買えるのか、値段は岡山と比べてどうなのか気になってきた。

令和四年十一月八日、前回貰った地図を持って電車に乗った。まず観音寺の街を歩いてみる。海産物屋へは、駅に戻る前に時間に余裕をもって行くことにした。

駅から北に向かうと財田川にぶつかる。「財田川事件」の財田川である。高松地方裁判所丸亀支部の越智伝判事が、担当の事件で「財田川よ、心あれば事実を教えて欲しいと頼みたいような衝動をさえ覚えるのである」と当時の苦悩を述べたことにより「財田川事件」と呼ばれている。財田川は川幅が広くゆったりと瀬戸内海に注いでいる。川風が気持ちよい。橋を渡らずに左折して河口に向かって西に進む。川沿いに高松地方裁判所観音寺支部がある。その南側に木立に囲まれて高松地方検察庁観音寺支部がある。隣には西光寺。松の樹形が見事である。

私は旅に出たらまず当地のラーメンを探す。今回は観音寺港の伊吹島行き客船乗り場北の「伊吹いりこセンター」のラーメンに決めていた。地図の左端まで歩いた。いりこのだしがきいて美味しかったが、チャーシュウがトッピングしてあったために美味しいのかもしれないので次回はチャーシュウな

根上がり松

一夜庵

しを食べてみようと思った。

財田川にかかった新琴弾橋を渡る。川上から川下に流れる川の流れに乗った風が橋の上に立つと特に心地よい。橋を渡って少し迂回して、琴弾公園から銭形展望台に登る。松林の中に銭形砂絵「寛永通宝」がくっきり見える。[*1]

地図を頼りに、北に山を下りる。地図の北端、市立観音寺中学校の南側の道を通ってT字路で右に進む。まもなく「根上がり松」の表示をみて道路からそれて急な坂道を這い上がる。そこの一部分だけ松の根が土から浮き上がった松群である。そのまま道なき道を東に進むと一夜庵がぽっと現れる。[*2・3]

一夜庵を後に、興昌寺、観音寺、神恵院、琴弾八幡宮本殿の石段三百八十一段の石段を下りて、財田川にかかった三架橋を渡る。南方位にある観音寺駅を目指してひたすら歩く。

高田海産は、前もってグーグルで地図を用意していた。今度はすぐ目的地につけるだろうと自信があった。近くの園芸店も目印にしていた。ところが、歩けど歩けど見つからない。とうとう、洗濯物を干しているご婦人に道を尋ねた。全くの方向違いを歩いていたことになる。そのご婦人は、岡山の児島から観音寺に嫁いで来られた方で、私の岡山弁が通じた。東京から一時帰省しておられた娘さんに私を目的地まで車で乗せて行くよう頼んでくれた。ありがとうございます。思わず手を合わせた。観音寺グランドホテルの交差点の西側を進んだことが間違いで、かなり西方向にずれていた。東側の道を進めばよかったのだ。

高田海産は、種々の等級のいりこを販売していた。私は、一番安くて量の多いいりこを買ってしまった。

伊吹島に行こう

実は伊吹島行きは、数年前から友人といわし漁の時期に行こうと話し合っていたが、二人の都合がつかず延び延びになっていた。ついに私の方から「一人で行くよ」と宣言した。

とにかくどんな島か行ってみよう。いわし漁の時期を待たずに行ってみようと思った。伊吹島に渡って伊吹漁業協同組合にも行ってみよう。

令和五年一月六日、大元駅午前七時十三分発のマリンライナ、坂出駅で乗り換えて観音寺駅に午前九時六分に着いた。伊吹島行きの船は午前十一時二十分発なので、それまでに例の地図を頼りに財田川の南側の寺社の数々、商家の古い町並みを散策した。

乗船前に、伊吹いりこセンターで油揚げトッピングのラーメンを食べた。油揚げがいりこのだし汁を吸ってふんわり美味しかった。

二十五分程の乗船で港に着いた。港には沢山のオートバイが駐輪してあった。観音寺方面に勤務地があるのだろうか。港は静まり返っている。先日テレビでいわし漁の賑わいを映していたが、忙しい時に来島者がウロウロしたら仕事の邪魔になるかもしれない。帰りの船は十三時三十分にした。滞在時間が短いが、その次は十七時十分なので、長時間の滞在は諦めた。案内図を貰って、坂道を上る。とにかく道が狭くて急である。息を切らして登る。道の両側に家がある。石垣の上に家がある。商店も二軒見つけた。中に入ってみるとインスタント物が目立った。野菜は少々。私は店主が作ったふりかけを土産に三袋買った。好評だった。あと一軒は、店主は留守とメモがあったが、店は開けたままで、店の向こうのブロックの上にも商品が並べてあった。そこへ二人、細い路地から現れたので挨拶を交わす。以前店の向かいの地に住んでいたが更地になっている。今は京阪神に息子が住んでいるとのことで、お墓参りに来たそうだ。私はあてもなく細い道を上がった。空地に茶碗、湯のみが散在している。木々に埋もれた家もあった。人が住まないと家は朽ちていく。どこに行っても空き家を目にする。特に屋敷の庭木が林と化しているのを見るのが辛い。明日は我が身である。他人事ではない。

私は日ごろ畑仕事をしているので、旅先で畑の作物を見る癖がある。何を植えているのか、土の色が黒っぽくて野菜の出来がいいと、どんな堆肥を入れているのかも尋ねる。畑仕事をしておられる方と話を交わすのも楽しみの一つである。ただ邪魔にならない程度に、長話はしない。

次回は、金田一晴彦先生が、

緑深き
　豊かな島や
　　かかる地を
故郷もたば
　幸せならん

と詠まれた島をじっくり歩いて、畑で何を育てているか見てみたい。

最後に伊吹漁業協同組合で、最上級のいりこを買った。*4

伊吹島から観音寺港に戻って、新琴弾橋を渡って「道の駅ことひき」に寄った。小さめのみかんを袋に詰めて売っていた。みかんの種類は温州みかん。岡山では温州みかんは旬を過ぎていると思っていたので、尋ねると、今が旬だという。このみかんの生産者だ。ＪＡ香川県三豊みかん共同撰果場が観音寺駅の南側にあるがそこには出荷していないそうだ。どこでみかんを栽培しているのかと聞くと、「天空の鳥居」の下だと語った。みかんが天を向いて真っ赤に熟れるとも言った。その場でひとつ食べて、美味しかったので二袋買った。岡山の津山の人が美味しいから送ってと言ったので、十二月の初めに送った。それに比べると今は味が落ちていると言った。私は畑に柑橘類を十本程植えているので、最近みかんを買わない。しかし、彼女の話に興味を覚えた。

それから北に向かい、観音寺松原に圧倒され、有明浜を歩いて銭形砂絵を浜辺から見た。そのまま北進し市立観音寺中学校の前を通ってT字路を右に折れて駅に向かうつもりだったが、途中で「道の駅ことひき」に再び寄ってまたみかんを三袋買い足して急いで駅に向かった。

農林六号との出会い

美味しかったみかん畑を見たいと思うようになっていた。

令和五年四月四日、観音寺駅に降り立った私は大正橋プラザ（観光案内所）で自転車を借りた。ヘルメットも借りた。観音寺全体の地図も貰った。町中は前回歩き廻っているので分かる。そこから先は地図を見ながら尋ね尋ね自転車を漕いで県道21号線に合流する。道の左側に今まで見たことのないお墓のようなものを見た。誰かに聞こうと思ったが人影はない。天空の鳥居の下がどこかわからない。みかんの木がどこに植わっているのかもわからない。北へ北へ進むと「みかんの里」と書かれた旗がはためいている（三豊市仁尾町仁尾甲、さぬき浜街道沿い）。中に入ってみる。西の窓から伊吹島がみえる。二人のご婦人が店番をしていた。岡山でもよく見るみかん類がずらっと並んでいる。店の人は、「愛媛からもここにみかんを買いに来るんやで」と言う。私はその時、半信半疑であった。みかんは愛媛と思っていたからだ。今まで見たことのないみかんを二袋買った。仁尾町から県道２２０号線を通って観音寺に戻ることにする。来た道は通らない。登坂がきつく自転車を降りる。途中で水分補給に、買ったみかんの皮をむいて食べてみた。小ぶりで皮は少しかたい。しかし果汁の甘い事、三個も食べた。自転車を押しては乗り、押しては乗って観音寺駅についた。天空の鳥居の下でみかん栽培の生産者に会うことはできなかったが、美味しい未知のみかんに遭遇できたのは大収穫である。帰岡して調べると袋に曽保みかんと書いてある。当地「曽保」はみかん大産地だったことを知る。みかんの名前は農林六号というそうだ。略して農六。

庄内半島を一周してみよう

令和五年四月十六日、こんどは詫間駅で降りた。電車を降りて詫間町が浦島伝説の発祥の地であることを初めて知った。駅横の三豊市観光交流局で電動自転車を借りた。そこには電動自転車しかなかった。今回は左廻りで庄内半島を廻ってみかんの里で農六を買いに行くことにしたのだ。前もってみかんの里に電話して予約しておいた。

電動自転車を借りた際、困ったことがあったら連絡するよう電話番号を受け取った。県道232号線をとにかく走る。電動自転車はすいすい進む。途中でまた前回見た不思議なお墓を見たので、畑の草取りをしているご婦人に尋ねた。ご婦人曰く、「それは、捨て墓と言うんや。昔の土葬なんや。子孫が途絶えても、遠縁の者がお守りしとんや」昨今の墓事情も話した。お墓を守るのはいずこも難しいという共通テーマに帰着した。それにしても草一本生えていない捨て墓で、造花が整然とお供えしてあった。さらに進むと香川高等専門学校詫間キャンパスが現れた。詫間駅で学生風の若者が乗り降りするのを見かけていたが、駅からは距離があるなー。

詫間駅前の浦島像

道の右端に鳥居があった。自転車に鍵をかけて石の階段を下りて行った。花の御前稲荷神社（積稲荷神社）で総代の奥様が草取りをしておられた。我が家の庭では見かけない草が沢山生えていた。一日の内、時間を決めて草取りをしているそうだ。

道すがら、グミの巨木が満開であった。生家の裏庭にグミの木があったので、懐かしくて最近庭に植えたばかりだが、こんなに大きくなるとは早計だった。実が真っ赤になった時に見たいなと思った。道路沿いに鶏糞堆肥を60袋単位で無人で売っていた。アップダウンの激しい道に電動自転車は楽だなと思っていた。ところが、途中から自転車の電源がゼロに近づいたので電話するとそのまま走って下さいとの返事。私は充電をしに来てくれるものとばかり思っていた。まだ庄内半島の北の端に着いたばかりで半分も走っていない。瀬戸内の絶景が見渡せる紫雲出山にも立ち寄る気力は失せていた。スイッチを入れたり切ったりして、みかんの里に着いた。農六を四袋買った。帰りは県道21号線で詫間駅に帰った。今回は電動自転車しかなかったが、普通の自転車があるなら、普通の自転車を借りて、押したり、乗ったりすればいい。電源が切れた電動自転車で坂道を登るしんどさはもうこりごりだ。

後日談

買ってきたみかんはすぐ食べてしまった。みかんの里に電話して二箱宅急便で送ってもらった。みかん好きの友人に配ると、是非宅急便を頼んでほしいと言う。しかし、みかんの里は閉店していて、農協に問い合わせをしても個人情報だからと直接生産者とは連絡が取れなかった。

注

＊1 銭形砂絵は、寛永十年、藩主生駒高俊公を歓迎するため、一夜にして作られたと伝えられる。この銭形を見れば、健康で長生きし、お金に不自由しないと言われ、多くの人がこの地を訪れている。

＊2 一夜庵は俳諧の祖、山崎宗鑑が結んだ庵で、日本最古の俳跡と言われている。……　一夜庵の名は、宗鑑が来客の一夜以上の滞在を許さなかったという次の句に由来。「上は立ち中は日ぐらし下は夜まで一夜泊りは下々の下の客」宗鑑

＊3 山崎宗鑑は戦国時代の連歌師、俳諧作者。室町幕府九代将軍足利義尚に仕えたが、没後出家。山城国の山崎に庵を結び、山崎宗鑑と呼ばれる。後に、讃岐国へ移り「一夜庵」を結び、この地で生涯を終えた。

以上出典『観音寺市のまち歩き本』かんおんじＢＯＯＫ vol.13

＊4 伊吹いりことは

伊吹島の沖合で漁獲されたカタクチイワシを用い、伊吹島で加工された煮干魚類で、伊吹漁業協同組合が取り扱うものをいう。サイズにより、大羽（8㎝以上）、中羽（6から8㎝）、小羽（4から6㎝）、カエリ（3から4㎝）という銘柄がある。「伊吹いりこ」とはこれらを総称した名称。

いりこの〝良し悪しを決めるポイント〟とは

①脂肪が少ない…脂肪が多いと油焼け（黄褐色）が出て、味も渋くなります。
②程よく乾燥している…水分が18％以下のものが良品。20％超えるとよくありません。
③つや、照りのよいものが良品とされています。
④通常の場合〝折れ〟や〝腹切れ〟のないものが良品とされています。

（伊吹漁業協同組合）

瀬戸内海
紫雲出山
県道232号線
香川高等専門学校
詫間キャンパス
4月16日
三豊市観光交流局
JR詫間駅
県道21号線
仁尾港
JRみの駅
県道220号線
花屋
みかんの里
JR高瀬駅
県道21号線
天空の鳥居
JR比地大駅
県道224号線
庄内半島一周メモ
R5年4月4日
R5年4月16日
観音寺
有明浜
伊吹島
JR本山駅
道の駅
ことひき
伊吹いりこセンター
財田川
観音寺港
JR観音寺駅
4月4日
大正橋プロムナード(観光案内所)

万葉集（よろずのことのはをあつむ）を訪ねて（その3）

岩井希文

前々号の「あとらす№47」では、万葉集巻頭の雄略天皇御製の長歌と、全部で四五一六首（二〇巻）ある万葉集の、巻末の大伴家持の歌を記した。前号の№48では、大和盆地を囲む神の棲（す）む神南備（かむなび）の山々、天の香久山、三輪山、二上山（ふたかみやま）を訪ねた。

今回は万葉集を代表する歌人二人を選び、その代表する歌を紹介したい。代表する歌人として、柿本人麿については、多くの人に異存はないであろうが、二人目に誰を選ぶかが難しい。『古今和歌集』の仮名序は、その撰者で歌人でもある、紀貫之（きのつらゆき）が記し著名であるが、そこには次のとおりある。

山のべのあか人といふ人あり、歌にあやしく妙（たへ）なりけり。人まろは赤人が上（かみ）に立たむ事難く、赤人は人まろが下（しも）に立たむ事難くなむありける。この人人をおきて、又すぐれたる人も、呉竹の世世に聞え、片糸のよりよりに絶えずありける。これより前（さき）の歌を集めてなむ、万葉集とぞ名づけられたりける。

現代語訳

この御代山部赤人という人があった。歌に人間業でない神異なまでに上手であった。人麿と赤人の二人を比較すると、優劣つけがたい。この二人を外にしても、歌にすぐれた人が、御代に応じて絶えず出た。これら多くの歌を集めて万葉集と名づけられた。

『古今和歌集』は平安時代以降、古代・中世を通じて、識者の第一の聖典であり、紀貫之が記した、この『古今和歌集』の仮名序は、誰にもよく知られていた。そこには「山柿」の名で、山部赤人が人麿とならび称され、万葉集も人麿・赤人が編纂したと信じられていた。

この稿では万葉集を代表する歌人として、柿本人麿と山部赤人をとりあげたい。女性の代表として額田王（ぬかたのおおきみ）も考えたが、この歌人は前号の三輪山の稿で、記したので了とされたい。

一、柿本人麿

軽の皇子の阿騎の野に宿りましし時に、柿本朝臣人麿の作れる歌

やすみしし　わが大王　高照らす　日の皇子　神ながら　神さびせすと　太敷かす　京を置きて　こもりくの　泊瀬の山は　真木立つ　荒山道を　石が根　禁樹おしなべ　坂鳥の　朝越えまして　王かぎる　夕さり来れば　み雪降る　阿騎の大野に　旗薄　小竹をおし靡べ　草枕　旅宿りせす　古念ひて　（巻一・四五）

現代語訳

軽皇子（後の文武天皇）が阿騎野（現在の奈良県宇陀市）に遊猟した際の歌。

この世を安らかにお治めなさるわが大君、高くお照らしになる日の御子は、神そのものと神々しくいらっしゃる。都を後にして、泊瀬の山のすばらしい木々が立つ、荒々しい山道を、遮る岩も木も押し分けて、朝越えなさって、夕がきたので、雪の降る阿騎の大野に、薄や篠を押し伏せて、旅の宿りをなさる。古を想って。

『柿本人麿』（古橋信孝著）を参考

反歌（四首）

阿騎の野に　宿る旅人　打ち靡き　眠も寝らめやも　古思ふに　（巻一・四六）

ま草刈る　荒野にはあれど　黄葉の　過ぎにし君が　形見とぞ来し　（巻一・四七）

東の野に　炎の　立つ見えて　かへり見すれば　月傾きぬ　（巻一・四八）

日並　皇子の命の　馬並めて　御猟立たしし　時は来向かふ　（巻一・四九）

現代語訳大意　（反歌四句）

柿本人麿がこの時随従した軽皇子は、天武天皇の後を継ぐべき予定であったが、皇位に就くことなく、二三歳で亡くなった草壁皇子の子で、天武と持統の孫である。軽皇子が父を偲んでこの地を訪れたのは、父がこの地を訪れたのと同じ、一〇歳の頃と想定される。

一句目の歌にある「古思ふに」は、亡くなった草壁皇子が、この阿騎の野に遊猟したときに、人麿も随従した、思い出深い地であった。今回の旅は、ただの狩猟ではなく、軽皇子にとっては父追慕の旅、人麿にとっても今は亡き、草壁皇子の追想の旅であった。

二句目の歌は、この阿騎の地は、まさに「ま草刈る」荒

野ではある。が、それをいとわずやって来たのは、黄葉の散るようにあっけなく若くして亡くなった、草壁皇子の懐かしい形見の地だからである。冷たい山風に、枯葉の吹き散る音がして、ありし日の皇子を想うと、なかなか眠れない。

三句目の歌は誰にもよく知られる、人麿のみでなく万葉集を代表する歌である。山野に草枕した夜明けの情景である。東方の薄明るい陽光と、西方のまだ黒々とした中の薄暗い月光が、作者の感慨に、遠くはるかに深々としみとおる。

四句目の歌は、こうして狩猟の夜は明け、狩りに出る時刻がやってきた。草壁皇子の颯爽と馬を並べたお姿が、眼前にうかんで思い出される。

私は六月の下旬の梅雨のなか、晴天を選んで阿騎の野に旅をした。近鉄大阪線の榛原(はいばら)駅で降りる。榛原駅は長谷寺の次の駅で、長谷寺は西国三十三ヵ寺の一つで、昔も今も多くの参詣客で賑わう。一〇メートルをこえる本尊の十一面観音像と、五月の連休頃に、境内いっぱいに咲く牡丹(ぼたん)が有名である。

私はこの榛原には苦い思い出がある。まだ現役の頃、五月の連休が一週間ほど続いたとき、自宅から歩いて、お伊勢詣りをしようと決断した。一日目は自宅のある茨木から淀川を渡り、東大阪市の枚岡(ひらおか)まで歩いた。

二日目は生駒山系にある、暗峠(くらがりとうげ)を越え奈良にたどりついた。暗峠越えはきついが、大阪から奈良に至る最短の道である。都をあとにする者、久しぶりに都に帰る者が、海上からこの生駒山を眺めて、哀しみ歓び等、それぞれの感懐に浸った。奈良の若草山の麓の旅館に泊まったが、この地に泊まるのは、中学校の修学旅行以来で懐かしかった。

三日目は初瀬川の川沿いに上流へと歩み、ここ榛原までたどりついたが、この夜から大雨に見舞われた。傘程度の用意はしていたが、大雨に対する準備がなかった。それにこの日以降は、私にとって未経験の道である、奈良から三重へ出る、峠を越えねばならない。残念ながら再度を期して諦めることにした。それ以来再度の挑戦はできていない。

柿本人麿が軽皇子に随伴して訪れた地は、現在の宇田市大宇陀町にある阿紀神社の地と想定される。軽皇子一行が飛鳥の地から来ようとすれば、櫻井市の栗原あたりから、半坂(はんさか)峠を越えるのが一番近道である。が、『万葉の道』（犬飼孝監修）によると、現在この道は廃道と化していて、現地の人の案内がないと、越えるのは無理と記されている。この道を歩くのはあきらめる。

榛原駅から南に出て、駅前の道を西に歩くとすぐに宇陀川にでる。宇陀川沿いの道を南に歩いて阿騎野をめざす。宇陀市の観光地図はもらったが、車での観光客を対象にしているのか、歩行者には大雑把でよくわからない。迷い迷い尋ね尋ねて、四時間程歩いてやっと、目的地の阿紀神社にたどり着いた。境内に能舞台のある、小さな古雅な神社である。

いただいた資料によると、この神社は垂仁天皇の御代、皇女倭姫命（やまとひめのみこと）が伊勢神宮に先駆けて、天照大神をお祀りした元伊勢が起源と伝えられる由緒ある神社で、本殿は伊勢神宮と同じ神明造（しんめいつくり）のお社である。一〇月一六日の秋の大祭には、この能舞台で「阿紀能　翁（おきな）」が演じられる。

能の他にも、明治時代までは芝居等が催され、村中の人たちが、弁当持ちで集まった。この辺りの地は、古代は荒野で狩猟の地であったと考えられるが、今は市街地となっていて、その台地にある万葉公園には、佐佐木信綱博士による柿本人麿の歌碑が立っている。

万葉公園からの
燭光の空を仰ぐ

柿本人麿の歌碑

上の写真はカラーでないとわからないと思うが、早朝の東に見える燭光の空、『万葉大和を行く』（山本健吉著）から、下は万葉公園にある佐佐木信綱博士による歌碑。

> 第三首目のこの歌は、一転して叙景歌である。東雲（しののめ）の光を見て、猟へ出で立つのであり、その待っていた早朝の刻限の壮大な叙景である。ただやはり軽皇子を中心に据えて、東西に燭光・月光を配しそれによって皇子の存在を荘厳（しょうごん）しているものと見てよかろう。「かぎろひ」は陽炎ではなく、東の空の燭光である。いかにも人麿らしい雄渾・壮大な表現である。
>
> （山本健吉『万葉百歌』）

ここにあるようにこの歌は、猟に出る前の雄渾で壮大な、叙景歌とみなされてきた。しかし碑にある佐佐木信綱と、同族の歌人佐佐木幸綱は、これは他の三つの反歌がすべて、時の経過を詠っているように、単なる叙景歌ではない、その叙景の奥にある真髄、普遍的な時間と自然を詠っている、として次のように記す。

> この歌を叙景歌という範疇（はんちゅう）でとらえようとしたときに我々は自然から一歩遠のいたにちがいない。人麿にあってわれわれには無い自然に感応する詩的感性から目を外らしてしまったせいであろう。夜明けの廣野のただ中に一人

立つ男。男は、地平線上の太陽と月を前後に置く直線上の中点に突っ立っている。そこは無音の世界、完全なる静寂、歌はこういう情景をイメージさせる。（中略）

存在することそれ自体の恐怖を瞬間に告知する自然。それを的確に察知する研ぎすまされた感覚。この気配、殺気こそは、地球のリズムと人麿の肉体のリズムが感応し合った一瞬を示しており、われわれはこの点を見逃してこの一首を解してはならないだろう。

「日本の名随筆（万葉二）」、（佐佐木幸綱著）

橿原神宮の国史舘に中山正実氏が、この歌の景観を壁画に描いた際に、この景観が現れる日時を、中央気象台に問い合わせた。東の野にあかね色がさしそめ、月が西山に傾く時刻である。西暦六九二（持統六）年一一月一七日（新暦一二月三一日）午前五時五〇分と推定された。今では毎年この日この時刻に、この地に同好の士が寄合い、宴を催しているそうである。

柿本人麿の実像は、古来から大きな謎である。というのも人麿は万葉集には、天皇の行幸等に随伴し、また皇子の挽歌を奏すなど、大きな役割を演じているが、当時の国の正史である、『古事記』や『日本書紀』には、まったくその名前がない。五位以上に任官すれば、この正史に名がでるはずがそれもない。国文学者や歴史家を悩ませる、古代史の大きな謎なのである。

梅原猛にこの柿本人麿の謎に挑む、『水底の歌』と題する大著がある。この著者は自称哲学者であるが、晩年は柿本人麻呂の他にも、聖徳太子の謎に挑むなど、歴史（推理？）作家として活躍している。人麿の活躍期は、持統・文武天皇の時代であるが、文武の統治は短くまた若かったので、実質上祖母の持統の時代と言ってよい。

梅原猛のこの著では、持統の初期の時代は、宮廷歌人として厚遇されるが、晩年は罪を得て石見（島根）に流され、最後は刑死（水葬）したと推理する。この著の『水底の歌』の標題は、この水葬の縁による。罪人として生涯を終えたため、正史からは抹殺され、その名を残していないとする。次は万葉集に残る人麿の辞世の歌とされる。

鴨山の　岩根しまける　吾をかも
　知らにと妹が　待ちつつあらむ
（巻二・二二三）

「岩根しまける」は、万葉びとの共通した死後の世界のイメージである。あの世にかくれゆく吾を知らずに、彼女はいつまでも待ち続けるだろうかと、人麿は臨終にいたって愛する女性を想う。

人麿に生涯何人の妻がいたか、万葉集に遺された歌から、推測する以外にないのだが、二人、三人、四人とか、種々説があって不明である。この臨終で残した歌の妹（妻）も、大和にいるか石見か不明である。

人麿の墓所とされる地は、石見とも大和ともいわれ、さらに大和では、柿本神社がある葛城山の麓の地と、天理市にある和邇下神社と二つの候補がある。柿本氏は和邇一族の支族とされるが、何もかもすべてが謎なのである。

二、山部赤人

山部宿禰赤人の、不尽の山を望める歌一首幷に反歌

天地の　分れし時ゆ　神さびて　高く貴き　駿河なる
布士の高嶺を　天の原　振り放け見れば　渡る日の　影
を陰らひ　照る月の　光も見えず　白雲も　い行きはば
かり　時じくそ　雪は降りける　語りつぎ　言ひつぎ行
かむ　不二の高嶺は　（巻三・三一七）

現代語訳

天と地のはじめて別れた太古から、神々しく高く貴くそびえている、駿河にある富士の高嶺を、天空はるかに振り仰いでみると、空を渡る太陽の光もこの山に隠れつづけ、照る月の光もこの山に隠れて見えず、白雲もこの山のために行くことをはばまれ、時ならぬ季節に雪はこの山に降っている。いつまでも語りつぎ、言いついで行こう。この富士の高嶺を。

反歌

田児の浦ゆ　うち出て見れば　真白にぞ
不尽の高嶺に　雪は降りける　（巻三・三一八）

現代語訳

田子の浦から広い視野のひらける処に出て眺めてみると、真白に富士の高嶺に雪は降り積っている。

万葉集を論じた著書は多いが、その中でも岩波新書に納められた『万葉秀歌（上・下）』は、歌人でもある斎藤茂吉が著し、戦前に発刊され、今日もなお多くの人に愛読されている。私がもつ著書は、第一刷は一九三八年に発刊され、刷数を積み重ね、第一一四刷である。この山部赤人の歌については次のとおりある。

此反歌は古来人口に膾炙し、叙景歌の絶唱とせられたものだが、まことにその通りで赤人作中の傑作である。赤人のものは、総じて健康体の如くに、清潔なところがあって、だらりとした弛緩がない。ゆえに、規模が大きく緊密な声

調にせねばならぬような対象の場合に、他の歌人の企て及ばぬ成功をするのである。この一首中にあって最も注意すべき二つの句、即ち、第三句で、「真白にぞ」と大きく云って、結句で、「雪は降りける」と連体形で止めたのは、柿本人麿の、「青駒の足掻を速み雲居にぞ妹があたりを過ぎて来にける」（巻二・一三六）という歌と形態上甚だ似ているにも拘わらず、人麿の歌の方が強く流動的で、赤人の歌の方は寧ろ浄勁とでもいうべきものを成就している。

『万葉秀歌（上）』（斎藤茂吉著）

万葉集にある、この赤人の富士の歌が、後の世の人口に膾炙したのは、新古今和歌集・百人一首に、取りあげられたことが大きい。その際前号でとりあげた、持統天皇の天の香久山の歌と同じように、改ざんが行われている。

田児の浦に　うち出でてみれば　白妙の
　ふじの高嶺に　雪は降りつつ（傍線・改ざん部分）

「田子の浦ゆ」を「に」、「真白にぞ」を「白妙の」、「降りけり」を「降りつつ」へ。平安貴族の美的感覚からすると、万葉集の表現は、洗練さが足りず、幼稚に見えたのかもしれない。

新入社員の頃お世話になった、先輩を囲むOB会が東京で催され、招待を受けたので参加した。コロナ禍もあって、東京への久しぶりの旅行で、新幹線の車窓から見える、四月の新緑の彩が新鮮であった。

私の東京勤務は一年程と短く、会場となった明治神宮のある、表参道を訪ねるのは初めてである。街路はハイカラな店が並び、若い人や外国の人も多く、私のような高齢者は戸惑うのみである。

OB会には一〇人程が集まったが、二〇、三〇年以上のご無沙汰で、最初は顔を見ても誰かわからない。気まずい思いで話をしているうちに、会話の中から懐かしく昔を思いだす。無事会合を終えて、私はこの日は静岡で一泊した。あくる日は、この山部赤人の歌にある、富士山を眺めることのできる、田子の浦を訪ねる予定である。

明くる朝八時頃にホテルを出て、JR静岡駅に急いだ。私は清涼飲料製造の業務に、三年程携わったことがあり、その頃果汁の購入や飲料の委託製造で、静岡農協さんにお世話になった。短い期間ではあったが、静岡は懐かしい地である。JR東海道線に乗って、静岡から草薙、清水を経て興津駅に降り、ここから目的地に向かって歩いた。

草薙の地は『古事記』に登場する。倭建命が父の景行天皇の命により、東国の征討に出た時に、この地で味方の裏切により火攻めにあう。携行した天叢雲剣で、火のついた草を薙ぎ切りこの難を逃れる。

この時から草薙の剣と称され、皇室の三種の神器の一つとなり、今は熱田神宮に祀られる。なお天叢雲剣は、素戔嗚尊が出雲国で、娘を助けるために、八岐大蛇を退治した時に、大蛇の尾から得た霊剣と伝わる。

次の清水は、三保ノ松原のある地で、謡曲「羽衣」の舞台となった。天女が枝にかけていた羽衣を、漁夫が見つけて自分のものにする。天女はその羽衣がないと、天に帰られないと、漁夫に返してくれるよう哀訴する。漁夫は不憫に思い、返す条件に眼前で、羽衣を着て舞ってくれるよう乞う。天女は漁夫の前で優雅に舞い、感謝して喜んで天に帰る。

私などは清水の地は、侠客清水次郎長が、生まれ育った地としてなじみ深い。祖父がラジオで浪曲をよく聞いていて、私も子供の頃、広沢虎造の次郎長が好きだった。「旅ゆけば、駿河の道に茶の香り、名代なるかな東海道、名所古蹟の多いところ……」

浪曲は明治期から昭和初頭にかけて、国民的人気を博した時代もあった。その後伝統芸能界の、絶滅危惧種と揶揄されもしたが、最近は人気が復活しつつあると聞く。東京藝大出身の二九歳の女性、天中軒すみれさん等が登場活躍し、人気を博しているそうである。次郎長は幕末から、明治維新を生き、明治二六年に七三歳で亡くなっている。

津本陽氏に『清水次郎長』の著があり、次郎長については浪曲・講談以外、全く知らない私は読んでみた。清水次郎長は、清水を本拠とした侠客の俗名で、本名は山本長五郎である。養子として育った家は、手広く商いをする米問屋で、若い頃は家業にまじめに勤しんでいた。しかしある時に家業をやめ、妻とも離縁し、もともと好きだった博打ちの世界、やくざ稼業に身を投じた。

次郎長のやくざ稼業は、自らの一命を投じた、喧嘩出入りの多い、修羅の人生であった。しかし次郎長にとってただひとつ、仲間や手下との信義は、自らの命を賭しても裏切らなかった。喧嘩出入りで何度も、命にかかわる重傷を負っている。

徐々にやくざ仲間の信頼を得て、伊豆、駿河、遠江、三河の東海道筋では、街道一の大親分となる。浪曲などで有名な、大政・小政・森の石松なども、実在した子分なのである。

明治の御一新となると、江戸城を明渡し、駿府（静岡）へ移籍した徳川藩の、道中探索方、捕亡吏筆頭の役として、藩内の治安維持に任じられた。次郎長は、剣客でもあり、駿河徳川藩の重臣でもあった、山岡鉄舟の信頼と庇護を得た。鉄舟は次郎長を生涯信頼し愛した。

江戸城の明け渡しは、勝海舟と西郷隆盛の功とされるが、事前に隆盛と鉄舟とで、下交渉がなされ、筋書きができていた。鉄舟は明治維新への道を開いた、功労者なのである。最晩年の鉄舟は、明治天皇の厚い信頼を受け侍従を勤めた。

鉄舟は晩年子爵に任じられたが、その使者として山県有朋が来た。山県は最上位の公爵に任じられていたが、鉄舟は公爵と子爵とはどこが違うのかと尋ねた。山県は苦し紛れに、自分は幕末に戦場を駆け巡って、全身に刀傷を負っていると答えた。

鉄舟は刀傷の多さなら、あなたにも他の誰にも負けない、清水次郎長を私はよく知っていると答え、山県は苦虫を噛みつぶして、引きあげたそうである。山県は後に元帥・元老にもなり、国葬ともなったが、その権勢家・強権ぶりが不評で、国葬への参列者が少なかったそうである。

維新後の次郎長は、富士の裾野の開墾や、新しく英語塾を開き、自らも英会話に励んだそうである。英会話に励む次郎長など、私には想像もできない。次郎長には子供がなかったが、鉄舟の娘の松子を可愛がった。ある時次郎長は松子を肩にのせ、富士山がよく見え、後に私も訪れる予定の、薩埵峠へ散策に出かけた。

「あっ、あそこにきれいなお花が咲いている。あれを取って」

松子がねだった。次郎長が眺めると、断崖のはるか上の方に、百合の花が幾つも咲き誇っている。

「嬢ちゃん、あれは取れねえ。高いところだ」

次郎長がなだめたが、松子は承知しない。

「お爺ちゃん、崖を登っていって取ってきて」

「そいつはできねえずら。お爺ちゃんがいけば、落っこちて死んじゃうぜ。どうか勘弁してくりょう」

「いや、あの花がどうしても欲しい」

松子は次郎長の頭を両手で叩きながら泣きだした。次郎長はそのときの記憶を、のちに語っている。

「俺っちゃいままでどんな危ねえ目に逢ったって、困ったと思ったことはなかったが、あのときばかりは、どうすりゃいいかと、ほんとうに困ったぜ」

『清水次郎長』（津本陽著）

次郎長は一八九三（明治二六）年に、七三歳で亡くなったことは前記したとおりである。

「それ、山岡先生がおいでなすったずら、早く床をあげろい」。

次郎長は鉄舟の幻をしばしば見て、叫びたて、妻のお蝶を困らせたという。

日本地図を見ると、JR東海道線の吉原から東田子浦駅あたりの海岸が、田子の浦と表示されている。しかし万葉集のこの歌が紹介されている解説によると、これより西の東海道線の興津から由比駅の間にある、薩埵峠から見える富士を詠ったとある。薩埵峠は旧東海道の道筋にあり、西国から旅した場合、富士山を眺望できる最初の地とある。

興津駅に降りて東に歩くと、まもなく興津川に出る。興津川の堤防の遊歩道を歩く人に、薩埵峠への道を尋ねた。興津川を渡る旧東海道の橋まで案内してくれ、この橋を渡って一本道の山道を行くと、頂上が薩埵峠だと親切に教えてくれる。急坂ではないのだが、久しぶりの山歩きである。妻からは一人での山歩きは危ないと、最近は禁じられている。

はっきり覚えてないが二時間程歩いただろうか、やっとのことで頂上の薩埵峠に到着すると、休憩所がありここからは、素晴らしい見晴らしである。左前方にはすぐ近くに薩埵山、右手はるか遠方に、厳粛にして威儀正しい富士山、右の眼下には駿河湾の紺碧の海が、一面に広がっている。駿河湾は日本近海では、水深の深い海として有名なのだそうである。

薩埵峠から富士を望む

歌川広重画「由井・薩埵嶺」

上の写真は薩埵峠から私が撮った富士山、下の写真は歌川広重の浮世絵、「東海道五拾三次」のなかの一七、『由井・薩埵嶺』、である。おなじ薩埵峠から見た、薩埵山・富士山・駿河湾の風景である。

赤人の富士の歌は、富士の崇高・清浄・雄大な神性への賛歌をうたいあげた絶唱としてあまりにもきこえているし、また後代の富士の文学への影響もたいへん大きいものがある。赤人がおそらくは官命をおびての東国の旅の途上の嘱目であろう。こうした歌がつくられるのも、赤人が万葉第三期平城宮の宮廷人であり、都会の教養人であり、何よりも創作意識のすこぶる旺盛な歌よみであり、しかも、その赤人が、大和周辺では日ごろ見ることのできない秀麗・最高峰の富士山とのはじめての出会いによるといわねばならない。　『万葉の旅（中）』（犬養孝著）

中国大陸からおびただしい黄沙が飛来していると、警告が出ていて心配していたのだが、天候にも恵まれみごとな富士を見ることができた。この峠の休憩所には、幸田文の文学碑が立ち、作品『崩れ』の一節が刻まれている。

七月七日、由比と大崩海岸の、かつての崩壊跡を見ておこうとしてでかけた。両方とも駿河湾岸をはしる国道沿いの場所で、道のすぐそばまで山というか台地というかが迫ってきている地形である。大崩のほうは、下り方面にむいて、道の右側はとたんに山、左はとたんに海、山には山裾がなく、海には浜がない、道をはさんでぐいとのぼり、どんと落ちている。からりとしたいい風景とうなずける。

筆者は富士山麓の、静岡県と山梨県の県境にある安倍峠を訪ね、安倍川の支流である、大谷川の最上流部の崩壊現場を目撃し、大きな衝撃を受けた。記録によるとこの崩壊は、一五二八年の洪水に始まり、今も崩壊は続いている。この時以来、日本各地にある崩壊の現場を訪ね、記録にしたのがこの書である。この薩埵峠も昔あった、大崩壊の現場なのである。そのため左にすぐ薩埵山がそびえ、右眼下に駿河湾がある。

歌川広重の浮世絵に、『東海道五拾三次』がある。この作品は五三の東海道の宿場と、江戸日本橋の始点、京都三条大橋の終点、計五五枚でできている。東海道の自然の風景や、旅人の風情を抒情的に表現し、大ベストセラーとなり、ヨーロッパの画家にも影響を与えた。

この五拾三次のなかに、一七『由井・薩埵嶺』、一八、『奥津・奥津川』がある。「由井・薩埵峠」は、前述写真のとおりであるが、「興津・興津川」は相撲とりが、興津川を籠や馬で渡る図である。歌川広重が東海道の宿場を、浮世絵で描いたのは、十返舎一九の『東海道中膝栗毛』が先に世に出て、高い人気を受け多くの人に読まれた。これに刺激を受けたという。

呼たつる女の聲はかみそりやさてこそ爰は髪由井の宿

それより由井川を打越、倉沢といへる立場へつく。爰は鰒栄螺の名物にて、蜑人すぐに海より、取来りて商ふ。爰にてしばらく足を休めて、

爰もとに　賣るはさゞゑの　壺焼や
見どころおほき　倉沢の宿

それより薩埵峠を打越、たどり行ほどに、俄に大雨ふりいだしければ、半合羽打被き、笠ふかくかたぶけて、名におふ田子の浦、清見が關の風景も、ふりうづみて見る方もなく、砂道に踏込みし足もおもげにやうやく興津の駅にいたり、爰にあやしげな茶店に立寄（後略）

『東海道中膝栗毛』

ここには、由井、倉沢、薩埵峠、田子の浦、清見が關、興津の地名が登場する。私はJR由比駅に出て、ここから静岡駅を経て新幹線で帰阪した。由比名物のさくらえびを使った料理を食べたかったのだが、街道筋に一軒あった店は、列をなしていて残念ながら諦める。新幹線の中で、おにぎり一つと、缶ビール一本で満足して帰阪した。

（つづく）

昭和天皇の戦後

─田島道治『昭和天皇拝謁記』に見る─

向坂勝之

『昭和天皇拝謁記』（以下『拝謁記』と略す）は初代宮内庁長官、田島道治が在任中（一九四八─五三年）に昭和天皇と交わした面談の克明な記録で、二〇一九年に田島の遺族により公開された。本記録は六人の研究者から成る編集委員によって解読され、詳細な検証を経て岩波書店から刊行されて昨年五月に全七巻の完結を見た。

昭和天皇についてはこれまで多くの記録、伝記類が書かれて居り、二〇一四年には宮内庁より公式記録『昭和天皇実録』全六十巻も公開された。こうした中には学術的に優れた研究もあるが、多くは所謂「顕彰録」の類いで、学問的な批判に耐えるものは意外に少ない。ましてや等身大の天皇を知る手掛りはほとんど無い。天皇の肉声を伝える記録となるとさらに少なく、我々が目にすることが出来るのは（『昭和天皇実録』の他は）、敗戦直後に東京裁判への準備としてまとめられた所謂『昭和天皇独白録』（一九九一年、文藝春秋社）のみであった。『拝謁記』はその点で、戦後の五年間に限られるとは言え肉声の記録で、昭和最大の政治家であった天皇の実像に迫る第一級の史料である。筆者も第一巻から丁寧に読んできたが、従来の天皇像を修正せざるを得ない新しい発見に満ちて居り、日本近代史と天皇制に関心を持つ者として、齢甲斐もなく興奮を覚えた。公開後『拝謁記』は大きな話題となり、NHKはドキュメンタリー・ドラマに仕立て、放映したので、ご覧になった方も少なくないと思う。（橋爪功が主役の田島を好演していた）

全七巻は五巻に及ぶ拝謁記録と、当該時期の「田島道治日記」及び来簡の各一巻から成るが、あくまで記録、史料であって著作ではないので、筆者が『拝謁記』から得た戦後の昭和天皇像を述べることで書評に替えたい。

筆者が強い印象を得た第一は、昭和天皇は最後まで「象徴天皇」が理解出来なかったようだという点。天皇には「立憲君主」が理解も出来、受け容れられる限界であった。

第二に、天皇は理想的な「帝王学」を受けたはずだが、二十世紀の政治家に最も必要なはずの社会科学的素養はほとんど学んでいない。

第三に、天皇は極めて強い反共主義者であるということ。

第四に、天皇は自分の家族はもちろん、皇族全体や、時には戦後一市民になった旧皇族まで含む大家族の「家父長」としての自覚が強く、それぞれに細心の気配りをしている。

最後の「家父長としての天皇」から見てゆけば、天皇には二男五女があり、妻（香淳皇后）とともに我々の云う「小家族」を成していた。戦後の緊張を強いられた時代にあっても妻子への愛情は極めて細やかで、殊に嫁ぐ娘たちへの心配りには並々ならぬものがあり、感銘を受ける。この他に母親（貞明皇后）と三人の弟も敗戦後まで健在であった。長弟（秩父宮）、次弟（高松宮）とは齢も近く、戦前から兄弟にありがちな確執があったが、戦後も天皇の在り方をめぐって見解に相違も見られ、しばしば田島との話題になっている。

さらにこの他に天皇には「旧皇族」と呼ばれる人々が居た。ほとんどが南北朝時代の北朝の天皇、崇光院の子孫である「伏見宮家」とその明治以降の分家で、親戚と言っても現天皇家からは六百年近く遡らねば辿り着けない遠縁である。当時十一宮家五十一人が居たが、一九四七年に皇籍を離脱して一般市民になった。その際多少の一時金が与えられたが、戦後の経済的混乱でほとんどが生活に困窮し、不祥事に巻き込まれる者も少なくなかった。彼らは既に皇族ではないのだが、天皇は彼らの生活にも心遣いを見せ、その為の具体的な配慮は宮内庁長官田島の仕事のかなりの部分を占めていた。戦後「家」制度が廃されたとはいえ、皇室にはその残滓が少なからず見られ、彼らへの心配りも欠かせなかったのである。以上は天皇の私的生活である。

残る三点について少し詳細に見てゆこう。先ず第一点の「象徴天皇」について。

新憲法の「象徴天皇」も広義には立憲君主制の一つではあるが、一切の政治的権限がない点で究極の制限君主制と言える。それでも天皇には、首相以下の「内奏」などを通じて内外の第一級の情報が届いていた。しかし「内奏」は非公式なもので、象徴天皇に必要な教養の一環として行われるのであって、天皇の感想を聞くものでも、ましてや意見を聞く場でもない。敗戦までの天皇は主権者であり、首相以下の「奏上」には意見を述べ「裁可」を与えていたが、「象徴天皇」は首相以下への影響を避けるため、意見はおろか感想を述べることも控えねばならない。天皇にはこれが大いに不満で、「英国王は首相と二人きりの時は自分の意見を述べることが許されるそうだが――」と田島に訴えるのだが、田島は立憲君主と象徴天皇の違いを丁寧に説明し、天皇を諭している。

田島の退任後の話だが、防衛庁長官（当時）による「内奏漏洩事件」をご記憶の方があろう。一九七三年、増原恵吉長官の内奏に際し天皇が「近隣諸国に比べ自衛力がさほど大きいとは思えないが、何故国会でこれが問題になるのか？」と質問し、増原が「我が国は専守防衛を基本とするので、その点から様々な議論があり得る」と応じると、天皇は「防衛問題は難しいが、国の守りは大事なのでしっかりやって欲しい」と言った。増原は大いに励まされたと思い、内奏後の記者会見でこの遣り取りを明かしてしまった。これが「天皇の政治利用」として問題になり、増原は防衛庁長官を辞任に追い込まれた。内奏の形で天皇の意見を聴いて公表すれば、明らかに憲法に違反する。

『拝謁記』には天皇の反共姿勢の生々しい記録が残る。田島の在任中は東西冷戦が始まり、朝鮮戦争へと展開し、アメリカの対日政策が「民主化」から日本に西側陣営の一翼を担わせるという、一大転換をみた時期である。いわゆる「片面講和」により独立を回復したが、同時に日米安保条約が成立し、政権は引き続き右派政党が握り、日本は再軍備に踏み切った。

敗戦直後の天皇にとっては天皇制の存続こそが第一の関心であったが、マッカーサーが「占領政策に天皇を利用する」と決めたことで東京裁判での訴追を免れた。そればかりでなく、「象徴」になったとはいえ新憲法でも天皇制は残された。第一の危機を脱した天皇は、次の課題を共産主義との戦いに定めた（共産主義は天皇制と相容れないと考える。もちろんそれのみでなく、共産主義は日本のためにも良くないと考えたのであろう）。冷戦と片面講和により日米とも政府は反共色を強めていたが、天皇の反共姿勢は同時代の吉田茂よりも、マッカーサーよりも徹底していた。田島に対して、彼らのソ連等への認識を「甘い」と批判している。

独立後の日本の安全保障について、当初マッカーサーも吉田も国連軍の駐留を考えていたようだ。アメリカの立場からすれば、独立後も米軍が残れば日本人の反感を買いかねない。一方ソ連は、朝鮮戦争への国連軍派遣を結果的に黙認している。マッカーサーはこれに自信を得、国連軍による日本防衛が可能と考えていた。しかし天皇は、「日本に共産主義革命が起きた場合、国連軍による鎮圧にソ連が反対しないだろうか」と懸念し、吉田と外務省を外してワシントンとの間に独自のルートを築かせ、日米安保体制へとリードした。[*1]

天皇はより強硬な反共政策を採るよう、吉田やGHQを促したいのだが、田島から「国政への関与」になるとして諫められる。新憲法では天皇の地位は「主権の存する日本国民の総意に基く」と定められている。反共政策を採るか否かはもちろん、天皇制を維持するか否かさえ、天皇ではなく国民が決めることである。さらに言えば、「国民統合の象徴」である天皇は、仮に国内に一割の共産主義者が居るなら、その一割を含めて統合を図ることが役割であり、排除してしまってはその任を果したことにならない。（この役割を見事に果たしたのが、平成の天皇であった）

第二点に挙げた「社会科学的素養」とは何か？　社会科学

とは、最も簡潔に言えば「社会は個人の単なる集合体ではなく、個人を離れて固有の動きがある。これを無視して社会は理解できず、運営もできない」と考えるものである。自然界には自然固有の法則があり、その解明に物理学や生物学などがあるように、人間社会に於いても経済や政治などそれぞれに固有の法則がある。それを究めるのが、歴史学、経済学、政治学、法学、社会学などの社会科学である。だが儒教に代表される東洋の学問は、政治的指導者は人格を完成させ、聖人に近づくことで統治者の資格を得ると考える。此処には近代社会科学の方法論は見られない。

天皇の教育を企画したのは山縣有朋以下だが、当時の宮廷官僚たちは「民に仁慈を垂れる」という儒教的帝王学こそ念頭にあっても、近代社会を理解する上で不可欠な社会科学は念頭にない。天皇は学習院初等科を終えたのち、特設された「高輪御学問所」で七年間の教育を受けた。年齢的にも旧制七年制高校（旧制中学、高校を合わせたもの）に相当する。そこでは歴史や地理のほか旧制高校の「法制経済」に相当する学科もあり、明治憲法も教えられたが、明治国家の国定知識に限られており、社会を理解するための科学ではなかった。*2

戦前について触れるのは本稿の趣旨を外れるが、戦前の天皇が山縣以下の帝王学の影響から出られなかった事例は随処に見られる。山縣らの方針は、国民に向っては天皇の絶対権力に従うことを強いる一方で、天皇には自分たち元老の意見を採用して動くよう要請している。それが帝王学の核心であってみれば、社会科学的素養の入る余地はない。天皇はこの教育の優等生であった。従って戦前戦後を問わず一貫して、「自分は元老や首相以下の輔弼（ほひつ）に従い、立憲君主として振舞った」と死ぬまで信じていたはずである。しかし山縣以下の意図を正確に理解していた近衛文麿や、皇弟たちもまた、「明治憲法は立憲君主制の装いを採っているが、政府、軍部の人事権を含む絶対的権限を天皇に付与しているのだから、肝心の処では首相以下の輔弼を退けてでも絶対君主として決断するべきである」と説くのだが、天皇は此の忠告を最後まで受け入れない。

若し天皇に多少の社会科学的素養があって憲法を批判的に理解出来たら、満州事変、支那事変、日米開戦時などの重大な局面では、「戦争を回避したい」という自らの意志を通したはずである。あるいはそのような重大な責任を自分一人では負い切れないと考えるのなら、明治憲法を真に立憲君主制的憲法に改訂するよう提案すべきであった（明治憲法の改訂は天皇以外に発議出来ない）。しかし山縣以下から明治憲法は「不磨の大典」と教え込まれた天皇には、それも出来ない。

天皇にはやゝ厳しい評価にならざるを得ないが、しかし同情すべき点があった。言うまでもなくその帝王学である。仮に筆者が天皇と同じ環境に育ち同じ教育を受けていたら、戦前のみならず戦後においても天皇と同じ言動を採った可能性が高い。いや一層拙い結果を招いたかも知れない。

だが一人の人間をすべてその生育環境と教育の所為に帰するのは、当の本人に対して敬意を失することになる。すべての人は如何なる環境と教育によって造られようとも、生来「理性 ratio」が備わって居り、理性によって判断する能力がある。それゆえ人は自らの言動に責任を負わねばならないというのが、啓蒙合理主義以来の近代の基本である。

社会科学的素養についてさらに敷衍すれば、二十世紀前半の内外の知識人は資本主義に限界を感じ、何らかの形でその修正ないし変革を考える人々が主流を占めていた。彼らは悲惨な第一次大戦に自国市場の拡大を図る帝国主義とナショナリズムの行き過ぎを見、社会科学を通じて客観的認識を深めることで戦争の再現を避けようと考えていた。その方法と成果を採り入れて活かすのが「リベラリズム」と言ってよい。一方で彼らは、資本主義を諦めて社会主義への移行を目指す所謂「左派、左翼」を理解しつゝも、それとは一線を画していた。我が国では戦後に相前後して東大学長を勤めた南原繁、矢内原忠雄などによって代表される。

しかし日本には彼らとは少し違う「オールド・リベラリスト」と呼ばれる一群の知識人たちが居り、戦後も大きな影響力を残していた。美濃部達吉（憲法学）、津田左右吉（歴史学）、天野貞祐（哲学）、和辻哲郎（倫理学）などに代表され、昭和天皇の周囲では内大臣木戸孝一や、皇太子の教育を担当した小泉信三をはじめ、吉田茂や田島自身もまたそうした考えに近かった。彼らは軍部の専横に抵抗したので、戦時中は多かれ少なかれ弾圧を受けた。しかし左派左翼とはもちろんのこと、真正のリベラリストとも明らかに違い、何よりも敗戦を経ても明治天皇制を含む明治憲法と国家を全面的に否定することはなかった。

明治日本の最大の成功は天皇制の創出にあったと言ってよい。先進諸国に追いつき資本主義化（市場経済化）を図るには、何よりも国内市場の充実が不可欠だが、そのためには国民国家の形成が大前提になる。明治維新を成し遂げた新政権は、国家の中核に歴史の記憶に汚染されていない天皇を据えた。それが当事者たちの想定をはるかに上回る成功をおさめ、短期間のうちに国民国家が形成された。しかし成功は往々にして次の失敗の原因になりかねない。明治中期に憲法と教育勅語によって完成をみた明治国家は、その仕組みが昭和の失敗を招いた。社会科学はそのことを示唆していたが、オールド・リベラリストはそれを直視し得ない。明治後期に育った彼らは、ナショナリズムを相対化できなかったからだ。

敗戦に至る経緯について、天皇は田島に、「時の勢いには抵抗できなかった」、「すべては下剋上（軍部若手の暴走を上層部が抑えられなかった）が招いたことだ」と繰り返し弁解しているが、いずれも科学的、合理的な分析とは言えない。前にも述べた通り、天皇にはその体制を改革する権限があり、天皇以外にそれが出来る者はだれも居なかったのである。

天皇はオールド・リベラリストに大きく影響されていたが、その中でも最右派であった。他方で真正リベラルは意図的に避けている。ことにその代表格の南原繁を毛嫌いしていたことが、『拝謁記』に繰り返し見られる。南原は「全面講和論」でソ連以下の東側諸国を含む講和を主張したが、天皇にはそれは「容共」に見えた。天皇の反共は多分に感情的なもので、社会主義を客観的に理解した上のものではない。その他にも南原は、天皇に「道義的責任」をとって退位するよう勧めたが、これも気に入らなかったようだ。しかしそれもその論旨を冷静に理解したうえのことには思えない。(明治憲法は「君主無答責―君主はその決定に法的責任を負わない」を認めている以上、「道義的責任」は「法的、政治的責任」よりはるかに重いはずだが、天皇にその認識は薄いようだ)

オールド・リベラリストは戦前と戦後の連続性を保ち、日本の保守的一貫性を維持する上で一定の役割を果たした。彼らの中には合理的に思考する者も少なくなかったが、全体として見れば戦後の改革を不徹底なものにした元凶でもあった。

『拝謁記』全七巻のクライマックスは一九五二年五月三日、皇居前広場で行われた「平和条約発効ならびに憲法施行五周年記念式典」での天皇の「お言葉」の作成過程に見られる(第三巻)。NHKのドキュメンタリー・ドラマも、此処を中心に描いていた。

天皇は「お言葉」のなかに「反省」という言葉を入れることに拘泥(こだ)わった。田島に対し「戦争に至る過程で自分も多くの間違いを犯したが、国民もまた間違えた」と言い、今後のために「ともに反省しよう」という言葉をぜひ入れたいと言う。しかし吉田首相は、「めでたい場で暗い過去に触れるのは適切でなく、将来に向けた明るい話に限りたい」と言い、この言葉を拒否する。吉田には「過去の反省」という言葉が天皇の戦争責任論、退位論を惹起することへの懸念もあった。間に立って草案をまとめる田島は苦悩する―これがNHKドラマの主題であったが、筆者たちの勉強会に講師として招いた『拝謁記』編集委員の一人は、「NHKは肝心な点を曖昧にした」と批判していた。天皇の「反省」の力点は、当時の内外の共産主義運動を戦前の軍部の専横と同列に置いた上で、「国民挙(こぞ)ってこれに対抗しよう」という処にあったと言う。確かに『拝謁記』の遣り取りを仔細に読めば、天皇の真意はそこにあったことが分かる。此処にも「象徴」に満足しない大政治家、天皇の実像を垣間見るようである。

『拝謁記』のもう一つの見どころは、記録を残した田島道治の見識にある。

敗戦までの田島は純粋な経済人で、愛知銀行（後の東海銀行）の役員などを経て、昭和初期の金融恐慌を中心となって収めた銀行家であった。天皇にも宮中にも一切接点がなかったが、宮中改革の必要性を痛感した首相、芦田均により、宮内庁長官に抜擢された。かつての宮内大臣（宮内庁長官に相当する）や侍従長など宮中の職位は、華族や高級官僚に限られており、田島のような経歴の者が就くことはなかった。彼は学生時代に新渡戸稲造に私淑し、前田多門（文相。所謂「天皇の人間宣言」を起草した）や内村鑑三門下の無教会派クリスチャンにも近く（そこには南原、矢内原が含まれる）、オールド・リベラリストの一人とは言え、合理的思考の出来る人であった。

田島は象徴天皇制と立憲君主制の違いを正確に理解しており、天皇がしばしば国政に介入しようとするのを抑えている。彼は「敗戦後に天皇制が生き残るには、憲法の規定を忠実に守り、象徴に徹して国政から距離をおくしかない」と考えていたようだ。

さらに田島は、近代社会に於ける「責任」の何たるかも知っていた。社会的立場にあっては、主観的意図はどうあれ「結果」に責任を負わねばならず、責任を負うなら職を辞さねばならない。天皇が敗戦に到る日本に真に責任を感じるのであれば、退位する以外にない。天皇自身も一時は退位に傾いたが、講和が成ると「戦後復興の先頭に立ち、同じ過ちを繰り返さないように見届けたい」という思いを強くする。天皇の意向を受けて田島も退位論を退けるが、同時に彼は「天皇の地位は国民が決めることだ」と言い、天皇が自ら釈明しようとするのを窘めている。合理的思考と天皇の意向のはざまで、田島の立場は苦しそうに見える。

天皇より十六歳ほど年長の田島は、身近で象徴天皇を教える者として最適であった。一方天皇は田島の考えを十分に理解したとは言えず、その忠告には不本意なものが多かったはずだが、それでも個々の事例ではよく従っている。象徴天皇制の発足期にあって、天皇の側近に田島以上の人物は在り得なかったと言っても差し支えない。

（本稿の性格上、敬語、敬称は一切省略しました）

＊1 これについては豊下楢彦『安保条約の成立—吉田外交と天皇外交』（岩波新書、一九九六年）他、青木冨貴子『昭和天皇とワシントンを結んだ男』（新潮社、二〇一一年）などの詳細な研究がある。言うまでもなく一連の研究は、官製戦後史の支持者からは、否定はされないが無視されている。なお以上の経緯は主に田島の着任前後のことで、『拝謁記』では具体的な話題に上っていない。

＊2 昭和天皇の教育については、大竹秀一『天皇の学校—昭和の帝王学と高輪御学問所』（文藝春秋社、一九八六年）が詳しい。

十四年続いた日本の戦争

少年時代＝戦争時代

熊谷文雄

ロシアのウクライナ侵攻、イスラエルとハマスの抗争といった世界各地の紛争＝戦争はいつ収束するのだろうか。

毎日のようにその戦況が報道されていて、遠い国の他人事とは言うものの、戦争と聞くと、わが日本についての歴史を振り返ってしまう。

何故なら、日本の近代史は戦争の歴史、とも言えるほどに戦争が多発しているからで、一番近い太平洋戦争から八十年以上経過しているが、やはり他国の戦争のニュースは身近に感じられ、往時を振り返るきっかけになる。

そう言うと、戦後生まれの戦争を知らない人が、

「しかし、沖縄を除いて、日本の国土の中で戦争が行われたことはないから、良かったのではないか。ウクライナやイスラエル、中近東では、自分の国土自体が戦場になっている。これは大変なことだ。兵隊同士の戦争だけではなく、民間人の住宅街に戦車や敵兵が侵入してくるのだ」

と言う。

「たしかに、沖縄は別として日本の戦争は外地での戦いばかりで、国土内での戦争は幸いにもなかった。しかし、我が街、我が家に敵兵や戦車は入って来ないが、敵機が上空から侵入してきて、爆弾と焼夷弾を大量に落下し、地上で大爆発。それはまさに地獄であり、大変な被害だ」

と答える。

「それは恐ろしいことで、住民は安全な所に避難するしかないが、敵兵が入って来て鉄砲を向けられれのはもっと怖いのではないか」

戦争や空襲の経験がない者はそう答える。

「こちらが言いたいのは、敵兵が侵入して来なくても、爆弾は遠慮なく入り込んで来て爆発するから、敵兵の侵入と同じだ。爆弾と敵兵とどっちが怖いか？」

「どちらも怖いが。爆弾は防空壕に入れば防げるように思えるが」

「よほど頑丈な防空壕ならともかく、アメリカの絨毯（じゅうたん）爆撃では並の防空壕では役に立たない。爆弾の落ちない場所への避難しかないな」

と答える。

明治以降を日本の近代として、1894年（明治二十七年）の日清戦争、1904年（明治三十七年）の日露戦争があり、いずれも後進の東洋の小国、日本が勝利し、世界の注目を浴びることになった。

1914年（大正三年）、第一次世界戦争で連合国側についた日本は中国・遼東半島のドイツ領青島を攻め、太平洋上ではドイツ海軍を駆逐したが、これは大規模な戦争ではなかった。

さらに、九十年以上前の昭和初期以降を振り返ると、とにかく、その時期は「戦争」が主役の時代になったとしか思われない。

1931年（昭和六年）に満州事変があり、1937年（昭和十二年）に支那事変（日中戦争）と続く。

その後、1941年（昭和十六年）には、大東亜戦争（太平洋戦争）へと拡大し、いずれも1945年（昭和二十年）に日本の敗戦で幕を閉じた。

1931年から1945年までの十四年の間、日本は戦争を続けていたことになる。

私にとって、その戦争時代が少年時代と重なっているから、少年時代の思い出と言えば、戦争にまつわる、いろいろな事件、事柄が次々と顔を出すのは当然である。

柳条湖事件、盧溝橋事件、ご真影、日独伊三国同盟、ウースン湾（上海）敵前上陸、満州国、溥儀皇帝、南京陥落、汪兆銘政権、重慶爆撃、出征兵士、戦地へ送る慰問袋、千人針、ハワイ真珠湾奇襲、マレー半島銀輪部隊、ミッドウェー海戦、山本五十六元帥、アッツ島玉砕、ガダルカナル島、ビルマ・インパール作戦、レイテ島攻防、B29夜間爆撃、グラマンなど艦載機による本土地上攻撃、学徒勤労動員、広島・長崎原爆投下、ポツダム宣言等々

それらはほとんど戦争にまつわる言葉である。

「戦地へ送る慰問袋」とは、中国や南方で戦う兵隊さんへの故国日本からの贈り物で、いろんな品物を袋に入れて送るのだが、その中に、我々小学生が書いた、なぐさめと励ましの手紙も入っていて、「お国のために戦う兵隊さん有難う」といった小学生のたどたどしい文章であり、それを読んだ戦地で戦う兵隊は、なぐさめられ、励まされたのだろう。

「千人針（せんにんばり）」とは、一般の主婦が街頭に立って、多くの通行人の女性に一枚の布に糸を縫い付けて結び目を作ってもらい、その結び目が何百から千近くにもなり、その布を「千人針」と言い、戦地の兵士がそれを身に着けて武運長久のお守りにするのだが、これらの風習は日本独自のもので他国では聞いたことがない。

旧制中学四年生、八月十五日、学徒勤労動員で働いていたのは名古屋港に近い化学工場だったが、工場の広場に集められて、ラジオで初めて聞く天皇陛下の肉声、国民に訴える終戦の詔書が放送され、頭を下げて聞いた。

戦争に負けた、というより戦争が終わったという印象で、嬉しくも悲しくもなかった。本来なら大変嬉しい事態とも言えるし、あるいは悲しくて悲痛に暮れる事態であるが、突然のことで言葉が出なかった。

そのあと、すぐに学徒勤労動員は打ち切られ、帰宅したが、その夜は夜間空襲対策で灯火を隠す「灯火管制」の必要はなく、街にも家にも電灯が灯り、平和の有難さを感じた。

戦争末期、日本全国の主要都市は、毎日、毎晩のように米軍機の空襲にさらされた。

愛国少年は、天皇陛下の下で一致団結し、日本は戦争で今まで負けたことがないから、太平洋戦争でも勝利すると確信していた。

とは言うものの、アメリカに勝つ、ということはアメリカ本土に上陸してワシントンに攻め入ることだから、そんなことはできるのか、という疑問はあった。

負けるはずがない日本が、もしかしたら負けるかもしれない、と思うようになったのは、米爆撃機による日本本土爆撃が始まり、敵の爆弾が国内に投下されるという事態は日本建国以来何千年で初めてのことであり、「こんなことが続けば日本は負ける」と初めて軍国少年は思った。

本誌前号に、名古屋市の近藤正彦氏は以下のように寄稿していて、以下要約する。

太平洋戦争末期、米国のB29爆撃機は日本の軍需工場を爆撃していたが、やがて爆撃の対象を民間の住宅街に移し、夜間に焼夷弾を無差別に投下、これが大きな損害を日本に与える。

日本の家屋の多くは木造であるから一夜にして何百、何千戸が焼け、何百、何千人が焼け死に、夜が明けると、その都市は焼け野原に変貌、その無差別夜間爆撃は東京、大阪、名古屋などの大都会から全国の県庁所在都市に広がって、毎日のように米軍機の爆撃にさらされ、さらに広島、長崎には昼間に原爆が投下される。

このB29爆撃機の日本国内各都市への夜間空襲などは、中国や南方の戦地、戦場以上に過酷なものと言えないか。

日本の多くの都市で爆撃による死者、行方不明者の合計は六十万人に近く、たとえば東京十一万人、大阪十万人、名古屋八万人、広島十四万人、長崎七万など。

戦場ではなく、これらの民間の災害の数字は、世界の歴史から見ても、ケタ違いに大きい被害としか言いようがないのではないか。焼失面積の統計はないが、こちらも計り知れない。

今回、大阪府豊中市在住の松田祥吾氏より、空襲の被害の統計資料（雑誌「歴史街道」平成十二年九月号所載）および徳島県立城南高等学校の同窓会誌「渦の音」復刊第六十四号が送られてきた。

城南高校の前身、旧制徳島中学校は松田氏の母校で、「渦の音」同号に、同氏は「戦時下の中学生」と題する回想記を寄稿していて、その中に徳島市に対する米空軍の爆撃についてご自身の体験がくわしく書かれている。

それは「大空襲の日」と題された徳島市へのＢ29爆撃機の夜間空襲についてのもので、詳細な内容であり、松田氏は同年の同じ世代だから、同氏の体験は私の体験と重なる部分が多い。一部要約し、二回に分けて転載する。

大空襲の日　その一（「戦時下の中学生」より）

松田祥吾

昭和二十年七月四日、午前一時三〇分頃、徳島市の東南方面から低空で接近した敵機が常三島町から前川町にかけて焼夷弾を投下し徳島大空襲が始まった。

警戒警報は発令されていたが、空襲警報はまだ発令されておらず虚を突かれた形であった。

我が家から三、四百メートル離れたあたりで早くも火の手が上がり、「いよいよ来たな」と下腹に力を入れた父は勤務先の学校（現・徳島大学）に行ってくると、一言言うなり真っ暗闇の中を飛び出した。

母は恐怖で震え、女学校二年生の妹と「怖いから逃げる」と言う。私は「どこへ逃げても同じだ。ここで火を消すように」と止めたが、どうしても、と言うので行き先を「吉野川堤防」と決め、近所の人も続々と避難を始めた。

人口十二万人のこの田舎の都市に対して、百二十機のＢ29爆撃機の大空襲であり、同じ日、同時刻に同じ四国の高松市、高知市にも同規模の爆撃があった。

マリアナ基地を発進し、室戸岬の南方洋上から紀伊水道を北上した米爆撃機Ｂ29は、伊島沖合で北西に変針し、和田島をかすめて進路西北西にとり、徳島市上空に侵入し、投弾した。

夜間のため、密集編隊を組まず、雁行またはバラバラの一列縦隊で市街上空に入り、予定の地帯へ投弾したと思われる。先頭編隊はまず吉野川橋の南部付近と県庁周辺、蔵本の三カ所へ集中的に登弾した。

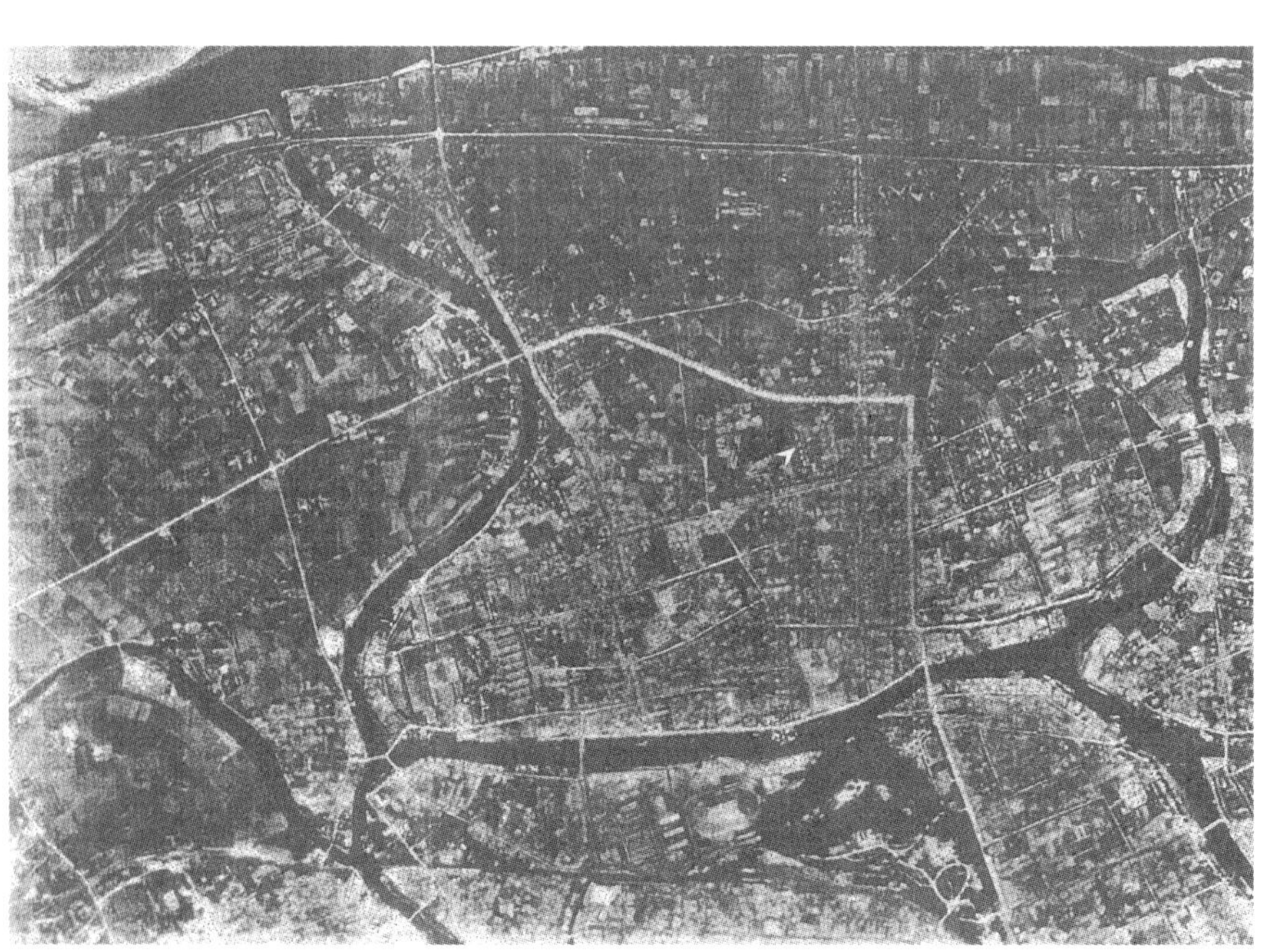

徳島市中心部の一部、大空襲の翌日、米軍撮影、白っぽい部分が焼失箇所（中央白い矢印が松田宅）

これらの地点は市街地の住民が郊外へ避難する時に必ず通る所なので、その退路を断つためであろう。

この時点で「ガソリン臭をした雨のようなものが降ってきた」と言う人が多く、火勢を強めるためにガソリンを散布したのかもしれない。

爆撃を続行するＢ29は、この三か所の三角地帯の内側の市街地に約三時間にわたり焼夷弾の雨を降らし続けた。

米機の目的は市民の殺傷および京阪神への食料供給基地としての機能を破壊することだった。

Ｂ29が投下した焼夷弾には三種類あって、六〇ポンド油脂焼夷弾、六角柱型の六ポンド焼夷弾、三つ目は爆発を伴う焼夷爆弾で、最も多かったのは二番目の六角柱型の六ポンド焼夷弾だった。

投弾が始まり、我が家の裏手で火の手が上がった。勢いよく三つの炸裂光が続き、少年雑誌の挿絵にある戦争場面そっくりだと思った。

油の燃える臭気が鼻をつき、家の壁や裏庭一面に何十となく青い炎がユラユラと燃えている。油脂焼夷弾である。

水を少量かけたり、火たたきで叩けば簡単に消えるが、数が多くて手間取るし、刺激臭が強く閉口し、途中から防毒マスクを着用した。

（以下次号）

「The Sound of Silence」とその時代

ダニエル・ベルの主張と日本の新しい取り組み事例

村井睦男

はじめに

発端はここからであった。ポール・サイモンとガーファンクルの「サウンド・オブ・サイレンス」から始まった。それは、友人が学生時代の頃の思い出に懐かしいだろうからとメールに添付してよこした一曲であった。これは1960年代に世界的に大ヒットした昔懐かしい曲であり、そのメロディは今でも覚えていてすぐに反応し口ずさむことができるほどであった。

しかし、彼ら二人が歌っているメロディになつかしさはあるものの、私の関心はそれではなく、この歌の題名と歌詞が示す内容についてであった。当時メロディの斬新な美しさと二人の絶妙なハーモニーに感心していたが、歌詞の意味するところまではあまり関心がなかったように記憶している。この曲の作詞、作曲はポール・サイモンで、今回はこの題名「サウンド・オブ・サイレンス The Sound of Silence」そのものの意味にこそ興味を惹かれたのであった。

「沈黙の響き（音）」あるいは「沈黙のなかで聞こえる声無き声」とはそれ自体自己矛盾しているように思われるが、それはどのようなものか、何を意味しているのか、沈黙のなかに音は存在しているのか、誰かが、何の目的で発しているのか、それに対して人々はそれに気づいているのか、いないのか、気づいている人はそれにどう反応しようとしているというのか、等々非常に気になったのである。少し長くなるがここに歌詞を示すと次のとおりである。

（この歌詞の邦訳はロバート・ヒルバーン著・奥田祐士訳『ポール・サイモン　音楽と人生を語る』（注①）を参照した。）

Hello darkness, my old friend
やぁ暗闇、わが旧友よ
I've come to talk with you again

またきみと話しに来てしまった
Because a vision softly creeping
そっと忍び寄ってくる幻が
Left its seeds while I was sleeping
眠っている間に種を撒いて行ったから
And the vision that was planted
そして僕の頭に植え付けられた
In my brain still remains
その幻は今も消え残っている
Within the sound of silence
沈黙の響きのなかに

In restless dreams I walked alone
せわしない夢のなかを僕は一人歩いた
Narrow streets of cobblestone
丸石敷きの狭い舗道を
Neath the halo of a street lamp
街灯の光の輪の下で
I turned my collar to the cold and damp
寒さと湿気に僕は襟を立てた
When my eyes were stabbed by
すると夜を引き裂くネオン照明の
The flash of a neon light that split the night
閃光に僕の目は刺され
And touched the sound of silence
沈黙の響きに触れた

And in the naked light I saw
裸電球の下で　僕は見た
Ten thousand people. maybe more
一万かもっと多くの群衆を
People talking without speaking
口を開かずに話す人々
People hearing without listening
耳を傾けずに聞く人々
People writing songs
だれの声も分かち合うことのない曲を
That voices never share
書く人々
And no one dared
そして誰もあえて　沈黙の響きを
Disturb the sound of silence
かき乱そうとはしない

“Fools”, said I, “You do not know
「馬鹿な」と僕は言った「君たちは知らないんだ

Silence like a cancer grows
　沈黙は癌のように増殖する
Hear my words
　僕の言葉を聞いてくれ、
that I might teach you
　教えられるかもしれないから
Take my arms
　僕の腕をとってくれ、
that I might reach you"
　届くかもしれないから」
But my words
　でも僕の言葉は
like silent raindrops, fell
　音のない雨粒のように降り落ち
And echoed in the wells of silence
　沈黙の井戸のなかでこだました

And the people bowed and prayed
　そして人々はぬかずいて祈った
To the neon god they made
　自分たちがつくったネオンの神に
And the sign flashed out its warning
　すると電光掲示板は警告の言葉を
In the words that it was forming
　一文字ずつ瞬かせた

And the sign said:
　掲示板は
"The words of the prophets are
「預言者の言葉は地下鉄の壁や
Written on the subway walls
　アパートの廊下に記されている」
And tenement halls
　と告げ
And whispered in the sound of silence."
　沈黙の響きのなかでささやいた

　この曲はどのような状況のもとに生まれたのか、この時代背景にあるアメリカ社会の状況はどんなであったのか、詳しく確認してみたいという衝動にかられたのである。そこで先ず手っ取り早くウィキペディア（英語版）を覗いてみた。そこではこの曲が意味したものや、その時代背景・事情は次のように説明されていた。

　この曲「The Sound of Silence（沈黙の響き）」は、アメリカ社会の１９６０年代の状況を表わしていた文化的疎外観（the cultural alienation）を象徴的に意味している。この「沈黙の響き」という言葉は、１９６０年代のアメリカにおいて盛り上がったカウンターカルチャー運動の中で、大国の大きな政府に対する不信感や、運動の担い手である若者らが既存社会に対して抱いた疎外感などの象徴として用いられた、とあった。

　カウンターカルチャー（「反体制文化」あるいは「対抗文化」と訳される）とは、既存の価値観や行動規範に基づく主流社会の文化とは異なり、それら主流の文化的慣習に反する対抗文化（サブカルチャーの一部）のことと説明されている。そして当時起ったヒッピーやロック、反戦運動、公民権運動、農業回帰運動などに代表されたカウンターカルチャー運動が相次いだが、この運動の流れにこの曲は関連していた。この背景にあったアメリカにおける１９６０年代という時代は、キューバ危機（１９６２年）、ベトナム戦争（１９６０年代の全10年）、J・F・ケネディ大統領の暗殺（１９６３年）やM・L・キング牧師暗殺（１９６８年）、ケネディ大統領の実弟R・ケネディ暗殺（１９６８年）と次々と国際的、国内政治的にも大事件の連続を経験した時代であったことが思い出され、アメリカ社会のあり方そのものが揺らぎ、大きく変わろうとしている時代でもあったように読み取れたのである。

　竹林修一氏は著書『カウンターカルチャーのアメリカ』（注②）の中で、１９６０年代アメリカで何が起こったのか、具体的事例を数多く列挙しつつ詳しく説明している。

「ケネディ大統領の任期と重なるように盛んになったのが公民権運動であった。この運動を推進したのは黒人だけではなく若い世代を中心とした多くの白人も参加した。」そして人種差別に対する暴動が各地で起こった。一方、米ソの冷戦構造の産物であるとも言えるが、科学の時代（特に宇宙世界をめぐる競争）でもあったことにも触れている。（傍線の部分は引用のまま）

　竹林氏自身はカウンターカルチャーを次のように統括している。「既成権力や親の価値観に抵抗して、若い世帯のアメリカ人が独自の文化を作った現象を指す。多種多様でエキセントリックな文化実践、例えばロック音楽、ドラッグ、自由な性交渉、演劇改革活動、コミューン生活などに代表される。彼らの動機は、彼らの親が持っていた人生観、なるべく早く結婚して、安定した職に就き子供を育てる、という規範的人生への反発であり、ひいては、彼らが育ったアメリカの既存システムに対する文化的対抗であった」と。

　このような環境の中で提起された「沈黙の中で聞こえてくる響き（声）」とはどのようなものか、多くの雑音を排除して排除して最後にかすかに残って聞こえてくるもの、努力して求める者にのみ聞こえる響き（声）とは。作詞者ポール・サイモンは歌詞の最後のところで、ネオンサインが警告するという文言の中で「預言者の言葉は記されている、地下鉄の壁やアパートの廊下に、そして沈黙の中でささやかれる」と言う。世の中が混乱して何を信じて良いのか、何にその導きを求めればよいのかとさまよう若者たちに、預言者の言葉はささやかれるのだという。沈黙のなかで深く沈潜し意識して求めれば、それは預言者の言葉として日常のどこにいても聞こえてくるものだと主張しているようにも思われる。ここにいう預言者とは神ではないことは明瞭である、それでは何者なのかと問うているようでもある。

アメリカの1960年代は特別な10年間であったと考えられる。それはアメリカの歴史的な流れの中でこれまでと異なる大荒れの現象が次々と起こり、歴史が大きく変わりつつあることを人々に感じさせたという意味で、1950年代とも1970年代とも異なっていた特別な10年であったと言えるのではなかろうか。当時人々はあまりにも多くの局面で新しい現象が起こり、長引くベトナム戦争への反対運動や人種問題に対して声を挙げ続けることにも疲れが見え始めていた。そして1970年代に入るとともにカウンターカルチャー運動の勢いは徐々に衰えていったのである。

ここで新しい観点（歌詞の内容の高度な文学的な表現）からの指摘について。

The Sound of Silence に表された言葉の意味の深さ、広がりは詩作の内容として非常に興味深いものがある。作詞家としてのポール・サイモンの文学的才能を高く評価したいところである。これに関連して思い出されるのは、2016年にノーベル文学賞を受賞したボブ・ディランのケースである。この意味は彼の音楽につけた多くの歌詞が文学的な観点から高く評価されたものであった。

ポール・サイモンとボブ・ディランは同年齢で、活躍した時期も重なっていたと記憶している。例えば、ボブ・ディラン作「風に吹かれてBlowin' in the Wind」の中の一部、記憶にあるわずか2～3行であるが、邦訳での意味は次のように歌っている。

「何度見上げたら人は本当の空を見られるようになるのだろう？　人々が泣き叫ぶ声を聞くには、二つの耳だけでは足りないのだろうか？　どれだけの人が死んだらあまりにも多くの人たちが死んでしまっていることに気づくのだろうか？その答えは、友よ、風に吹かれている、その答えは風の中に舞っている」といった歌詞が思い出される。（邦訳　中川五郎）

アメリカ文化研究者の佐藤良明氏は、ボブ・ディランの功績を含めユニークな人間性を語っている。「ボブ・ディランの影響でロックの歌詞が変わり、音楽市場が全体としてアップグレードした。ディランの登場をきっかけにポップと文学の相互浸透が始まり、マスとエリートの仕切りが外れた……。」（「ディランの不思議」文藝春秋2023年6月号）

1960年代、音楽の分野でも新しい試みが次々に行われ、ロック音楽が若者の間に歓迎され受け入れられ、瞬く間に世界中の若者に歓迎され、猛烈な勢いで拡大していった変化があったことは多くの人の記憶にある。数多くの曲が作られ歌われた。ビートルズ旋風もその一つであった。ビートルズも数々の名曲とその素晴らしい歌詞を残していった。1960年代の初頭にイギリスで誕生し、瞬く間に世界の若者を席巻しブームを巻き起こしたビートルズであったが、その騒ぎも60年代の末には終了した。

このアメリカ社会の広範囲にわたる著しい変化の現象を、従来の文化と政治経済の歴史的変化と対比して、1960年代がアメリカの歴史の中で特記されるべき変化の時代として、その背景事情を見事に分析し指摘したアメリカの社会学者がいた。それがダニエル・ベル（1919～2011年）であった。

ダニエル・ベルはアメリカの政治経済、文化の状況を冷徹に観察し、19世紀から20世紀に入って形成されてきたものは予想される秩序の積み重ねであったと認めつつ、1960年代10年間に起きた大きな社会的現象・変化はそれとは違っていた。ベルにとってこの1960年代は、特記すべき歴史の転換点としての10年、さらにはそれがその後に続く政治・経済・文化の状況をある程度決定付ける可能性があったのかどうかを問いかける大きな動機づけとなった歴史的変化の解明課題であった。1960年代のそれは特殊であり、大きな転換点であったと見ているが、そこでは何が起こったのかをダニエル・ベルが見出しているところが重要である。アメリカ自体の大きな社会的変化として社会学および歴史の観点から捕えられたダニエル・ベルの考察である。

ベルは1950年代アメリカの経験をもとに『脱工業社会の到来』を1973年に著し、1960年代の経験に基づいて『資本主義の文化的矛盾』を1976年に発表した。そして『資本主義の文化的矛盾』は『脱工業社会の到来』との関係では弁証法的な関係にあると指摘している。これらの書のなかで、彼はアメリカの歴史変化の中でも特に1960年代をベースとした社会の変化に注目し、分析し、さらにその先に予想される社会的な構造の基本問題まで予想し、その好ましい対応策までも提言しているのである。次章でそのあらましを見ることとする。

第1章　ダニエル・ベル『資本主義の文化的矛盾』について（注③）

（1）はじめに述べられているベルの基本的な考え方とその結論

ダニエル・ベルの主張の根幹にあるのは、西洋の資本主義の矛盾は、文化の危機から生じたものであるという確信である。（この書の日本語版への序文の中でもこの方向付けを明確に述べている）

テクノロジーや経済システムと文化はともにたずさえて時

代とともに発展進歩するものではないという基本的に明白な認識がダニエル・ベルにはある。歴史的に原初の時代はこれらが相補い合って共同して発展してきたという歴史的過程は存在したであろうが、現在ではそれは異なっている。テクノロジーや経済システムは単に人々が用いる道具のようなものであって、それ自身としては究極的な目標ではあり得ないと言う。一方で、文化は人々に理念や信仰を提供するものであり、社会に究極的な正当化を与えると言うのがそれらと根本的に異なっているのだと強調している。

また、文化の領域に「近代主義（モダニズム）」の風潮が存在しており、これはその性格からして常に新しさを追求するから、何が善であるか、何が永遠不滅のものであるかについて、評価の基準を持つことができないと指摘。従って人々が追求する衝動に対して抑制とか限界とかの基準を持っていないのだと言う。ベルは「聖なるものは何もない」のだ、そして大衆社会には快楽主義が横行していることを批判する。

(2) ダニエル・ベルによる社会の基本的認識の前提にあるもの

——現代社会の分析と社会学的な歴史の流れから

ベルは現代社会の認識を三つの領域からなっていると考える。即ち、

① 技術―経済構造、② 政治形態、③ 文化、に分けて認識し、この三つはお互いに一致しないものであり、異なった変化のリズムを持っていると言う。

社会内部のさまざまな矛盾は、これらの領域の間に存在する不調和が原因であり、社会変化にはこれら三つの異なった「リズム」があって、三つには単純かつ明確な関係はないと説明している。

そして、現代の社会現象は、産業主義、資本主義、民主主義という社会システムで構成されているが、資本主義と民主主義は同じ時期に起こってきたものであり、ともに哲学的自由主義によって正当化されてきたが、この二つが結び付いていなければならない必然性は論理的にも実際的にも全くないと言う。そして文化の問題については、その社会的意味、文明の社会的・経済的構造とその文化との問題性について論じている。

ベルは先に文化と社会構造の分離がさまざまな緊張関係を広範囲に作り出したと述べていたが、問題は文化それ自体が現代において一貫性ないし統一性を保てるかどうかという問題であるとして、文化そのものの状況を明確に分析し、把握しようとしている。

過去にあっては、宗教が日常生活に意義を与え、満足感を与えていたが、社会全体を包む超越的な理念を与えるものは、宗教ではなく文化になっている、と言う。従って今日文化が一貫性ないし統一性を持ちうるかどうかが重要な問題となる

と指摘、そしてベルは、現代文化の最も重要な問題点を次のように指摘する。

「方向喪失（disorientation）」という感覚が現代文化を貫いて拡大し続けている。これが現代文化のあらゆる危機の原因である。意識の前面にあるこの感覚こそ人を超越的な理念（世の中を動かす第一原因）と結びつける言語を見失わせているものである」と。

その後の文化的発展、変化の結果としての具体例について、ベルは現代を定義する単一の原則は発見できるかどうかは不明であるが、自分の考えを裏付けるために次の4点を指摘しておくとしている。

①文化的体験の多様さ、時間的、地域的な広がり

②中心の欠落、かつて近代主義は常に新しく珍しかったが、今や中心は存在せず周辺ばかりが存在している。アメリカには中心がなかった。

③活字文化の時代から視覚文化への変化。今や文化の一体性はあり得ない。

④合理的な宇宙観の崩壊、15世紀以来の「合理的宇宙観（時間の連続性、空間における距離感等）」の崩壊、喪失、時間と空間は現代人にとってもはや帰るべき座標を与えてくれないのだ。

（3）1960年代にみられた感覚について

ベルはこの60年代10年間にアメリカで起こった数々の現象を分析し、この10年がアメリカ社会を大きく変化させるであろうと予想される種々の材料を与えてくれたと受け止め、それらをこれまでヨーロッパで受け入れてきた諸現象の社会的・歴史的な展開と併せて、これらがどのような変化・現象を見せていくかじっくり注視し分析している。歴史的にはそれぞれの10年間（1950年代或いは1970年代）は各々の特徴的な目的を持っていることを認めているが、1960年代については目印として政治的なラディカリズム（急進主義）と文化的ラディカリズムであったと言う。この二つのラディカリズムは反抗への衝動という共通点で繋がっていたと指摘。政治的ラディカリズムは革命的で、新しい社会秩序を作ろうとしたのに対して、文化的ラディカリズムは概して単なる反抗にとどまり、その推進力が一時的な熱狂から出たものであったと言う。従って60年代の感覚には文化的近代主義の重大な一面が枯渇している状況を見ることができるとも主張している。

それは別の角度からは、①1950年代の感覚に対する反動として、②第一次大戦前の近代主義において最高点に達したかつての感覚への復帰・その延長としてあった。しかし、60年代の感性は、野蛮な無思慮とさえいえるやり方で激しく反抗した。この新しい感性は、やかましく、のろい、

ののしり、そしてわいせつになりがちであったと付け加えている。

これ程大きな社会秩序に対する人々の変更への猛烈な関心と行動、暴力と残酷に対する関心、性的倒錯に対する熱中、騒音をたてたいという欲望、反理性的・反知性的風潮、「生活」と「芸術」の間の境界も消してしまおうという徹底的な努力、そして芸術と政治の融合がそれであったと説明している。ベルの関心が高かったと見られる芸術の分野について、その解体の要求がどのようなものであったか、その過程についてもかなり紙幅を割いて（多くの芸術家の例や主張を引用して）論じているが、ここでは割愛する。

特に大衆社会における芸術の位置付けについて、理論家たちは1950年代には非常に大きな影響力を持っていた（権威の喪失、既成の制度機構の崩壊、伝統の風化といった現象に対して大きな関心を有していた）。しかし、彼らは大衆社会が非常に不安定なものであり、全体主義が台頭する危険性が大きいと見ており、理論家たちが「大衆化」と呼んだものが、芸術の世界において起こりつつあると指摘していた、と説明している。

1960年を経験したベルの結論的発言は次のように集約される。

①「資本主義社会においては、その空疎な信仰と乾ききった宗教からは文化は生まれてこない。何が価値ある経験たりうるかについての確固とした倫理的、文化的な指針は欠けている。」

②「1960年代の感覚は、美的な衝撃、成功が当たりまえで、退屈なものになってしまったことの証拠として意味があったに過ぎない。そして近代主義が大衆文化の所産となってしまったという限りにおいて、1960年代の感覚は資本主義の矛盾のもう一つのしるしとして意味を持つものである。」

繰り返しになるが、1960年代についてのダニエル・ベルの文化的考察の要約としてベル自身最後に次のように締めくくっている。

「60年代の結末は、文化的ラディカリズム自体が精力を使い果たしてしまった。解放の衝動は緊張感を見出せなくなっており、解放の探求はリベラルな文化の中で合法的なものとなり、商業的企業家によって利用されるようになった。近代主義が大衆文化の所産となってしまったという限りにおいて、1960年代の感覚は資本主義の矛盾のひとつのしるしとして意味を持っている。」

（4）ベルのその後に続く歴史展望予測と「公共家族」（Public Household）について

ダニエル・ベルはこの後に続けて、脱工業化社会の理念について、詳しく論じ、それが今後の社会変化の下に大きな影響を与えるものであることを多方面に亘って論じる中で、その社会の中での宗教と文化のあり方をも問うている。

哲学が宗教にとって代わり、次に科学が哲学にとって代わったが、科学は自然構造の抽象的な追及に熱中し、人間の目的の探求から遠ざかってしまった。

それによって科学は人間の行動に方向づけを与えることはできなくなってしまったと嘆き、そのための方向として宗教の再建の問題についても触れている。

しかし、この点についてはここでの問題意識の重要ポイントから離れるので割愛せざるを得ない。ただベルが今後の課題への一つの解決策として提案している対応策「公共家族(Public Household)」については重要かつ興味深いので簡単に紹介しておきたい。

ベルはこれまで数多くの社会的な変化を経て現在ある社会構造を踏まえて今後の展開を予想する中で、重要でありながら現時点で制度的枠組みの中で確立していない考え方について、その希望的展望を述べている。それは公共の哲学の確立の必要性と「公共家族」についてである。

これまで経済は二つの部分(個々の家計と市場経済)からなると考えられてきたが、現在ではそれらに加えて、第三の経済部門が重要になりつつあると主張する。それが「公共家族(Public Household)」の考え方であり、今後将来にわたってこの機能が重要になると指摘する。

「公共家族」の意味は、国家の収入と支出の管理のことであり、より広い意味では個人的な欲求に反するもので、公共的なニーズと公共の欲求を充足するための機関と説明される。個々の家計については幅広い理論が存在しており、市場経済については企業の理論があるが、財政の経済学と財政の政治学とを統一した理論はまだ存在しないことを指摘。社会においてこの分野の考え方について、基礎に分配の公正という概念があることが重要であるが、残念ながら分配に関する理論を確立すべき政治哲学が存在していないことを強調している。家計、市場経済、「公共家族」の三部門を明確に区別することが重要で、これが今後の社会における基本的な政治学的、社会学的ディレンマを理解する決め手になると考えているという。

公共部門の役割の質的変化が生じているにも拘わらず、その対応が進んでいないことを強調、将来を展望するに、「財政社会学」の確立こそが不可欠であると主張する。そのためには前提となる公共の哲学の確立が不可欠であること、そのための必要条件と対応が論じられているが、ベルの社会哲学を含めた広汎な改革議論についてはここでは立ち入らない。社会学者としてのベルの将来の確立への決意を示したものであることを付記しておくに止めおく。

（5）第1章のむすびとして　三浦雅士氏のダニエル・ベル論（注④）

ここで文芸評論家三浦雅士氏のダニエル・ベル論を示すのは、ベルが著書『資本主義の文化的矛盾』のエピグラムにT・S・エリオットの詩を掲げていることを三浦氏が取り上げていることにある。三浦氏がこの点に関して、この詩の中に「沈黙の意味など分かりはしないのだ。人のつぶやきは分かっても、神のつぶやきはわからない」という文言があることにこだわって解説的に述べているのに注目した。この表現は冒頭に示したポール・サイモンの「The Sound of Silence」の歌詞の内容と類似しているようにも感じられる。ポール・サイモンの歌詞の意味とこれが同一の対応であるかどうかは知らない。参考までにエリオットの詩は次のようになっている。

（邦訳は三浦雅士 氏自身によるもの）

The endless cycle of idea and action,
　思想と実践の輪廻、
Endless invention, endless experiment
　際限もなく思いつき、際限もなく繰り返す、
Bring knowledge of motion, but not of stillness
　動くことは知ってはいても 静まることを知らない。
Knowledge of speech, but not of silence,
　言葉の意味は分かっても沈黙の意味など分かりはしないのだ。
Knowledge of words, and ignorance of the word.
　人の呟きはわかっても、神の呟きは分からない。

三浦氏の説明によれば、マルクスの有名な言葉「人は歴史を作るが思うようではない」を思い起こさせるという。そしてこれは「人の呟きはわかっても、神の呟きは分からない」という意味であると指摘する。これはさらにアダム・スミスの「神の見えざる手」の延長上にあるとも強調している。

さらに、この意味はベルに潜在する思想の基になるメンガーからハイエクに至る「自制的秩序」（注⑤）の考え方にほかならず、このハイエクの「自制的秩序」は「神の見えざる手」、即ち、「人は歴史を作るが思うようではない」という思想の必然的な展開に過ぎないのだと三浦氏は主張する。そしてベルについて資本主義には文化的矛盾があると考え、それを解決しなければならないと常に自分自身に言い聞かせてきたと説明している。しかし、ベルは「自生的秩序」にあたかも「自生的秩序」を補完するかのように完璧はありえないと示唆するように留保さえつけている。それが詩のなかの「神の呟き」が意味していると思われる、と言う。

シュンペーターの技術革新の例を挙げるまでもなく、ベルは「人は常に全く新しい眼、違った眼で世界を眺めることができるが、その視点の移動こそが富を生み出してしまう秘密

が潜んでいるのだとすれば、文化もまた同じではないか」と言い、それが『資本主義の文化的矛盾』に潜在する思想であるのだと三浦氏は結論付けている。

第2章　日本の社会変化に対応する政治的立場からの変容予測の事例

1960年代、アメリカの姿は、アメリカが急速に大きく変わるという強い印象を人々に与えたことは確かであった。各人は、特に若者たちは自分の求めていることをやりたい放題にぶちまけるというような雰囲気が蔓延していたかのような印象を受ける。アメリカは大きく変わるだろうと受け止められていた。しかし、その変化の勢いは1970年代に入るや徐々に衰えていったのであった。

あれから50年以上の歳月が流れたが、その間国内分野においても国際分野においても1960年代10年間にアメリカが経験したほどの騒がしい文化面での変動は起こらなかったという印象が強い。

翻って日本においてはどうであったかと問われれば、大きな自然災害により各地で引き起こされた多くの悲劇はあったものの、社会的な規模でのカウンターカルチャー的な国全体に広がる社会的、文化的な騒動は起こらなかったと感じている。

かつて戦後の安保闘争における人々の政治的改革への参加意識の高まりや、学生たちを中心とする改革や反対運動（最終的には東大安田講堂紛争で収束した印象が強い）も存在した。しかし、それはアメリカが直面していたソ連・キューバ危機や全国的な人々の参画する反対運動の数々、文化的な分野での新しい経験の広がりなど規模においてもその内容の多様さの比較においても、その後の日本の社会現象は規模や内容の危機意識の範囲においても比較できないほどのものであった。むしろ比較的静かと言えるほどの推移を辿ってきたと思われる。

従って、日本で60年代以降何が起こっていたかについて冷静に考えると、それは政治の世界で試みられた政治的社会的な日本の将来像の展望の検討がキーになると考えられた。従ってここからは宇野重規氏の『日本の保守とリベラル ―― 思考の座標軸を立て直す』（注⑥）を参考にしてそのあたりを見ていくこととする。

日本にとって1970年代は世界の動きに大きく影響された時代でもあり、その時代の経緯を政治の動きを中心に、日本がどのような方向を取るべきかについて真剣に議論されたのかが伺われる。当時の状況を詳しく捉えている人物として宇野重規の主張を参考にして、当時の日本の状況を確認しておきたい。

（1）1975年～日本における成熟社会論の知的起源

この時期の変化がその後の民主政治のあり方に与えた影響が見える。

当時の三木武夫首相の「私的提言」のためとして『生涯設計計画 ―― 日本福祉社会のビジョン』が刊行されたが、この計画をまとめ上げたのが、三木内閣のブレインであった経済学者の村上泰亮であったと言われている。当時「中央公論」誌上での村上氏と政治学者の永井陽之助氏との対談は、当時の政治的社会的事情を予想するものと受け止められ関心を呼んだと、この両者について宇野氏はコメントしている。

永井氏の指摘は、対人関係（社会関係）のなかで享受される「相対的価値」（権力、愛情、尊敬、地位、生き甲斐一般）などの欲求充足の問題に既に移ってしまっているという主張であった（「文化」こそが主要な役割を果たすと主張）。

一方、村上氏の主張は、日本社会が歴史的な転換期にあるという認識であるものの、日本は高度成長路線から福祉社会建設へと向い、近代化からの脱却を求められている欧米モデルからの転換という日本独自の課題を達成しなければならない、というものであったと説明されている。何れも日本が1970年に新たな歴史の段階に突入しているという認識と視線の方向づけであった。この二人の対談から窺えるのは、永井氏の関心が経済第一主義の批判や個人のアイデンティティ問題にあり、村上氏の問題意識は、日本における集団主義の行方や新たな公と私のルール形成にあるというものであったと説明されている。

村上泰亮氏は、1975年に『産業社会の病理』を上梓し、ここで1975年の時点に焦点をおいた成熟社会論の位相（例えば、「個人」、「幸福」、「期待」など）を確認している。ここでは時代の変化を産業社会構造の変化としてとらえ、それらを追求する形で、今や産業社会の発展が新たな段階を迎えているという認識のもと、産業化を超える新たな社会的組織化の原理と、そのための総合的な社会科学を構想する議論の方向が伺われるというのが宇野氏のコメントであった。

この産業社会論は、政治や経済、文化の領域の一定の自律性を認め、単純な生産関係による決定論を排し、近代社会の多元性を重視する点に特徴があったとも指摘している。

文化の領域を重視するのもこの時期の産業社会論の特徴であるが、ダニエル・ベルの『資本主義の文化的矛盾』の影響が大きく、高度経済成長の結果、人々の勤労倫理や革新意欲が衰退する「先進国病」にかかってしまっているのではないかという問題意識は、村上氏にも共通して見られたと指摘がなされている。

村上泰亮氏は、最終的に産業社会の自己崩壊を食い止めるためには一人ひとりの個人が社会の一員として目的合理的に行動すると同時に、行為それ自体の価値を追い求め、なんらかの卓越的な理想の追求を続けることを期待すると述べていることについても指摘している。

宇野氏によれば、日本の成熟社会論の意義として、村上氏らのまとめた方向は次の3点に集約されるとしている。

①産業社会論の枠組みとして、政治・経済・文化などの各領域の自律性を重視、単純な経済力決定論を取らない点にあった。

②保守主義をめぐる考察として、人間の理性の限界に着目した保守主義の伝統を重視していた。

③伝統を踏まえた日本社会の未来像として、日本社会の伝統として情動的結合に基づきつつも、開かれた機能組織としての側面も併せ持つ独自の集団主義を目指した。

（2）1979～80年　日本の戦後保守主義の転換点

この中心にあって第一に次の時代の展望を描き政治の舵取りを明確に提示したのは大平正芳総理大臣による政策研究会の実績であった。1979年はアメリカのエズラ・ヴォーゲルが『ジャパン・アズ・ナンバーワン』を発表した年であり、日本の経済成長がアメリカを追い越す勢いを示し、日本の経済成長努力の結果にともすれば酔いしれる可能性もあった。宇野氏は大平正芳首相を吉田茂以来の日本の保守本流を継承する政治家であったと評価し、日本社会の新たな課題として「近代化」から「超近代」へ、「経済の時代」から「文化の時代」への転換を主張したと統括している。

大平研究会の実情については、九つのグループから成る研究組織があって、学者、文化人130名、官僚89名からなる大掛かりな総勢200名を越す研究会が組織されたのである。特に「田園都市」、「環太平洋連帯」、「文化の時代」の三つのテーマについては大平首相のイニシアティブで決定されたもので、梅棹忠夫、内田忠夫、大来多三郎らが各グループの議長であったと説明される。

しかし、この研究会は大平首相の急死により政治的には実を結ぶことはなかったとされているが、ここで示された課題の多くは、その後の日本の政治的、社会的言説に大きな影響を与えたと宇野氏は評価している。

この研究会の中心メンバーであった村上泰亮、公文俊平、佐藤誠二郎から『文明としての家社会』、村上泰亮から『新中間大衆の時代』、山崎正和から『柔らかい個人主義の誕生』などが相次いで発刊され、その研究会の成果が世に知られることとなった。

興味深いのは、なぜ大平首相が多くの学者、文化人、官僚からなる大掛かりな研究会を組織したのか、この背景に何があったのかについてである。日本の保守主義内部における危機意識の高まりであった、と宇野氏が説明している点にある。

大平正芳首相は、かねてから先進国を模倣して経済的な近代化を目指す従来のモデルが限界に達していると主張してきていたが、経済成長を中心とする近代化の「次の段階」を構想するようになったのだと言われる。そして大平首相は自らの立場を「近代を超える文化の時代」として定式化して行くようになると氏は見ていた。大平正芳氏は吉田茂以来の軽武装、経済国家主義を継承し、これらをさらに「経済の時代から文化の時代へ」という方向転換することで保守派内部における主導権を握ろうとしたと説明している。即ち、経済から文化への展望を目指していたのである。

ここでその後の政治の世界における大平正芳氏なき後の経緯を引き続き見ていくことはしない。しかし、日本において世の中の変化を冷静に受け止め、分析し、日本の置かれている状況を把握し、次にとるべきステップとしてどのような方向を目指すべきかについて真摯な検討が政治の世界の中で行なわれ、それに多数の文化人や学者、官僚が動員された実績があったことが救いであった。それは後々の問題意識への対応に、特に政治の世界を主導した歴史的事実の実際が評価されるべきであろう。この方向性は1990年代に独特な輝きを見せたが、2000年以降は完全に沈黙してしまったとは残念であった、と振り返っていることに筆者は宇野氏に同感である。

（3）日本の社会におけるその後の動向と反省

見てきたように、世の中の動勢としてアメリカにおける1960年代の主としてカウンター・カルチャーの全国的な規模での民衆の動き（抵抗運動）であれ、日本の1970～80年代の政治が率先して行った政治の新しい取り組みの方向であれ、それはその内部で国家の将来展望、社会の好ましい将来に向けての人々ひとりひとりが、あるいは群れを形成し団結して、未来に向けて真摯な姿を求めて行動する姿であった。

その背後にはそれらの行動が必然のものであるかの如く、そこには歴史的にも社会の進捗・変化の中にもそれが必然の形として社会に影響し、人々がその効果を踏まえて社会を駆動させるというもののようであった。

アメリカの場合、日本より一段早い時期に高度経済成長を経て近代経済国家の形成が実現し、加えて科学技術改革がこれから勢いをつけ発展しようとする時期であった。ダニエル・ベルが指摘したように産業・経済・政治と文化とが同一歩調で改革の方向をとるというより、それぞれが自らの方向を求めて突進する現象であった。アメリカの経済・政治・文化がそれぞれの新しい方向を目指し、勝手な動きを進め、各々が社会変化を定着させて行った。

一方、日本はどうであったか。経済・政治・文化の各々の独自活動というより人々の意識構造はアメリカのような大規模のものになることはなかった。ようやく実現した経済活動の成果を踏まえ、真剣に将来予測を展望することに集中したのであった。それは政治のセクター主導の動きであっても、そこには日本の将来に向けた進路に対する不安への懸念は確実に存在していたのである。

この問題意識から現代の社会を冷静に眺めると、この社会の変動の波の中で、かつて見られたような社会の動きを探り、その方向づけを試みる取り組みが、アメリカでも日本でも経験されたような可能性が現在真剣に模索されているのかどうか、気になるところである。

偶々コロナ感染禍を経験した4年に近い期間は、社会活動の状況が制約され、活動の自由が制約されている経験の下で、それでもその環境下でそこにある問題解決への方策が議論され、積極的な参加対応も見られた。しかし、コロナ禍の状況がほぼ沈静化・収束に近いとなるとその意識も緩み、元の黙阿弥に戻ってしまう可能性もあった。

コロナ禍の苦い4年間の経験をしたのは日本のみではなく、実は世界が経験したのである。そこではこの制約された社会環境の中で生まれた新しく工夫された社会生活のあり方も模索された。そこから人類が学ぶべきことが多くあった筈である。しかしそれらの教訓や学ぶべきこととして認識された事例は、今や時間の経過とともに徐々に消失しかかっているのかもしれない。否、社会の片隅で発見され生き延びている新しい生活様式や人々との交流などが存在している可能性があるかもしれない。それらについてこそ吟味し定着させる努力をすべきではないだろうか。それは積極的に手を差し伸べて多くの人々の協力によって育成されるべきものであろう。

コロナ禍の下での閉塞的な状況のなかで、あるいはその状況に関係なく将来に向かって新しい試みを提案し、世に問うプロジェクトが世界各地に起こっている可能性もある。日本においても各地で新しい取り組みが継続されている可能性もあるのだろう。

次章では日本において今後期待される社会の新しい取り組みプロジェクトが予想されている中でも、筆者自身が興味を抱いた研究機関の研究プロジェクトの例2件を取り上げて紹介し、この分野における新しい取り組みの内容とその意味するところを紹介しておきたい。

第3章　二つの研究プロジェクトが目指すもの

1960年代のアメリカで見られた政治・経済的な分野の混乱のみならず文化面での混乱が拍車をかけた状況を見てきた。一方、日本では多くの人々が社会的、政治的な要求を掲げ、あるいは文化的な変革を求めて示威的な大規模な要求運動を引き起こすという騒ぎなどは久しく見られない状況が続いてきた。

しかし、日本のみならず世界には今日、将来的に予想される地球規模で重大な危機に直面するのではないかとの懸念に晒されつつあるような状況に向かっている悲観的な予測が厳然と存在している。それはダニエル・ベルが懸念し指摘したように政治と経済と文化それぞれが独自の主張のなかで社会的に連携することなく突進していることが引き起こす問題でもある。長年にわたって形成されてきた日本の文化と近代思想との調和や社会的な意味づけなども課題の一つであろう。

多くの人々が賛同し団結して示威運動的に事態の改善・要求を行うのも一例であろうが、日本において70年代～80年代に政治の分野において実践された文化人・学者・官僚も含めた彼らが合作する改革や思考の提言なども大いにその効果が発揮されたのではないかという思いもある。

ここでは最近マスコミが取り上げ紹介された事例で、社会全般の意識改革を目指し、新しい改革・提案を行う二つの研究所の取り組みを取り上げ、その内容を紹介する。

一つは、東京工業大学の「未来の人類研究センター」(センター長 伊藤亜沙)で、今一つは、「総合地球環境学研究所」(所長　山極寿一)である。話題となり、社会の新しい方向性を目指した改革・提案構想をめぐる拠点として筆者が特に関心を抱いた二件の研究機関の取り組みである。

(1)「未来の人類研究センター」について

この研究センターは東京工業大学で早くから計画されていたようであるが設立スタートはコロナ騒ぎが始まった2020年2月であった。

設立時のパンフレットによれば「理工系大学の中で生まれる人文社会系の知」と表現されている。「我々の生活に大きな変化をもたらしてきた科学技術は、今、「人間」の定義そのものを揺さぶりつつあり、人間が人工知能の判断に従ってあらゆる行動を決める日は遠くないかもしれない」。それに続けて「理工系の最先端研究と協力して科学技術が人間にもたらす変化や守るべき価値、その可能性について多角的に探索する必要がある」としている。

これは理工系大学における人文社会系の研究機関という特徴があり、ここに別働隊の学内既存のリベラルアーツ研究教育院における多様な研究者も集約することになると同時に、学内の理工系の研究者や国内外の多様な分野の専門家とも積極的に連携していく、と対応を強調している。

従来から長年に亘って理系は理系として、文系は文系としてそれぞれが固まる傾向が続いてきた弊害を取り払う対応を果敢に実現することを目指す決意表明である。理工系大学が率先してこのような取り組みを開始することで今後の進展効果を期待するものである。

この研究センターは、手はじめに当初5年間の目標として「利他」をテーマと掲げて活動開始しており、既に種々の実績も現れている。

「利他」についての背景として、現代は排他主義がはびこり、分断が加速する時代にあって、他者と競い合い弱者を切り捨てる能力主義的な発想が強いが、これに対する手がかりになるのが「利他」という視点であると説明されている。

「自分のためではなく、自分でないもののために行動する一見不合理にさえ見えるが……この人間の性向のなかにこそ人類について、社会について、科学技術について、全く新しい仕方で考え直すヒントがあるのではないかと考えている」と説明されており、それが自分たちの掲げる「利他学」であるという。これに関連して、参加メンバーの何人かは既に研究成果として、あるいは個人としての考え方が書籍上で発表されている。

センター長　伊藤亜沙氏とプロジェクトリーダーの中島岳志教授の意見をここに紹介しておく。

伊藤氏はこのテーマについて、他者を思いやる善意としての利他だけではなく、科学技術と人、組織などの新たな関係性を探索する糸口にするものと述べている。「一言で言えば、「生産性」とは異なる視点で社会を見るヒントを与えてくれるもの。能動的な行為としての利他ではなく、他者の潜在的な可能性を引き出すような偶然に開かれた利他だと考えている。」と述べている。（注⑦）

中島氏は、「21世紀以降の日本では、新自由主義の下で自己責任論が横行してきたことで、コロナ禍で公助より自助が求められるなど、社会全体で個人を支える仕組みが失われていることを指摘。自己責任論を乗り越えるには、利他で循環する社会が必要である。」と述べている。（注⑧）

中島氏は関連する著書『思いがけず利他』を上梓し、その中で興味深い哲学的な思考を巡らせており、その一例を紹介する。（注⑨）

コロナ危機のなかでジャック・アタリの「合理的利他主義」という考え方が注目された。自らが感染の脅威にさらされないためには、他人の感染を確実に防ぐ必要がある（即ち、他人が罹患しないように自分が努力すること）。利他主義であることは、ひいてはそれが自分の利益となるとして、この利他主義は最善の合理的利己主義に他ならないという主張であった。これは利他的行為によって最も恩恵を受けるのは、その行為を行っている自己であるという「間接互恵システム」を主張していることになるという断定。これに対して中島氏は強く反対し、次のように背景を説明している。

「利他」とは例えば、「とっさ」、「不意に」、「つい」、「思いがけず」行ったことが他者に受け取られ、利他と認識された時に起動するものである。その行為が利他的であるか否かは、行為本人が決めるところではなく、「利他」という現象は、「この現在」の行為が受け手によって「利他」として意味付けられた未来において起動するものであると説明している。

これは偶然と必然と同じ構造であると言う。

中島氏は、この「偶然」をめぐって哲学的考察を深めた人物として九鬼周三に触れている。九鬼は「偶然とは必然性の否定である」と言い、「偶然」という問題に出会った時、同時に「無」という問題に直面しているという。偶然性の探求は、そもそも私という存在が「無」(存在していなかった)であったかもしれないという可能性である。偶然性を突き詰めれば、そもそも人類も存在しなかったかもしれないし、世界も存在しなかったかもしれないという興味ある主張を展開していることに注目しておきたい。

(2) 総合地球環境学研究所（所長　山極寿一）について

パンフレットの説明によれば、地球環境問題を文化の問題として捉え、研究者ばかりでなく自治体や市民の広い参加を呼びかけながら、解決策を探る超学際的な研究を実施している。創設は2001年で2004年には大学共同利用機関法人（人間文化研究機関）の一員となった。（注⑩）

この研究所の設立は2001年であるが、今注目されるのは現下の地球環境をめぐる問題点もさることながら、この度研究所の所長として第26代京都大学総長であった山極寿一氏が就任されたことで、同氏のこれまでの学術的なキャリアからまさしく適任者としての今後の期待があるからであろう。山極氏は「人と自然、地球環境問題の根源は人間文化の問題にある」と明言していることからもそれへの期待も高まる。

この研究所では国際公募により提案された研究を3～5年間の研究プロジェクトと位置づけており、既に41の研究プロジェクトが研究終了しており、現在は七つのプロジェクトを進めている。地球環境問題の具体的な課題に社会における共同実践を通じて取り組んでいると、説明されている。現在実践プロジェクトとして次の三部門をカバーしている。環境文化創成プログラム、土地利用革新のための知の集約プログラム、地球人間システムの共創プログラムである。

山極寿一所長の意見について、氏の考えは先にも触れたが、①地球環境問題を文化の問題として捉えること。②研究者のみによるものではなく一般市民参加による超学際タイプの研究形式をとる、という特徴がある。

地域の自然環境に根ざした生活に息づいている伝統知と、地球環境を改善するための環境倫理を調和させ、新しい文化と暮らしを想像することがこの研究所の目標であると述べている。山極氏はアフリカでの野生ゴリラの生態観察でよく知られている人類学者、霊長類研究者であるが、現在の不安定な世界の状況におかれている「人類」の行方について最近マスコミのインタビューに応えた内容に同感させられる点が多く、氏の指摘について要点のみここに紹介しておきたい。

山極所長の主張の要点（注⑪）

(1) 人類の行方が懸念されているが、すぐには解決策が見つからない多くの難題が世界を覆っている。我々人類はどこから来たのか、その歩みは正しかったのかと、生物としての種の起源にさかのぼって問わざるを得なくなった。

（2）気候変動に始まる環境破壊には、世界全体が取り組むしかないという共通認識ができつつあった。21世紀には平和な世界がくると思っていたのに紛争や戦争はなくならない。今やホモ・サピエンス（現生人類）という種の大量絶滅さえ心配されている。

（3）人間が進化の勝者であり、地球を支配しているという考え方に問題がある。人類は科学技術を生み出し、生き延びてきたが、その技術を過信しすぎて他の生物や人間をも滅ぼしかねないほど地球の環境を変えてしまった。

（4）そのために必要なことは、我々が今どんな世界で生きているかをよく知ること。そのためには人間の生物学的な特徴を過去にさかのぼってきちんと理解する必要がある。人類の進化とは、文化の力で様々な自然環境に適応してきた歴史なのであるから、文化の歴史を学ぶことも大切である。人類の進化とは、文化の力で様々な自然環境に適応してきた歴史なのである。

（5）この研究所では、環境問題の根幹は人間の文化だと考えている。文化を融合して地球にやさしい低コストの暮らしを実現できないかといった研究を進めている。

（6）20年後、30年後を視野に新たな出発点を見つけるためにも早くから人間とはどういう存在なのかを考えるようにする。そのためには人類の歴史や哲学を広く学ぶ必要がある。身体の進化を押えた上で、人間が作り上げた精神世界や世界の解釈の仕方を知るべきである。

また山極寿一氏の人間学、霊長類研究を育んだ研究環境には先達の今西錦司氏らの動物社会学、家族の起源、進化論などの広範囲の研究実績のなかで育まれていったことが想像される。特に今西錦司氏のダーウィンの進化論の批判的再構築が氏の発見による「棲み分け」原理からするものであるとされるのは、地球温暖化への対応のみならず、人類と他の生物との共存のさらに一歩進めた在り方への可能性を後押しするものではないだろうか。

動物学者であり人類学者であった今西錦司氏の後年は、生存競争を強調する西欧の進化論への批判を強め、種社会の主体性と共存の理論に基づく独自の進化論を展開したといわれている。今西氏の研究対象となった生物全般に対する自らの基本的な認識・理解には注目し学ぶべき点が多く指摘されている。氏は著書『生物の世界　その他』（注⑫）で次のように述べている。

「この世界はいろいろなものから成り立っているけれども、それが混沌としたでたらめのものでなくて、一定の構造を持った世界であるという私の世界観が、単なる思いつきや信仰に発したものではなくて、相当な客観的根拠を、特に私の場合にはそれを生物の世界から得ているものである……」と。

関連して、氏は、生物の構造、環境、社会、歴史について項目別に詳しく説明し論じている。ここでは割愛せざるを得ないが、今西氏が生物の歴史の中で触れているところに興味を惹かれた部分のみ紹介しておきたい。

「一つの全体社会はそれ自身の特徴を持って出発し発展するが、発展の超点に達したなら、遅かれ早かれ自己解体を起こし、その崩壊によって新たな別の特徴を持った全体社会が発展し始める。この生物世界の歴史を単なる成長、一種の直線的な発展のように考えることは正しいものの見方とは思われない。このことは中生代の爬虫類の激滅の歴史を見れば、納得できる。その後爬虫類の残党が、哺乳類の目覚しい飛躍発展に比較すればほとんど比較にならないほど遅々とした進化しかしておらないということは、進化と言っても全ての生物に同じ速度で表現されているものではない。それでは哺乳類の先祖はどこから出てきたのかに対して、実は爬虫類の時代に既にその爬虫類の社会自身のうちに胚胎されていたものと考えざるを得ないのである。」

〈本論のまとめ〉

我々は一体何を求めているのか、今我々にとって何が必要なのか。それは具体的に不安のない安心できる地球世界という答えが準備されていることであろう。世の中は、というよりより限定的に日本では、世界のそれぞれの国・地域では、現在及び将来に安定した平和な暮らしができる状況にあるかと問われれば、かつて将来の時間の先にはこの安定した世界が達成されると希望的に想像していた。しかし、それはあまりにも楽観的な展望を描き過ぎていたことに気がついた。

一部の大国、或いは新興国の過激な主張・行動はその先の危険性に改めて警戒的な対応の必要性を呼び起こすものがある。過去においてこの点は既にフランシス・フクヤマなどの「歴史の終わり」の後の世界として議論が行われた経緯があった。

一方で、人間が醸し出す行動結果が、地球規模での温暖化の危機予測や科学技術進展のとどまることを知らない状況からもたらされる先行不安などが懸念されている。今や地球上の人間（ホモ・サピエンス）の存在そのものがともすれば危うい状況に追い込まれる可能性、極限状況を想像する必要はないと断言できるだろうか。地球上の人類の消滅の可能性の危機という大げさな予想は、現在の時間的予測の範囲内ではその心配はないと言い切れるだろうか。

文化の変革について、ダニエル・ベルに見たように、かつて技術 ― 経済構造と政治形態と文化は、原初形態は協力関係にあったものの、本来は互いに一致しない異なった変化のリズムを持っているという主張であった。繰り返しになるが、ベルは方向喪失（disorientation）という感覚が現代文化を貫いて、拡大し続けており、これが現代文化のあらゆる危機の原因であると指摘していた。先に示した山極氏の発言のなかで、今やホモ・サピエンス（現生人類）という種の大量絶滅さえ心配されているとあり、現在の環境問題の根幹は人間の文化だと明言している点に注意を向けたい。

同時に、我が国の伝統と文化の継承について、先人によって開拓された実績と指摘された問題を真摯に受け止め、理解し、尊重し、今後の状況展開に生かされていくことが期待される。ここで取り上げた取り組み事例はほんの少数例でしかなく、他にも多数存在しているに違いないし、今後も同様な取り組み事例が数多く出現し、将来大きな影響を与える提案が世に送り出されることを望みたい。

了

注①ロバート・ヒルバーン著・奥田祐士訳『ポール・サイモン　音楽と人生を語る』ディスクユニオン　２０２０年

注②竹林修一著『カウンターカルチャーのアメリカ』大学教育出版　２０１４年

注③ダニエル・ベル著　林雄二郎 訳『資本主義の文化的矛盾』（上）（中）（下）　講談社　１９７６年

注④三浦雅士著「山崎正和とダニエル・ベル」別冊アスティオン『それぞれの山崎正和』より　サントリー文化財団 ２０２０年

注⑤「自生的秩序」経済学者ポランニーの言葉である。ポランニーは社会現象の随所にアダム・スミスの「見えざる手」に似たものを発見して、これを自制的秩序（spontaneous order）と呼んだ。F・A・ハイエクが18世紀の「スコットランド啓蒙派」に求めた「市場社会」の秩序感の特質が説明されるが、この秩序は外側から一つの意思を持って意識的に作り上げられたものではなく、無数の個人の選択と決意の集合作用のなかに自ずと形成されるものであると説明されている。

注⑥宇野重規著『日本の保守とリベラル　思考の座標軸を立て直す』　中央公論新社　２０２３年

注⑦２０２２年2月9日 日本経済新聞 College edge 「「利他」文理つなぐのりしろ」

注⑧２０２１年12月13日 日本経済新聞 「語る」

注⑨中島岳志著『思いがけず利他』ミシマ社 ２０２１年

注⑩人間文化研究機構には機関として5機関が参加しているが、この総合地球環境学研究所も加盟が認められている。この機構には国立歴史民俗博物館、国文学研究資料館、国立国語研究所、国際日本文化研究センター、国立民俗学博物館が加盟している。これへの加盟が認められていることで対応が広がり、研究も促進されることが期待される。

注⑪２０２３年4月26日 日本経済新聞 College edge 「人類の歴史、哲学学ぼう」

注⑫今西錦司著『生物の世界　ほか』中央公論新社　２００２年

音楽展示をめぐる小考

シカゴ歴史博物館"Amplified : Chicago Blues"の展示評を中心に

髙橋和雅

1　音楽展示の方法論をめぐって

近年、博物館界隈では、「音楽を展示すること」への関心が改めて高まりを見せつつあるようだ。立体音響や仮想現実（VR）など技術的な選択肢が広がりゆく昨今、音楽を展示する「方法論」について、ひいてはそこから帰結する音楽展示の「意義」と「固有性」について、新たに議論が交わされ始めているように見える。

たとえば二〇一九年、アートマネージメント論に通じる河原啓子は、これまでの音楽展示の諸事例を整理したうえで、その展示形式が備える可能性と有用性について改めて議論を展開した。河原は、そもそも音楽展示の特異性は、モノを体系的に「実見」させる装置である博物館において、観客が「聴覚を伴う鑑賞」を求めざるを得ないというところにある、と主張する。そして、そのジレンマを乗り越えるために、あるいはそのジレンマを別角度から払拭するために、これまで音楽展示においては、ミュージアム・コンサートの実施や音楽家の貴重な遺品の展示、あるいはコンピューター・プログラミングによりランダム生成される音楽と映像の展示といった、様々なアプローチが試みられてきたと論じる。そのうえで、ジレンマを解消するためのそうした種々の方策はむしろ、従来の展示にはない「いま」「ここに」「一回限り」という特色、すなわち複製技術時代に消滅したとされる一回性の「アウラ」を生じさせるとし、その点にこそ音楽展示の有用性があるのだと結論づけている[1]。また、メディア論とミュージアム研究を専門とする村田麻里子は近年の論文において、「ポピュラー文化」を展示する方法を検討するというテーマ設定のもと、特にポピュラー音楽展示の手法と課題について重点的な検討を行なっている。村田は、二〇一三年と二〇一五年に神奈川県内で開催された「70'sバイブレーション！」展を主な事例として、「展示空間で音を流すこと」の難しさやそれらの音楽に付随する権利と許諾の問題などを取り上げ、音楽展示にまつわるいくつかの方法論的課題を浮き彫りにしている。(2) さらに二〇二一年、博物館論、文化資源学に精通する寺田鮎美は、「ミュージアムと音」を主題とする論考で、現代の博物館における「音」「聴覚」の活用可能性を総合的に検討した。寺田はまず、コロナ禍でハンズオン展示（手で触れることが可能な体験型展示）に制限が加えられている昨今の状況を鑑みたうえで、改めて「聴覚」を通じて来館者の博物館体験を豊かにすることの重要性を指摘する。そのうえで、「サウンドスケープ・デザイン」や「音による拡張現実（AR）の導入」といった諸々のアプローチを例示し、検討している。これらは音楽展示に特化した議論というよりは、いわば「音」と博物館の関係性を問い直す総論といえるが、しかし同論考おいてはほかならぬ「音楽」に導かれるAR体験の可能性なども挙げられており、そうした意味では音楽展示の方法論を問う文脈においても重要な議論であると見ることができる。(3)

あるいは音楽展示について論じた近年の研究としては、井上裕太の『日本音楽博物館論』もまた、注目すべき成果であろう。博物館学や博物館の歴史的研究に通じる井上は、本書においてまず、明治から近現代にかけての国内の音楽博物館の思想的、および実際的な変遷を体系化してまとめることを試みている。そして、その整理のうえで、現代の国内音楽博物館を形態別に「分類」し、それぞれの音楽博物館の現状と課題を浮き彫りにしている。すなわち、寺田研究同様に本書もまた、必ずしも音楽展示の方法論に特化した研究ではない。しかし、各博物館の現状の整理を進めるなかで、ある種必然的にそれぞれの音楽展示についても詳細な検討がなされることとなっている。たとえば「音楽家博物館」には「真正性を重視し、音楽家自身の生活ぶりの表出する」展示、「民族音楽博物館」には「伝統芸能と組み合わせて地域文化として発信する」展示、といったように、各展示方式の細かな例示と検証がなされているのである。なかでも井上は、音楽家顕彰の一環として行なわれる展示を厚めに取り上げており、実際に東海林太郎や上原敏に関する事例に触れながら、「音楽家個人の人間性の表出する展示」を目指す方向に発展の可能性を見出している。これらを鑑みるに、音楽展示の方法論部分に関しても、本書は肝要な議論を展開していると見て取ることができるのである。(4)

加えて、個々の研究者や学芸員、博物館関係者による提言はもちろん、博物館全体で音楽展示のあり方を模索する試みも、改めて進みつつあるといえる。近年の事例で特に注目すべきは、国立民族学博物館の取り組みであろう。国立民族学博物館はかねてより「モノとしての楽器の展示」に留まらない「文化としての音、音楽の展示」を標榜し、常設的に音楽展示を行なってきたわけだが、二〇二一年三月にその内容を一部リニューアルするに至った。このリニューアルでは、音のイメージにあわせたプロジェクションマッピングの導入や、実際の楽器を配すことで文化の伝播と分布を示した世界地図の設置などが試みられ、いくつかの方向から「文化における音楽」への想像力を一層刺激するような展示が追求されている。現在的な技術をも取り入れ、博物館全体で音楽展示のアプローチを検討、実践した例として、特筆すべきものといえよう。(5)

また、音楽展示の意義や方法論を問うこうした議論の隆盛は、国内に留まらない。国外においても、個々の展示の事例報告の枠を越えて、(6)音楽展示のアプローチそのものを理論的に検討するような論考が登場しつつある。たとえば、博物館関係者向けの国際ジャーナル*Museum Management and Curatorship*の二〇一六年刊行号では、サラ・ベイカー(Sarah Baker)、ローレン・イストヴァンディティ(Lauren Istvandity)、ラファエル・ノヴァク(Raphaël Nowak)ら三名の研究者が共同し、世界各地の音楽展示の手法について検討を重ねている。ベイカーらはまず、来館者個々人の記憶や感性と相互的に結び付くことを目指す「新しい博物館展示」への世界的な転換傾向などを背景に、音楽展示が各地でにわかに増加しつつあることを指摘する。そのうえで、各展示に関わる博物館員やキュレーターへの詳細な聞き取りをもとに、それらの音楽展示の要となるのは「物語(ナラティヴ)」を基盤に据えたアプローチである、との試論を展開する。曰く、ポピュラー音楽史の系譜をひとつのストーリーとして提示する、展示された楽器の背後にあるミュージシャンの人生の局面を強調する、といった物語(ナラティヴ)的な展示アプローチは、もともと間口の広い「音楽」というトピックへの一層の接近と共感を促し、ひいては来館者個々人と展示との主体的な「対話」を促進するという。このようにベイカーらは音楽展示のアプローチを分析し、「新しい博物館展示」のある種の最前線として、それらを評価していくのである。(7)なお、その後ベイカーたちは、音楽展示に関するこうした分析をさらに推し進め、二〇二〇年、音楽展示を構成する八つの概念的要素を整理した論考を発表するに至っている。(8)こうした試論は、ほかにも散見される。たとえば博物館学と民族音楽学を専門とするアルシーナ・コルテス(Alcina Cortez)は、二〇二〇年、数多の音楽展示の比較検討から、博物館における「音」の活用形態を「解説のための音声」「文化遺産としての音」「環境、背景としての音」「アート作品としての音」「[主にオンラインを介して]持ち寄り、共有される音」の五つに分類し、フレームワークとして提唱した。(9)他方、音楽学者のサラ・コーエン(Sara Cohen)は、一九九〇年から二〇一六年にかけてリバプールで開催された三つの音楽展示の通時的な検討を行ない、音楽展示のアプローチがコミュニティの人々の参画を重視する「複合的なかたち」へと徐々に変化してきたことを論じた。(10)このように、近年の博物館界隈では国内国外を問わず、音楽展示の方法論と可能性の再検討が積極的に行なわれ始めているのである。(11)

＊

さて、ここまで音楽展示に関する近年の動向を見てきたわけだが、実のところ私自身は博物館展示に専門的に関与する者ではない。アメリカ近代史を専攻し、都市の「ストリート空間」の歴史やそこで醸成された「音楽文化」の歴史を追究する、歴史研究者の端くれである。したがって、残念ながら博物館展示に特別の知見を持ち合わせているとは言い難いが、しかし先に記した研究テーマの関係上、アメリカの音楽展示、特に音楽展示と歴史展示の交差するところには常に関心を抱いており、アメリカでの史料リサーチのさなかにその種の展示と出会うことがあれば、可能な限り足を向け、学びの機会を得てきた。

たとえばここ数年の話でいえば、思い出されるのは、二〇一八年の冬に訪れたシカゴ歴史博物館（Chicago History Museum）の「シカゴ・ブルース」企画展だ。同展は、地域の歴史教育、歴史発信を担うシカゴ歴史博物館が、新たに獲得した膨大な写真史料を用いて、シカゴの代名詞たる「シカゴ・ブルース」の歴史を描き出すという大々的かつ意欲的な企画展であった。それはまさしく、音楽展示と歴史展示の両面を兼ね備えた催しであり、シカゴ・ブルースの音楽としての魅力とシカゴ・ブルースの歴史とを、ひいてはシカゴに生きた人々の歴史とをあわせて提示するための趣向を凝らした企画展であった。私としても学ぶところが多く、随所でノートを取りながら計二時間ほど、充実した見学時間を過ごした。

とはいえ、先にも記した通り私自身は展示を専門としているわけではないので、そうした見学体験をレビューや後記の類にまとめて発信しようという考えにまでは至らず、取りためたノートについてもそれきりしまい込んでしまっていた。しかし、音楽展示の方法論に関する議論が盛り上がりを見せつつある今、もしかしたら「歴史と音楽展示」に主眼を置く当時のその所感も、何かしら議論の糧となり得るのではないか。ここにきて、改めてそのように考えるに至った。そこでこのたび、当時のメモや見学直後の考察ノート、館内写真とセットで残した雑記などを、ひと通りまとめ直してみることにした。つまりは、そのときの見学体験や所感雑感をなるべくそのままに、「展示評」のかたちで再構成してみることにした。すでに時事性などは無きに等しいが、近年の議論を踏まえたひとつの試みとして、以下、ご笑覧いただければ幸いである。

2 展示評“Amplified : Chicago Blues”

シカゴ市北東部、リンカーン・パークエリアに位置するシカゴ歴史博物館は、その名の通りシカゴの歴史を総合的に扱う地域博物館だ。シカゴ大火やコロンビア万博、移民の流入や市内鉄道の発展など、幅広いトピックを展示で取り扱っており、まさしく地域史発信の拠点と呼ぶにふさわしい。そんなシカゴ歴史博物館にて、二〇一八年四月七日、またひとつ新たな展示が開始された。“Amplified : Chicago Blues”と題された、一九六〇年代のシカゴ・ブルースを題材とする企画展（二〇一八年四月七日～二〇一九年八月一〇日）である。展示期間も折り返しを迎えた一二月某日、真冬のシカゴにしては妙にうららかな日差しが注ぐ午後に、評者はこの企画展を見るべく同博物館へと足を運んだ[12]。

意外なことだが、シカゴの黒人たちの顕著な文化所産であり、いまや街の代名詞のひとつと化した感もあるこのシカゴ・ブルースを、同博物館が企画展のテーマに据えるのはこれが初めてだという[13]。その開催の背景には、新たなコレクションの充実がある。二〇一六年、同博物館は、ブルース・フォトグラファーのレイバーン・フラーレッジ（Raeburn Flerlage）が撮りためた数多くの写真をコレクションとして購入した。このフラーレッジは、一九五九年にジャケット撮影の初仕事を得て以来、六〇年代を通してシカゴのブルース界隈をカメラに収め続けた人物である。自身は白人でありながら、サウスサイド地域の黒人集住地区に住み込み、ブルース・クラブやミュージシャンの自宅に入り込んで撮影を重ねたことで知られる。フラーレッジのこうした写真、およそ四万五千点をコレクションに加えた同博物館は、改めてその貴重な史料を活用すべく、本ブルース展の開催を決めたのである。

博物館に到着し、いざ会場の二階に上がると、それが存外大掛かりな展示であることはすぐに知れた。その様相は、さながら「ブルースの小路」とでもいうべきであろうか。奥へと続く通路に沿って、ブルース・クラブやレコーディング・スタジオを模したセットが設けられており、そのひとつひとつがテーマ別の展示室として全体を構成する造りとなっている。

展示の冒頭、最初に現れるのは、レコード・ショップの外観を模した展示室だ。そこには、この企画展のはじめを飾るのにふさわしく、写真家フラーレッジの足跡を表す展示が配されている。たとえば、中央のパネルには、彼がもともとプロモーターやラジオ司会者として音楽業界で活躍していた旨、および六〇年代を通してレコード会社や出版社に写真を提供し続けた旨が記されている。そして周りには、その精力的な活動具合を裏付けるかのように、彼が携わった数々のレコード・ジャケットが掲げられている。ジャケットには、スタジオセッションから路上演奏に至るまでのさまざまな場面が映し出されており、その点からも彼の界隈への食い込みぶりがうかがえるようだ。これらの展示を通して、見学者は本企画展を構成する写真史料がいかなる人物によって残されたものなのか、その由来を改めて意識させられることとなる。

続く順路沿いの壁面には、やはりこの企画展の冒頭らしく、シカゴ・ブルースの来歴と特色を示す展示が並ぶ。目を引くのは、ブルースの伝播を表す全米マップだ。この展示ではまず、一九世紀末にミシシッピ州のデルタ地方で始まったブルースが、黒人の北部移住とともに各地に伝わり変化していったことが語られる。そして、なかでもシカゴにおいては、一九四〇年代末までに南部ブルースの「電気増幅」という方向にスタイルが発展を遂げた旨が強調される。曰く、大都市に到着したばかりの黒人ミュージシャンたちが、日銭稼ぎの路上演奏をする際、都会の喧騒にあわせて音を「電化」させたというのがその所以だ。ここではさらに、実際に「電気増幅」が為されたとされるマックスウェル・ストリートの写真展示などが続くことで、同スタイルの詳細が印象づけられる。結果として見学者は、シカゴ・ブルースの何たるかを一連の流れで把握することになる。

　以上を踏まえて考えると、この第一の展示室は二重の意味で本企画展への「入口」であると、すなわち「フラーレッジの世界への入口」かつ「シカゴ・ブルースの世界への入口」であると整理することができよう[14]。

　次に立ち現れるのは、レコーディング・スタジオを彷彿とさせる展示室だ。ここはその外観が示す通り、シカゴのレコード産業にまつわる展示が配置されたコーナーである。一九四〇年代末までに確立されたシカゴ・ブルースは、レコード産業を媒介として、内容の面でも知名度の面でも加速度的な発展を遂げた。そうした前提のもと、ここではその発展について、レコーディング現場の写真を手がかりに解説がなされていく。

　主軸となるのは、各ミュージシャンの録音風景をとらえた写真である。壁面の展示ボードには、エピフォンのエレキギターを抱えて録音マイクに向かうマジック・サム（Magic Sam）の写真や、プロデューサーの立会いのもとバックバンドとピアノを合わせるルーズヴェルト・サイクス（Roosevelt Sykes）の写真などが並ぶ。注目すべきは、彼らがこうしたレコーディングの場で、より新しいサウンドを紡ぎ出していったとする解説だ。録音に際して、たとえばマジック・サムはソウルやR&Bの要素を取り入れたブルースを吹き込んだというし、サイクスは古風なピアノスタイルを都会的なバンドサウンドと融合させたという。レコード化の事例が増えるなかで、シカゴ・ブルースがひときわ豊かになっていく様が伝わる。そして、続く大判パネルでは、シカゴのローカルなレコード会社がそれらの新しいサウンドを続々と発信していった旨が語られる。当時のシカゴには、ヒットメイカーとして名高いチェス・レコードを筆頭に、コブラ、ヴィージェイ、デルマークといった複数のブルース・レーベルがひしめいていた。これらのレーベルが競い合うようにブルース・レコードを発売した結果、シカゴ・ブルースは全米に広まり、名声を得たのだと同展示は解説する。以上のように、「電気増幅」されたシカゴ・ブルースの深まりと広まりを提示するのが、この第二の展示室の目論見ということになろう。

また、展示の方式としてここでいまひとつ着目したいのは、レコーディングにまつわる写真展示を見ながら、関連音源を聴くことができるという目新しい仕掛けだ。実は今回の企画展では、一階のカウンターで申し込みをした入場者に、専用の携帯音楽プレイヤーを貸し出すサービスが採用されている。展示閲覧中、見学者は解説パネルに記されたナンバーを音楽プレイヤーに入力し、その場で関連音源を聴くことができるのである。こうした試聴方式は企画展全体に共通するものだが、とりわけこの展示室においては、写真に写るレコーディングで実際に吹き込まれた音源を聴けるという点が大きい。見学者は、音体験もあわせて、眼前の録音風景をより立体的にとらえることが可能となる。

音体験を誘う仕掛けはこれに留まらない。たとえば同展示室には、エレキギターと電子モニターのセットが設置されており、曲目にあわせて簡単にギターコードを鳴らせるよう設定がなされている。さらには、レコーディングで使われるミキサー卓の模型も置かれている。もちろん実物ほどに多様な機能を備えてはいないが、それでもつまみの上げ下げで例題曲の各パート、すなわちドラムやベース、ボーカルなどの音量バランスを調整できるよう作られており、簡易的にサウンドエンジニアの気分を味わうことが可能だ。このように第二の展示室には、見学者が自らのタイミングで音を聴いたり、音に触れたりするなかで、レコード産業への関心を高めることができるよう、様々なギミックが施されている。こうした「参加体験型の音展示」の提供というのもまた、本企画展の主要な取り組みのひとつと数えることができる。

続いての部屋は、ブルース・ミュージシャンたちの自宅を模して造られた展示室である。玄関先に記された「四三〇八」のアドレスはおそらく、当時のブルース関係者たちのたまり場であり、かのマディ・ウォーターズ（Muddy Waters）も居を構えた、サウスサイド地域の四十三丁目ストリート付近を意識して振られたナンバーであろう。果たして、そうしたモチーフが予感させる通り、本展示室はマディら黒人ミュージシャンの自宅での写真を多数揃えたコーナーとなっている。

なかでも前面に押し出されているのは、ミュージシャンたちのフランクな「自宅セッション」の様子をとらえた写真である。見渡せばそこには、リトル・ブラザー・モンゴメリー（Little Brother Montgomery）のホームパーティーでハーピストのビッグ・ウォルター（Big Walter）とピアニストのサニーランド・スリム（Sunnyland Slim）が親密にセッションをくり広げる図や、サウスサイド地域のマディ宅でバンドメンバーがリハーサルに明け暮れる図などが並ぶ。生活的交流と音楽的交流の双方を孕む、ミュージシャン同士のプライベー

トな行き来を感じさせる光景だ。実際、同展示室の総括パネルは、これらの状況を指して、

> 一九四〇年代、五〇年代に黒人移住の第二波に乗って〔中略〕新たに到着したミュージシャンたちは、先に定着していたアーティストと結びつき、活気にあふれるブルース・コミュニティを創り出した。彼らは互いに支え合い、協力し、そして競合した。その創意工夫から、新たな音楽が生まれたのである。

との見解を示す。見学者はここで改めて、シカゴ・ブルースの生成と発展の背景にあった「日常レベルのコミュニティ」の存在を垣間見ることとなる。

また同様の観点は、外壁に掲げられた「ブルース・マップ」の展示によって、さらに掘り下げられることとなる。この展示は、当時のシカゴのマップに著名なミュージシャンの自宅やブルース・クラブ、レコーディング・スタジオなどの所在地を書き入れ、見取り図としたものである。その図が浮き彫りにするのは、サウスサイド地域、ウエストサイド地域、ノースサイド地域のそれぞれ限られた一画に、関連施設がひしめくように存在していたという事実だ。たとえば先述のマディの家などは、バンド仲間のリトル・ウォルター（Little Walter）の自宅と隣接し、なおかつ六つのブルース・クラブに囲まれていたことがわかる。ブルースに関わる人々の常日頃の行き来を、ひいてはそれが織りなすブルース・コミュニティの存在を、十分に想像させる展示であるといえよう。

実のところ、本企画展の担当学芸員であるジョイ・ビヴィンズ（Joy Bivins）は、シカゴ・ブルースの概要を伝えることに加えて、一九六〇年代のシカゴに息づいていたこの「コミュニティ」の存在を知らしめることが、"Amplified : Chicago Blues"の主要なテーマのひとつであると明言している。[15] であればこそ、この第三の展示室は、まさしくそうした狙いを具現した一画であると考えることができるのである。

通路の最奥、最後に登場するのは、板張りの壁で雰囲気を高めたブルース・クラブ風の展示室だ。この部屋には、ブルース・クラブでのライブの様子をとらえた数々の写真が展示されている。一九六〇年代当時、シカゴの各ミュージシャンたちは、自身の地域のいわゆる「ホーム」のブルース・クラブで夜な夜なライブをくり広げていた。またそれゆえに、聴衆の方も、地元の店でいつでもブルースを享受することができた。本展示室では、そうした状況をある程度先に解説したうえで、改めてその「地域的な盛り上がり」を詳らかにしていくという展示アプローチが試みられている。

たとえば大きく取り扱われているのは、サウスサイド地域のクラブの事例である。ここでは特に、黒人集住地区の中心街であった四三丁目から四七丁目までのエリアにスポットが

あてられる。提示されるのは、同エリアで営まれていた七〇八クラブやテレサズ・ラウンジの写真だ。そこには、自身の「ホーム」の手狭なクラブで定演をこなす、ジュニア・ウェルズ（Junior Wells）やリトル・ウォルターの姿が写る。あるいは、ステージからほど近い客席で踊り、飲み、騒ぐ観客の姿も写り込む。サウスサイド地域の演じ手と聴き手の熱狂、および一体感が端的に示された展示であるといえよう。

また、子細は違えど、ウエストサイド地域についても類似の展示がなされている。こちらで示されるのは、自宅近くのシルヴィオで熱演をくり広げるハウリン・ウルフ（Howlin' Wolf）の写真や、一八一五クラブのフロアで総立ちになって踊る観客の写真だ。このように最後の展示室では、地場のミュージシャンと聴衆たちが、なじみのクラブで夜毎にライブに興じていた様が提示される。地域に根差したライブへのこうしたフォーカスというのもまた、つまるところ、シカゴのブルース・コミュニティを示唆する試みであると見ることができる。

また本展示室では、全体のクライマックスにふさわしく、例の「参加体験型の音展示」についてもひときわ大掛かりなものが用意されている。いかにもブルース・クラブ風の展示室らしく、部屋の一画に簡易的なステージが設けられているのだ。無論、ここでできるのはシカゴ・ブルースを「歌う」体験である。ステージ袖には選曲台が設置されており、ボタンを押すと“Sweet Home Chicago”や“Got My Mojo Working”といった定番曲が流れ出す。見学者は、スピーカーから流れるその音源に合わせて、ステージ上のマイクで「ブルースのカラオケ」を楽しむことができる。さらにステージの左右には、大きく引き伸ばされた店内写真が貼り付けられており、歌い手は当時の客席のざわめきや煙さをもイメージしながらマイクに向かうことが可能だ。歌を通して、気軽にシカゴ・ブルースの魅力に触れつつ、一方でブルース・クラブという個別のテーマ自体への関心も深める。この最後の特設ステージは、見学者にそのような音体験を促す立体展示であるといえる。

以上が、企画展“Amplified : Chicago Blues”の展示概要となる。じっくり見てまわるのに、一時間半ほど要したであろうか。その規模感もさることながら、サブテーマや仕掛け、展示アプローチといった諸々の面において、実に**盛りだくさん**の展示であるという印象を受けた。

＊

さて、本企画展について、ビヴィンズ学芸員の言葉も参考に改めてその「狙い」を整理するならば、それはおそらく次の三つに集約されよう。すなわち、①シカゴ・ブルースとはいかなる音楽であるのか、その来歴と特色、発展の歴史を伝えること、②一九六〇年代のシカゴに存在していた、日常レベルのブルース・コミュニティを知らしめること、③「参加体験型の音展示」を提供し、シカゴ・ブルースの諸要素を「体感」してもらうこと、である。これらの狙いを踏まえたうえで、ここからは評者の所感を提示していきたい。

本企画展についてまず何より評価すべきは、同展がシカゴ・ブルースの世界へと人々を、特にブルース初学者らを誘い込む「イントロダクション」として、実に良く機能しているという点であろう。

鍵を担うのは、ほかならぬ「参加体験型の音展示」の存在である。そもそもの話になるが、今回のような「音楽の展示」が初学者らの見学を想定に含めようとする場合、そこにはある特有の課題が立ちはだかる。すなわちそれは「その音楽の醍醐味をまずいかにして伝えるのか」という課題である。元来、音楽の醍醐味といえば、かなりのところ無形のサウンドやそれが引き起こすエモーションといった部分に依拠するものであろうが、やはりこうした「勘所」を経由することなしに、その音楽になじみのない人々の最初の関心を引き出すのは難しい。しかし一方で、それらは多分に感覚的かつ感性的な要素であるがゆえに、展示で見せること自体が容易ではないのである。ひとつの対策として、関連BGMを各コーナーで流すようなやり方も考えられるが、感性に響かせるという意味では幾分訴求力に欠ける面も否めない。そんななか、本企画展において、音を楽しむかたちの体験型展示が採用されたことは意義深い。初学者らは、ギターの試奏やステージでの歌唱を通して、自らの感覚でシカゴ・ブルースの醍醐味にダイレクトに手を伸ばすことが可能となる。換言すれば、これらの音展示はブルース初学者らにうってつけの展示のかたちであると、すなわちシカゴ・ブルースへの「原初の興味」をかきたてるのに適した展示のかたちであると、見て取ることができるのである。

実際、評者が博物館を訪れた当日も、それらの展示を通してシカゴ・ブルースを味わい、最初の「足がかり」を得る見学者は多く見受けられた。たとえば、授業の一環で訪れたのであろう小学生たちは、そのほとんどが会場に入るなり真っ先に体験型展示へと向かっていた。試奏用のストラトキャスターをがむしゃらにかき鳴らし、出音を聴いては笑い合う。おそらくは連日の光景なのだろう。切れたまま換えの間に合っていないギター弦が、子供たちの日々の食いつきぶりを物語るようで、かえって印象的であった。他方、例のカラオケ・ステージには、ともに歌う黒人父子の姿があった。曲目は"Sweet Home Chicago"であったが、二人とも曲自体には詳しくないのか、思い思いの歌詞とメロディを口ずさみ合って楽しんでいる。常日頃、シカゴ・ブルースになじみのない人々が、気軽に音に手を伸ばしていった事例といえよう。これらを見れば、会場の随所に散りばめられた体験型展示の数々が、いかにシカゴ・ブルースの手触りを伝え、初学者らの興味を喚起していたかがわかろうというものである。

加えて重要なのは、体験型展示を通してシカゴ・ブルースへの関心を高めた人々が顔を上げると、今度はそこに「知への道しるべ」が用意されているという点だ。一九世紀末にミシシッピ州で発祥したというブルースが、黒人の北部移動とともに、いかに諸都市に枝葉を広げていったのか。いかにシカゴで「電気増幅」スタイルを獲得し、その後、シカゴ・ブルースとして全米的に展開していったのか。本企画展では、ともすればブルース史の「基本」にあたるようなこれらの事項を、ひとつひとつ丁寧に解説する展示が多い。つまり初学者らにとってみれば、音体験でシカゴ・ブルースへの関心欲が高まった矢先に、その世界への導入ともいうべき基礎知識が着実に提示されるわけである。本企画展の展示バランスの妙を、そこに見ることができよう。

以上のような二段構えをもって、同展はブルース初学者をシカゴ・ブルースの世界へといざなう。そのあり様はまさしく、シカゴ・ブルースへの「イントロダクション」と呼ぶにふさわしい。あるいはそれを指して、前述した狙いの①と③が有機的に連鎖し、実を結んだ成果であると評することも可能であろう。

しかしその一方で、一九六〇年代シカゴのブルース・コミュニティを語る展示としては、全体的にやや物足りない印象を受けた。もちろん、それも狙い筋のひとつであるだけに、全体を通してコミュニティに言及しているパネルは多い。また、コミュニティを示唆するための写真についても、レコーディング写真やライブ写真、果てはミュージシャンの自宅ショットまで、臨場感ある貴重なものがチョイスされているのがわかる。ただそれでいて、コミュニティを担保する、あるいはコミュニティそのものともいえる「場」や「つながり」「関係性」への着目が薄いために、個別の状況説明としては申し分ないものの、ブルース・コミュニティの実像を想起させるにはいまひとつ足りないように映るのだ。

たとえばそれは、ブルース・クラブに関する展示に当てはまる。一例として、サウスサイド地域のテレサズ・ラウンジの店内風景などは確かにそれ自体貴重だ。しかし、そのクラブを介する「地場の集まり」をコミュニティとして提起するのであれば、サウスサイドの四七丁目付近の風景や情報をあわせて展示する方が効果的だったのではないだろうか。見学者は本来、そうした文脈から集う人々の距離感や地域性を想定し、コミュニティの内実を思い描くのではないだろうか。あるいは、ミュージシャンの自宅にまつわる展示についても同じことが言える。自宅セッションの風景から、ミュージシャン同士の日常的なつながりを想起させる、その試みは大変興味深い。だがここでも、ミュージシャン同士の関係性を匂わせる情報が添えてあった方が、より説得的だったのではないだろうか。見学者はそこから、セッションの際の対話やふるまいに思いを馳せ、ひいては人と人とが織りなすコミュニティを想像し得るのではないだろうか。

無論、「場」や「関係性」にまつわる史資料が残されていなければ、そうした見せ方はそもそも考慮の外となろう。しかし、同展の冒頭でも示された通り、フラーレッジは現場に深く入り込んだフォトグラファーであり、広範な現地写真や、取材に関する記述を残したことでも知られる。むしろ本企画展は、フラーレッジのそうした「現場感」に依拠して、一九六〇年代のブルース界隈の実像を示そうとスタートしたはずである。であればこそ、フラーレッジの貴重な史料を十全に活用するという意味においても、ブルース・コミュニティの提示の仕方にはいまだ模索の余地があるのではないだろうか。

以上、二点ほど私見を述べた。もちろんそれも言うは易しで、概説展示としての構成を評価しつつ、同時にコミュニティ展示としてのさらなる充実を求めるなどというのは、ひとつの限りある企画展であることを顧慮しきれていない不適な見解なのかもしれない。たとえ元々複数の狙いを持つ企画展なのだとしても、あれもこれもと「力点」を増やし過ぎるのであれば、結果として散漫な展示になってしまうという考え方もあろう。しかし、最後に付け加えておきたいのは、評者が訪れたこの日、ほかにもかなり幅広い層の人々が同展を見学しに来ていたという事実である。駆けまわる初心の子供たちから、某かのメモと展示を付け合わせて歩く専門家らしき壮年男性まで、会場には様々な人の姿があった。それはつまり、この新しいブルース展が、現在進行形で多方面にアピールしているということにほかならない。その状態を目の当たりにしたがゆえに、評者としては同展のさらなる多面展開の可能性を、すなわち概説的な面も専門的な面も一層充実させゆく可能性を、いささか勝手ながら考えたくなってしまった次第である。放言、ご海容願いたい。

おわりに

以上が、二〇一八年のブルース展訪問時の見学体験といくばくかの考察を、ほとんどそのままに書き起こした展示評となる。最後に、このときには触れることのなかったブルースをめぐるアメリカ全体の状況について、簡単に補足をしておこう。二〇〇三年、作曲家のW・C・ハンディ（W. C. Handy）がミシシッピ州タトワイラーの駅で黒人農夫のブルースを「発見」してからちょうど一〇〇年が経過したことにちなんで、アメリカでは「ブルース生誕一〇〇周年」を祝う声があがった。それにあわせて、ブルースを題材とするドキュメンタリー映画シリーズの公開や大規模コンサートの開催など、様々な記念事業が展開し、ブルースを一種の「文化遺産」として扱う傾向は加速した。そして、そこで生まれた流れは二〇〇〇年代、二〇一〇年代、ひいては二〇二〇年代初頭を通じて、直接的にも間接的にも全米各地で引き継がれていった。たとえば、一九八〇年以来「ブルース殿堂」の表彰を続けてきたブルース財団は、その長年のブルースとの関わりを活かすかたちで、二〇一五年、ブルース殿堂博物館(Blues Hall of Fame Museum)をテネシー州メンフィスにオープンさせた。また、ミシシッピ州において二〇〇六年に始まったブルース・マーカーの設置活動は、二〇二〇年代に入った今も新たな名所を着々と選定するかたちで続けられている。あるいはシカゴの例でいえば、二〇一七年六月、都心ビルに高さ一〇階分のマディ・ウォーターズの巨大壁画が描き出され、衆目を集めたことは今も記憶に新しい。このようにアメリカでは、二〇〇三年以来、ブルースを「遺産」として再評価し、ときに「資源」として活用するような向きが継続して広まりを見せてきたのである。つまり大局的に見れば、先の“Amplified：Chicago Blues”展は、ブルースの遺産化、資源化の大きな流れがあるなかで、シカゴ歴史博物館が改めて「豊潤な文化遺産」たるシカゴ・ブルースに手を伸ばした事例であったということができよう。

そして、同企画展をきっかけに動き出したシカゴ歴史博物館のシカゴ・ブルースという「遺産」へのその取り組みは、その後も着々と進展しているように見える。フラーレッジの膨大なブルース写真は、改めて史料コレクションとして整理され、今では他の多くの写真史料と同様、オンラインでの閲覧が可能となった。また、シカゴ歴史博物館の公式サイトでは、それらの写真と音源、映像を組み合わせたシカゴ・ブルースのデジタル展示が公開され、主要なコンテンツのひとつとなっている。こうした進展具合からすると、おそらくそう遠くない将来、“Amplified：Chicago Blues”に次ぐ新たなシカゴ・ブルースの展示プロジェクトを目にする機会も訪れることだろう。

果たして、シカゴ歴史博物館は、今後どのようなシカゴ・ブルースの展示を試みていくのか。そしてそれは、もうひとつの大きなコンテクストである「音楽展示の方法論をめぐる議論」にいかなる作用を及ぼしていくことになるのか。ぜひとも注視していきたいところである。

註

(1) 河原啓子「音楽・楽器ミュージアムにおけるマネジメントの考察——音の展示のジレンマは克服できるか」(『国立音楽大学研究紀要』第五四集、二〇一九年)。

(2) 村田麻里子「ポピュラー文化を展示する——スポーツ・マンガ・ポピュラー音楽を事例に」(『関西大学社会学部紀要』第

四七巻第二号、二〇一六年)。

(3) 寺田鮎美「ミュージアムと音──聴覚によるミュージアム体験の新たな可能性に関する一考察」(『日本ミュージアム・マネージメント学会研究紀要』第二五号、二〇二一年)。

(4) 詳細は、井上裕太『日本音楽博物館論』(同成社、二〇二一年)を参照。また、井上の音楽家顕彰をめぐる見解については、いくつかの音楽家博物館の実例をもとに記された論考「音楽家顕彰活動における博物館の関わり──秋田県出身の流行歌手・東海林太郎と上原敏の事例を中心に」(『國學院雜誌』第一一六巻第五号、二〇一五年)、「ポピュラー音楽博物館の過去・現在・未来──美空ひばりと石原裕次郎の展示施設を事例として」(『國學院雜誌』第一一八巻第一一号、二〇一七年)も参照されたい。さらに井上は、それらの成果を踏まえつつ、論文「音楽家顕彰活動における継承と創造──東海林太郎直立不動像の建立と関連事業に着目して」(『弘前学院大学文学部紀要』第五九号、二〇二三年)において、「音楽家顕彰の持続的な展開」という現在進行形の課題により深く向き合うことを試みている。なお、このほか『日本音楽博物館論』では、音楽博物館と地域との連関、すなわち音楽博物館が地域振興に果たす役割と相互作用にも議論の焦点が合わせられており、紙幅を割いて検討がなされている。この論点については、井上裕太「音楽による地域振興と博物館の役割」(『國學院大學大學院紀要 文学研究科』第四七巻、二〇一五年)も参照されたい。

(5) 国立民族学博物館の音楽展示の基盤は、二〇一〇年三月の同展示のリニューアルオープン段階で築かれたものである。そして、この音楽展示の作成、設置にあたって「文化としての音・音楽の展示」「『人間にとって音・音楽とは何だろうか』という問いに思いを巡らせる場所」などが主たるコンセプトとされたことは、同プロジェクトに深く関わった寺田吉孝の言に詳しい。詳細は、寺田吉孝「新音楽展示への誘い」(『月刊みんぱく』第三四巻第八号通巻第三九五号、二〇一〇年)などを参照。また、二〇二一年三月に一部更新された展示の内容については、岡田恵美「新・音楽展示の歩き方」(『月刊みんぱく』第四五巻第五号通巻第五二四号、二〇二一年)なども参照されたい。

(6) なお、音楽展示、音楽博物館、楽器博物館などにまつわる数々の事例報告は、国際博物館会議(ＩＣＯＭ)の楽器の博物館・コレクション国際委員会(ＣＩＭＣＩＭ)において、定期的に共有されている。

(7) Sarah Baker, Lauren Istvandity and Raphaël Nowak, "Curating Popular Music Heritage: Storytelling and Narrative Engagement in Popular Music Museums and Exhibitions," *Museum Management and Curatorship*, Vol. 31, Issue 4 (2016).

(8) Sarah Baker, Lauren Istvandity and Raphaël Nowak, "Curatorial Practice in Popular Music Museums: An Emerging Typology of Structuring Concepts," *European Journal of Cultural Studies*, Vol. 23, Issue 3 (2020).

(9) Alcina Cortez, "Museums as Sites for Displaying Sound Materials: A Five-use Framework," *Sound Studies*, Vol. 8, Issue 1 (2022).

(10) Sara Cohen, "Continuity and Change in Popular Music Curation: Exhibiting The Musical Past in Liverpool," *Popular Music History*, Vol. 13, No. 1-2 (2020).

(11) あるいは、国内における「音楽展示」への関心の高まりは、近年あいつぐ個別の事例報告、および実践報告からも見て取ることができる。詳しくは、寺田吉孝「新世紀ミュージアム――ネパール音楽博物館」(『月刊みんぱく』第四二巻第四号通巻第四八七号、二〇一八年)や井上裕太「音楽博物館の展示現況――ウルグアイとアルゼンチン両国に存在するカルロス・ガルデル博物館とタンゴ博物館を比較して」(『博物館学雑誌』第四四巻第一号、二〇一八年)などを参照。加えて、二〇一九年に催された国立民族学博物館の企画展「旅する楽器――南アジア、弦の響き」に関連して、実行委員たちが解説を記した「〈特集〉南アジア、弦の響き」(『月刊みんぱく』第四三巻第二号通巻第四九七号、二〇一九年)も同じく参照されたい。さらに、音楽博物館における日本伝統音楽の教育普及事業について論じた脇谷真弓「音楽系博物館における日本伝統音楽教育の取り組み」(『博物館学雑誌』第四三巻第二号、二〇一八年)や、博物館による音楽映像資料の収集およびその還元について論じた寺田吉孝「新しい音楽研究を求めて――博物館やアーカイヴズとの連携の可能性」(『民俗音楽研究』第四四号、二〇一九年)といった論考が、近年続けて発表されていることも考えると、「音楽と博物館の関係」それ自体への多角的な関心が現在醸成されつつあるといえるのかもしれない。

(12) 事実、この取材前後の二週間はやたらと春めいており、現地の人をして「今年は暖冬かな?」と言わしめるほどであった。まさかその翌月、史上稀に見る大寒波に見舞われ、氷点下三〇度を記録することになろうとは……。

(13) ただしこれまでも、常設展の一画に、シカゴ・ブルースの歴史を語る小コーナーが設けられてはいた。

(14) 実際の展示室に「第一」「第二」といったナンバーは割り当てられていない。ここでは展示概要の説明をわかりやすくするために、評者の方で、順路に沿って便宜上ナンバーを振り分けた。

(15) Steve Johnson, "New Blues Exhibit at Chicago History Museum Lets You Play 12-bar Blues and Invent Your Own Album Title," *Chicago Tribune*, 5 April 2018を参照。

バテレンとカピタンとの三世紀

遭遇から三〇〇年、日本の西洋との付合い

恩田統夫

目次

（はじめに）

東洋の東端の荒海に浮かぶ小さな島国日本は、航海術が発達するまでの長い間、西洋にとっては名前だけの遠い存在だった。一三世紀中頃、イタリヤ人冒険家マルコ・ポーロは元の首都大都（北京）に二〇数年間滞在、その間元朝初代皇帝フビライに重用され西はインドやスリランカ、南はベトナムやインドネシアなど数多くの周辺諸国を訪れていたが、日本に足を踏み入れることはなかった。帰国後書かれた「東方見聞録」でも「黄金の国ジパング」と日本の存在を伝えるだけだった。西洋による発見までは日本は世界地図や地球儀の上では太平洋上をあちこちに浮動しながら描かれる位置の定まらない存在に過ぎなかった。歴史にＩＦはないが、フビライの元寇が成功していたらひょっとして西洋人による日本発見者はマルコ・ポーロとなっていたかも知れないと思った。

それから約三世紀経過した大航海時代末期、黄金伝説に魅

かれた西洋は日本を目指し動き出していた。西洋は海からの新しい航路を開拓しアジアに近づき、遂に、日本を発見する。西洋との初めての遭遇として歴史上象徴的に語られているのが、一五四三年の種子島でのポルトガル商人との出会いと一五四九年の鹿児島に上陸したイエズス会宣教師との出会いであった。これにより日本には鉄砲とキリスト教が伝来、それを伝えた西洋人たちはルネッサンスの自然科学の最先端知識を身に付けていた。この未知との遭遇から半世紀足らず、日本は戦乱の世を終息させ天下統一を実現させた。日本の歴史は混乱の中世から泰平の近世へと移行する。歴史家はこの西洋との初めての遭遇を「ウエスタン・ショック」(西洋の衝撃)とも表現する。その後、徳川幕府が誕生、国内安定を最優先させ、キリスト教を禁止し約二五〇年間、国を鎖した。西洋との付き合いはオランダのみとし、戦争のない自給自足の平和の世を実現した。

一九世紀央より、西洋列強はアジア侵略を競い、各地で植民地争奪戦を繰り広げるようになった。日本にも黒船来航が接踵し開国を要求した。幕府は祖法を放棄、開国に踏み切った。日本はこの西洋との二回目の遭遇のショックを明治維新という民族革命により犠牲を最小限に食い止め乗り切った。以降、一路脱亜入欧の西洋志向路線を邁進、日英同盟を梃に第一次世界大戦では戦勝国となり、開国から僅か半世紀で、日本は世界の一等国の仲間入りを果たした。その後は、無謀にも世界の覇権を求め西洋に挑戦するも惨敗、史上最大の挫折を経験する。だが、第二次世界大戦後は奇跡とも称賛された高度経済成長に成功、短期間に世界の経済大国として復活した。覇権国家となっていたかつての敵国アメリカの全面的な支援があった。

現在、日本は憲法に「戦争放棄」を掲げ、キリスト教国ではないが、民主主義・資本主義・平和主義の経済大国としてアメリカと同盟関係にあり、西洋と価値観を共有し行動を共にしている。これに世界の誰もが不思議とは思わず、日本自身も違和感を覚えていない。

日本の西洋との付き合いは最初の遭遇から約五〇〇年となるが、本稿では開国を分岐点に、前半三〇〇年強をファースト・コンタクトと表現する。古代国家成立以降の一五〇〇年に及ぶ日本の長い歴史を振り返ると、日本が最も広く交流し最も多くを学び最も気遣いしつつ付き合ったのは、前半一〇〇〇年は中国、直近五〇〇年は西洋だった。西洋とは付合いは短いが、現在の日本の「国のかたち」造りの手本となっている。このファースト・コンタクト三〇〇年に限れば、日本人が直接顔を突き合わせコンタクトした西洋人は宣教師と貿易商人たちだけだった。

この三〇〇年を「バテレンとカピタンとの三世紀」と呼び、以下この歴史を考察してみたい。

一．大航海時代、西洋はアジアを目指した

（一）一六世紀の「西洋」の様相

一五世紀の西洋は、強国はフランス、イギリス、神聖ローマ帝国（ドイツ＋オーストリア）の三ヵ国、文化と経済の中心は夫々イタリヤとフランドルだったが、中世カトリックの伝統的な世界観が揺らぎ、新航路発見、ルネッサンス、宗教改革という三つの潮流に彩られていた。

一六世紀に入ると、西洋には近世への移行を感じさせるグローバル化ともいえる新たな潮流が生まれた。その先陣を切ったのが辺境の地イベリア半島の二つの新興王国ポルトガルとスペインだった。両国は永年の宿敵イスラム諸国を避け海からアジアを目指し、大西洋を東西に別れ新航路開拓に邁進し日本に近づいてきた。この一六世紀の西洋の大航海には四つの顕著な特徴があった。

1．主役はイベリア半島の二つの新興国家

西洋の後進地域ともいえる辺境イベリア半島で誕生間もない二つの絶対主義王制国家、ポルトガルとスペインはともに悲願のレコンキスタ（イスラム勢力からの領土回復）を真っ先に成し遂げ西洋一の名門ハプスブルク家との婚姻関係を築き国威を高め、大西洋を夫々東西に別れアジアと新大陸への新航路開拓に先陣を切っていた。宗教改革で守勢に立たされたローマ法王は、両国にカトリックの苦境脱出の夢を託し世界分割による信徒拡大の方針を打ち出した。

2．大航海は冒険から征服に変貌

西洋では、軍事革命が始まり、鉄砲・大砲等の新兵器の開発、戦艦の巨大化、兵力規模の拡大等により軍事力が飛躍的に強化されていた。軍拡競争が進む中、西洋の大航海競争も、アフリカ、アジアや新大陸へのアプローチは単純な「冒険」の域を超え、暴力的な色彩が濃い「征服」へと変貌し、植民地争奪戦の様相を呈するに至った。この大航海を通じて、金・銀・香辛料等の希少品に加え黒人奴隷などを含めた交易で生じた膨大な富が西洋に流入していた。特に、航海のパトロンとなった各国の国王にもたらされた金銀、財宝は莫大なものだった。

3．苦境のカトリックはグローバル化で逆襲

宗教改革で守勢一方に立たされていたカトリック側から反撃の狼煙が上がった。パリ大学で神学を学び強い信念と深い教養を身に付けたイグナチオ・ロヨラを総長とする若き司祭七人が一五四〇年、法王への忠誠と伝道精神に富む修道会イエズス会を設立し、ローマ法王や各国王の支援を受け世界宣教に乗り出していた。この使命感に燃えた宣教師たちが、ポルトガル王の支援を受けポルトガル商人たちとともにインドのゴアを拠点にアジアでの信徒拡大を目指し布教活動を始めた。一方、西に向かったスペインが布教の先兵としたのは托

鉢修道会のフランシスコ会やドミニコ会であり、彼らは新大陸を発見する。

4．地球球体論が後押したアジア航路開拓

地球球体論は、前五世紀ギリシャの哲学者により初めて提唱されヘレニズム時代数理地理学の起点となって地図作成に活用されてきた。アラビア経由で西洋に伝わり一五世紀に至りやっとイタリヤ人天文学者トスカネリが旧来の地球平面説は誤りと指摘し地球球体論は復興した。彼は西に行けば早くインドに到達できるとコロンブスなど冒険家に伝えていた。地球平面説を信じて疑わないアジアにこの新論を伝えたのはイエズス会士たちだった。

（二）ポルトガル・スペインの日本への航路開拓

一四九二年、スペイン王の支援を受けたコロンブスがインドと思われる大陸を発見するとポルトガルとスペインの関係に軋みが生じた。ローマ法王は両国間の仲裁に入り、一四九四年、西洋を除く全世界を大西洋上の西経四六度辺り（セネガル沖）に南北に径線を引き東側はポルトガル、西側はスペインとする世界分割協定トルデシーリャス条約を締結させた。これにより、ポルトガルは大西洋を東回りで、スペインは西回りで新航路開拓を行うこととなった。法王はこれを支援し信任状を付与、両国は新発見地を植民地化できるお墨付きを与えられた。とんでもない身勝手で一方的な条約ではあったが、両国は大手を振って世界での植民地拡大戦略を進めることとなった。

1．ポルトガルは「東回り」でアジアを目指した

最初に大航海時代を主導したのは人口百数十万の小国ポルトガルだった。一四一五年、アフリカ北端のモロッコを攻略し、これが大航海時代の幕開けとなった。その後、金銀・香料・奴隷という交易品を求めてアフリカ西海岸を南下し、一四八二年､コンゴ､八八年には喜望峰に達する｡その後､ヴァスコ・ダ・ガマはモザンビークを経てインド洋を東進、遂に、九八年には目指すインドのカリカットに到達。その後敵対するイスラム勢力を各地から駆逐、インド洋の制海権を握り、一五一〇年ゴア、一一年マラッカ、一五年ホルムズ、一七年コロンボと次々に攻略する。この間、ポルトガルはインドを目指した船が航路を誤り一五〇〇年、思いもかけずブラジルを発見、トルデシーリャス条約により自らの植民地としていた。

後に日本に最初に到達するポルトガルは、西はモザンビーク、東はマラッカ・マカオを経て長崎に繋がる「海上帝国」を築き、その首都ゴアは「東洋のローマ」に喩えられるほど輝き、イエズス会のアジアでの活動の拠点となっていた。ポルトガルは、スペインとは違い、広い領土の獲得とその植民地経営を一義的目的としておらず、良港と居留地の確保による通商の拡大を狙っていた。スペインと比べ植民地主義的色

彩は薄かったが、奴隷貿易には熱心で「奴隷商人」と呼ばれていた。

2.スペインは「西回り」でアメリカ大陸を発見した

一四九二年一月、スペインはグラナダを攻略、レコンキスタを完成させた。ちょうどその頃イタリヤ人冒険家コロンブスは地球球体論から西回りでインドに行けば途中で必ず黄金の国ジパングを発見できると信じ大航海を計画、ポルトガル王やスペイン王にその援助を求めていた。しかしポルトガル王には断られスペイン王からも中々色よい返事がもらえなかった。仕方なくフランスやイギリスにパトロンを求め旅立とうとした矢先、王室からの使者によりスペイン王の許可が下りたと通告された。グラナダ陥落で王室財政に余裕ができたとのことだった。

一四九二年八月、コロンブスは三隻の船と一〇〇人の船員でスペインを出航、同年一〇月カリブ海のサン・サルバドルに到達した（アメリカ大陸発見）が、コロンブスはそこをインドと信じ、カリブ海の島々を西インド諸島、現地人をインディアン（英語）あるいはインディオ（スペイン語）と書き残した。帰国したコロンブスは多額の報奨金と栄誉に浴し貴族に栄進した。九九年、アメリゴ・ヴェスプッチがこの地をインドではなく新大陸だと確認し公表、彼の名に因み新大陸は「アメリカ」と命名された。

スペインはこの新大陸発見によりポルトガルに較べ出遅れていた海外展開を一段と勢いづけた。コロンブスを嚆矢とし多くのスペイン人冒険家が法王からの「認定征服者（コンキスタドール）」として続々と新大陸を訪れた（コロンブスは三回も訪れた）。南アメリカは一六世紀中頃にはブラジルを除き殆どがスペインの植民地となった。

スペインでは、カルロス一世（在位一五一六～五六）がハプスブルク家家長となり、国家連合体神聖ローマ帝国の皇帝も兼ねることとなった。その息子のフェリペ二世（在位一五五六～九八）の時代、彼の率いるカトリック連合軍は地中海でオスマン帝国海軍を撃破（一五七一）、八〇年、フェリペ二世はポルトガル王女と結婚しポルトガル王も兼任、新大陸も殆どを植民地に加えていた。スペインは世界最初の「太陽の沈まない国」となり絶頂期を迎えた。

スペインはアメリカ大陸発見後も太平洋をさらに西進する。スペイン王の支援を得たマゼランは総勢二五五名の艦隊を率いてスペインのセビリアから東洋の香料諸島モルッカを目指し西回りで出航し、南アメリカ南端のマゼラン海峡を発見、太平洋（彼の命名）に達し、一五二一年にはフィリッピンに到達、西回りのアジア航路開拓に成功した。マゼランは同地で戦死するが、マゼラン艦隊はさらに西進しスペインに無事帰航。帰還できたのはたった一八名だったが、これが初めての世界一周となり、遂に地球は丸いことが実証された。その後六五年、マニラからのメキシコ・アカプルコまでの東回りの復路も開拓され、「アカプルコ→マニラ→福建」を繋ぐ仲介貿易（ガレオン貿易）が頻繁に行われるようになった。マニラでメキシコ産の銀と中国産の絹、陶磁器などが交換された。この貿易は、盛時は年三回のペースで行われ、大量の銀が中国に、莫大な利益と財宝がスペインにもたらされた。

（注）フィリッピンの国名はフェリペ二世の名に由来。

二．戦国末期、漸く西洋は日本に到達した

大航海時代先頭を走ったポルトガルとスペインは、大西洋の航路は夫々東回り西回りと異なっていたが、アジアのフィリッピンとモルッカ諸島（マルク諸島）で遭遇した。ポルトガルは世界分割条約ではともに自国に帰属していたが、香料のないフィリッピンをスペインに譲りモルッカのみを自領とし妥協した。西洋は「銀の王国」日本の直ぐ傍まで迫ってきた。

（注）一五四三年、生野銀山で良質銀鉱石が発見され日本は世界最大の銀産出国となった。

日本の西洋との「ファースト・コンタクト」の事例の一つは、倭寇と協働していたポルトガル商人の大型船の漂着であり偶然の遭遇だった。もう一つは六年後の宗教改革で追い詰められたカトリックが信徒拡大のためアジアに派遣した崇高な信念をもった若きエリート宣教師たちによる入念な準備が重ねられた計画的な遭遇だった。

（一）鉄砲伝来

1．「天文一二年（一五四三）八月二五日、一〇〇人ほどの外国人が乗船した一艘の大きな船が種子島の南端の砂浜、西村の小浦（前之浜）に漂着、服装も初めて見るものばかり、言葉も通じなかった。乗船者の中に明の儒者五峯という人物がおり、村の織部丞が砂上に杖で書いて漢文で筆談した。五峯は、西洋人は粗野なところもあり文盲だが商売がしたいだけで怪しいものではないと応答した。乗船者が南蛮商人であることが判明。このため、第一四代島主種子島時堯がフランシスコとキリシタ・ダ・モッタという二人のポルトガル人が保有していた鉄炮二挺を購入、火薬の調合法を家臣篠川小四郎に学ばせた。また一挺を紀州根来寺杉坊に譲った。種子島から関西や関東にも鉄炮情報が広まった。翌年別のヨーロッパ人から鉄炮の鋳造法を刀鍛冶八板金兵衛に学ばせた」。（以上は鉄砲伝来の基礎資料「鉄炮記」からの引用である）

2．船はポルトガル人所有船でポルトガル人が代表者であり、五峯と称した中国人儒者は当時の倭寇の頭目「王直」だった。種子島時堯は鉄砲二挺を購入、鉄砲はマラッカ製の瞬発型、値段は極めて高価だった（一説では一挺千両＝一億円）。ポルトガル商人は対日貿易のうま味に気付いたに違いない。彼らは平戸に出没するようになる。

3. 種子島時堯は直ちに島の刀鍛冶に国産化を命じ、試行錯誤を繰り返したが、一年後に何とか複製化を成功させた。種子島という辺鄙な地の鍛冶職人がたった一年で製造法を修得し自製化していた。この噂は日本各地に広まり、自製化された鉄砲は「種子島」と呼ばれるようになり、真っ先に噂を聞き駆け付けた紀伊根来寺に自製化した一挺を与えた。根来寺は大勢の僧兵を抱えた紀伊の一大軍事勢力であり、時堯が苦労の末修得した技術を惜しげもなく根来寺に与えたのには驚いた。根来寺もお抱え鍛冶職人が一年程で自製化に成功、量産化を始めた。尚、一五四四年、時堯は伝来の鉄砲のもう一挺を薩摩藩主島津貴久を通じ室町幕府将軍足利義晴に献上している。

（二）キリスト教伝来

一五四九年八月、イエズス会宣教師フランシスコ・ザビエルが薩摩半島坊津に上陸した。一行はザビエルも含め三人の宣教師（バテレン＝伴天連）の他三人の日本人も含まれていた。ザビエルは一五〇六年生まれの名門出のバスク人で二五年パリ大学に留学。三四年そこで出会ったロヨラを総長とし清貧・貞潔・聖地巡礼を誓願、カソリックの世界宣教を目的とする修道会「イエズス会」の創設に七人の創設者の一人として加わった。四二年、ポルトガル国王の要請でインド管区長としてゴアに派遣され、そこを拠点にマラッカ、モルッカ諸島等で宣教に従事した。その間薩摩出身武士ヤジロウと出会い西洋人未踏の地日本での宣教を決意する。ヤジロウとの事前勉強で先ず京で天皇に拝謁し宣教許可を得て活動を全国展開するという方針で多くの土産品を船に積み込んできた。宣教師は「神は万物の創造主。唯一・絶対・全能の神に救いを求めよ。信じれば必ず救われる」が日本での説教の定石とした。

上陸後、ザビエルは先ず島津藩主貴久に謁見、布教許可を得たが直ぐに仏僧の猛反対で許可は取り消された。一〇〇人程の信者を得て薩摩を離れ、平戸、山口、堺を経て京に上った。京は戦乱で荒廃、天皇は力を失い将軍は京に不在、失意のうちに一一日間で京を離れた。帰途山口で再会した大内義隆に天皇への奉呈を考えていた土産品の望遠鏡、置時計、鏡、眼鏡、絵画、書籍等を献上した。義隆は大変な喜びようで布教を許可し廃寺となっていた大道寺を一行の住居兼教会として供与した。ここに二ヵ月ほど滞在、多くの信者を獲得したという。その後、豊後の大友宗麟や肥前の大村純忠などの保護を受け布教した。日本滞在が二年三ヵ月程となった五一年一一月、ザビエルは日本を離れる。日本の精神性への中国の影響の大きさを目の当たりにし、「中国布教が先」と考えたのかも知れない。彼は四人の日本人青年を乗船させ、先ずゴアに向かい司祭養成学校聖パウロ学院に入学させた。五二年、中国に向かうも、入国は叶わず広東沖の上川島で病死する。イエズス会はその後も日本に後任の宣教師を送り続けた。ザビエルの二年三ヵ月の日本滞在で集めた信者数は約七〇〇名。山口滞在の二ヵ月だけで二〇〇名の信者を集めたというが、彼の日本滞在は種まき程度に終わっていた。戦乱の中、領主は貿易での利と兵器を求め領民にも入信を促し、領民も物質的援助や来世救済を求め入信していた。入信は集団的改宗の性格が強かった。

三. 天下人は怯まず前向きに西洋を受容した

西洋との最初の遭遇があった頃、日本では戦国時代が一二〇年余り続き、漸く戦乱の世を終息させる世代がこの世に生を受けていた。鉄砲伝来時、織田信長は九歳、豊臣秀吉は六歳、徳川家康は誕生したばかりだった。三人は戦国の世を逞しく成長し、三〇数年後順次天下人となり西洋とは延べ四〇年余夫々個性的に対峙した。

一方、日本発見に成功したポルトガルとスペインの両国は同君連合の下、ポルトガル王は「日本では貿易はポルトガル、布教はイエズス会」と仕切っていた。トルデシーリャス条約により日本はどちらかといえば力の弱いポルトガルのテリトリーとなったのは幸運だった。

当時、南蛮人（ポルトガル人とスペイン人）の日本上陸の目的は明白で、「銀」と「カトリック布教」の二つだった。しかもこの二つはセットとなっていた。来航する南蛮船には西洋の珍しい贈答品や世界で人気の中国産生糸、日本人が喉から手が出る程欲しい鉄砲や火薬原料硝石などがたっぷり積み込まれていた。宣教師と商人はタッグを組み、宣教師は貿易斡旋や贈答品を餌に布教を、商人は生糸と鉄砲を餌に銀を、夫々狙っていた。日本に上陸した南蛮人を困惑させたのが日本は依然戦国の世、権力の所在が不明だったことだった。布教や貿易の許可を誰からもらったらいいのかが分からず、取り敢えず、上陸港を支配する大名に接近、順次、天皇や将軍や有力大名のいる京を目指すという道を辿らなければならなかった。

一五六八年九月、信長は傀儡将軍足利義昭を奉じ入京した。漸く、信長による天下統一が目前に迫っていた。敏感な南蛮人たちのターゲットは信長に絞られてきた。

（一） 信長の西洋への対応

信長時代来日する宣教師はイエズス会士だけだったが、信長にはキリスト教や宣教師への忌避感はなくいつも好意的に対応した。西洋や航海や神のことなど彼らの話は新鮮で聴くのは楽しみだった。南蛮人持参の珍しい品々には殊の外興味を示し、マントをはおり革靴を履きワイングラスを片手に黒人を従え地球儀を眺めながら遥か彼方のルソン、ゴア、リスボン、アカプルコへと思いを馳せていた。しかし、宣教師たちは信長が内心では神と霊魂の存在に疑問を抱いているのに気付いていた。

1．信長は清廉、真面目、精力的な人物で、自分が世界的なプレーヤーになることを展望し西洋に強い関心を示していた。松永久秀がバテレンの危険性を説くと、「汝のような古狸が何と小心なことよ。たかが一人の異国人がこの日本で何をなしうるというのか。予は反対にかくも遠いところから教えを説くため異国人がやってきたことをこの都の名誉だと思う」と一笑に付したという。金銭欲と名誉欲に凝り固まった日本人仏僧を見ているだけに宣教師の布教への熱誠と献身に深く印象付けられていた。信長にとり宣教師は西洋を知る窓口だった。

2．一五六九年四月、布教禁止の勅令が未だ解けていない京でイエズス会宣教師ルイス・フロイスと初めて面談した。信長はゴアのこと、ポルトガルのこと、イエズス会のこと、日本での宣教活動のことなど次々と質問を浴びせ、フロイスの現世的利益を求めない純粋さと神に奉仕する崇高な姿勢を気に入り、「また会おう」と約束する。フロイスは事前に伝を通じ京での布教と仏僧との宗論の場の設営を願い出て信長に金の延べ棒一〇本を贈っていた。信長は金の延べ棒は受け取らず、数日後京での布教と宗論開催の二つとも許可していた。フロイスは改めてお礼に精巧な小型目覚まし時計を送ったが、やはり信長は受け取らなかった。暫くし、信長はフロイスと天皇の信任の厚い日蓮宗僧朝日山日乗との宗論を催し二人の論争に聴き入った。フロイスが「日本人の信じる神仏は元々人間であり創造主による被造物である。彼らは真の神ではない」との定石の説法を展開すると、日乗は「そんなものがあるなら今目の前に見せよ」と食い下がったが、「目の前に見せるものではない」と軽くかわされた。日乗は激昂し「汝は霊魂が存在するというが、汝の弟子の首をいま斬るからそれを見せよ」と席を立ち長刀の鞘を抜いた。信長は立ち上がり日乗を取り押さえ、「予の面前で無礼だ」と叱った。絶対神の神学と空の仏教思想とが一瞬火花を散らしたこの宗論を信長は笑って聴いていた。以降フロイスは信長と何回か会うこととなる。

3．一五八一年二月、イエズス会インド管区巡察師アレッサンドロ・ヴァリニャーノがフロイスを通訳に伴い、信長を安土城に訪ねた。信長が会ったイエズス会士の中では最高位の人物だった。巡察師は天王遣欧少年使節団の立案者兼付添人を務め、従来のイエズス会の宣教が日本の慣行を無視していたのを現地風に改める新方針を打ち出していた。信長はこれらも踏まえ狩野松栄（永徳の実父）作の安土城を描いた屛風を法王グレゴリウス一三世に献上した。その際信長は巡察師が連れてきた黒人を召し抱えたいと所望し巡察師は応諾した。信長は弥助と命名、士身分の家臣とし「将来は城主にしたい」と重用した。この面談の数日前、信長は京で三万人の兵を動員し正親町天皇も臨席した馬揃えの盛大なパレードを敢行、この巡査察師も招いていた。席は離れていたが布教禁止の綸旨を出した張本人の天皇と宣教師とを同座させていた。信長がパレードの際座った椅子はこの巡察師が贈った椅子で濃紺のビロードに金の装飾を施した荘厳なものだった。信長は自らを法王やポルトガル王と対等の位置に据え、壮大で威容を誇る安土城と大規模な軍事パレードを見せることにより自らの天下掌握と日本の勢威とをイエズス会の宣教師に誇示することを狙っていた。当然、この模様は巡察師からローマとリスボンに報告されていた。

翌八二年六月、信長は本能寺で斃れた。信長は布教も信仰もともに歓迎しており、バテレンにとり悲報だった。

(二) 秀吉の西洋への対応

秀吉の許にはイエズス会の宣教師の他にも後発組のマニラを拠点とするスペイン系フランシスコ会やドミニコ会の宣教師も謁見を求めるようになっていた。

1. 当初秀吉は信長の対キリスト教方針を継承していた。実利的な天下人であり、自らの権力基盤強化の必要資金調達のため南蛮貿易に目をつけた。主要港長崎と堺を直轄領とし商人を通じ南蛮貿易の利益の一部を手にし、贅を尽くした城の増築や朝鮮出兵費用等に充当していた。この間、麾下の武将たち、高山右近、小西行長、蒲生氏郷、黒田官兵衛などが続々と入信しイエズス会には好意的だった。一五八三年の大阪城築城に際し高山右近のアイディアを採用し城下町の一画をイエズス会に与え、岡山教会を移築させて大阪での布教活動を許していた。

一方、秀吉は南蛮人の司令塔マニラのスペイン人フィリッピン総督やゴアのポルトガル人副王などに書簡を送り「日本と交誼を結びたければ布教をせずに来航せよ」「布教を隠れ蓑とした日本侵略は絶対に許さない」「日本に服属せよ」などの強硬な意見書を送り牽制していた。

2. 一五八六年六月、秀吉はイエズス会宣教師コエリヨを大阪城で引見、「国内平定後に明の征服を計画しているが、堅固なポルトガル製大型軍艦二隻が欲しい。明征服後は唐地でのキリスト教布教を許可する」と語り、日本でのキリスト教布教を許可していた。だが、軍艦建造はポルトガル通商担当者より断られた。秀吉のフィリッピン征服計画に使用されることを恐れたのだった。

3. ところが、一五八七年七月、秀吉は突如方針を変更、「バテレン追放令」を発令した。九州討伐で島津に勝利しての帰途博多での出来事だった。同行の宣教師コエリヨとポルトガル通商担当者に直接伝えられた。「日本は神国」と先ず強調、なぜ信仰を強制するか、なぜ牛馬を食するか、なぜ日本人を奴隷として売買するか、なぜ寺院を破壊し仏像を焼き神仏を冒涜するか、などと次々詰問、「宣教師の日本からの退去、貿易は自由、キリスト教布教禁止」の三点を命じた。秀吉は長崎がイエズス会領となり要塞化されていることを知り、さらに長崎の港から非キリスト教徒の日本人が奴隷として連れ去られていると同行の側近医師天台宗僧施薬院全宗より聞き決断した。日本人奴隷については、一五八二年から八年間西洋に派遣された天王遣欧少年使節団が帰国後「各地で日本人奴隷を見た」と秀吉に報告しており、日本人奴隷が存在したことは事実だったのだろう。だが、ポルトガル王は禁止令を出しイエズス会は奴隷商人を告発しており、宣教師が積極的に奴隷貿易に関わっていたという事実は確認されていない。日本に古くからある年季奉公的就労をポルトガル人は奴隷と見ていたのかも知れない。だが、日本人が奴隷商品となって輸出されていることを知り、神を説く宣教師がこれを阻止できず黙認したことを秀吉は許せなかった。追放令発布後布教は禁止されたが、宣教師の国外追放もなく信仰自体は半ば黙認されお咎めもなく南蛮貿易は続行され、この法令は徹底さを欠いていた。

一五九一年、秀吉は華麗な聚楽第でポルトガル宣教師団を謁見、フェリペ二世からアラビア馬一頭、ミラノ製甲冑、金の太刀、火縄銃などが贈られ、秀吉は薙刀や象嵌細工の花が散りばめられた甲冑二式の返礼品を贈り、「日本は神道と仏教の国、キリスト教の宣教は好ましくない」との親書を添えていた。同年、インドのゴアのポルトガル副王は日本人奴隷取引の禁止を発令していた。

4．一五九六年、スペインのガレオン船サン・フェリペ号がマニラを出港しメキシコに向け太平洋横断を始めたが、台風に遭遇し土佐沖で漂着、船体の修繕、船体及び積み荷の所有権等で日本とスペイン間に難問が生じた。現地土佐では解決できず、結局、秀吉に判断が委ねられた。この審理の過程でスペイン側船員から「スペインはペルーでもメキシコでもフィリッピンでも全て布教の後植民地化を実行した」との証言があった。これに秀吉は激怒した。京や大阪にいるフィリッピンを本拠とするフランシスコ会宣教師と日本人信徒など二六名を捕らえ、九七年二月、長崎で処刑した。日本とスペインとの間に緊張が走ったが、大事とはならなかった。本件はフランシスコ会に的を絞った事件であり、対象外のイエズス会は退去令に「ほんのお印」程度に従い、一一名の宣教師をマカオに送還したが、まだ日本には一一四名の宣教師が残っていた。また、秀吉は大名の入信は禁止したが、それ以外の人々の信仰は自由であるとし許していた。

(三) 西洋との遭遇の影響

1．日本での鉄砲の急速な普及

鉄砲は一二世紀の中国南宋で発明されたという。それが西洋に伝わり改良が加えられ、漸く、それから四世紀後に日本に伝わってきた。鉄砲伝来時に西洋では既に軍事革命が始まっており、日本との軍事力格差は極めて大きかった。恐らく、一六世紀央に日本がポルトガル・スペイン連合軍と戦を交えていたら間違いなく日本は無敵艦隊に撃滅され植民地化されていたことであろう。

だが日本では鉄砲伝来後驚くべき速さで鉄砲が普及した。製造技術は種子島から鹿児島、紀伊根来寺経由、近江の国友、日野、さらには和泉の堺へと伝わり量産化が始まった。戦国大名の需要は強く注文が殺到、鉄砲製造業は盛況を極めたが、高価な武器であり誰もが入手できる物ではなかった。鉄砲生産地に近く広い豊穣な領地をもつ戦国大名が軍事的には断然優位に立った。それを象徴する事例が、織田と武田が激突した一五七五年の長篠の戦いだった。信長は自ら創設した鉄砲隊に三千挺の鉄砲を揃え日本最強と謳われた武田騎馬軍団を一挙に壊滅させた。信長は天下統一へ大きく歩を進めることができた。

2．日本でのキリスト教布教の失敗

日本でのキリスト教布教はザビエルらのイエズス会宣教師の献身的努力にもかかわらず大成功というわけにはいかなかった。一七世紀初頭の日本の人口は一、二二七万人と推計され、キリスト教信者数は精々三〇万人程度、人口比二・四％。しかも、最終的には一七世紀前半に邪教として禁教処分を受けた。なぜ布教は失敗したのか。

（1）先ず、日本には中華圏で普遍的な仏教や儒教に加え日本古来の神道があり、拘束力は弱いが現実と密着した三つの宗教が根付いていた（尤も、儒教は神仏に較べると遥かに弱体だった）。キリスト教の唯一・絶対・創造主という観念的で排他性の強い一神教は馴染みが薄く理解され難かった。ザビエルは鹿児島上陸直後、地元の老婆より「なぜ、神様は今まで私たちに気付かなかったのでしょうか」と聞かれたという。簡潔ながら極めて核心を突いた鋭い質問だった。ザビエルは答えるのに窮したことは想像できる。日本宣教のためには高度の教育を受けた人の派遣が必要だとザビエルはイエズス会本部に要請している。

（2）キリスト教は排他的で他宗に対し攻撃的だった。宣教師は日本の僧侶の男色（少年僧）や女色（尼）を激しく非難した。仏教宗派の中では念仏を唱えるだけで極楽浄土に行けるという一向宗を、「いいことをすれば天国に行ける」というキリスト教に最も近い宗派と看做し商売敵と考え、激しい攻撃を加えていた。寺社や仏閣の破壊など傍若無人な攻撃を展開し仏教徒からは強い反発を受けていた。また、宣教師間でもイエズス会とマニラ拠点のスペイン系修道会フランシスコ会やドミニコ会とが激しく対立し足並みが乱れていた。両者の言い争いから日本侵略論などの不用意な発言が飛び出していた。ザビエルなどイエズス会高位指導者は日本を武威の国と認識し日本布教での武力使用などは念頭になかったが、後発組では常に日本の武力征服構想を頭の中におくものがいた。また、イギリスやオランダのプロテスタント側からはカトリックの常道は布教→貿易→植民地化との讒言が繰り返され、カトリックには天下人は警戒心を強めていた。

（3）一般論としても、人が神に救いを求めるのは戦乱や天変地異など悲惨な事態に遭遇した場合に多いのが歴史的事実である。日本はキリスト教伝来から五〇年余で戦乱が終息しており、布教の黄金期ともいわれる時期は泰平の世が長く続き、客観情勢もフォローではなかった。

（4）何よりも、天下人は己の上にくる存在を認める筈がなかった。秀吉と家康は、死後、夫々豊国大明神、東照大権現と呼ばれる神となっている。また、三人は布教に隠された征服の匂いをかぎ取っていた。宣教師とは、信長は遠いゴアやマニラからの大軍派遣はないとの確信から、秀吉は明征服に南蛮国を利用できるかもとの思惑から付き合ったが、用心深い家康は南蛮国を追放してしまう。

これ等の事由でキリスト教は今に至るも日本では信者数は精々人口の一％程度、メジャーな宗教とはならなかった。アジアの主要キリスト教国家フィリッピン（九〇％）や韓国（三〇％）とは大きく異なっている。

3．南蛮文化の伝来

ポルトガルは一五五〇年、長崎に来航し翌年平戸に商館を建設、スペインも八四年に平戸に商館を開設、南蛮貿易が本格化した。双方が最も求めていたのは、日本は鉄砲と生糸、南蛮人は銀と刀剣だった。だが、忘れてはならないのは、西洋のグローバル化の証でもある「コロンブスの交換品」たる新大陸起源の多くの植物、サツマイモ・トウモロコシ（ともに中国経由）・ジャガイモ（ジャワ島経由）・カボチャ（カンボジア経由）などが初めて日本にもたらされていた。さらに、最新西洋製品の時計・眼鏡・ガラス・シャボン・金平糖・パン・カステラなども初めて持ち込まれ、後の日本の生活文化の多様化に大きく貢献している。

4．強い軍事力国家としての日本の台頭

秀吉は信長の後継者争いを制し次の天下人となった。その過程で示された秀吉の戦闘での兵員動員力は凄まじいものがあった。四国討伐には一〇万人、九州討伐や小田原攻めには夫々二〇万以上が動員され、朝鮮出兵には延べ三〇万人が海を渡っている。日本の総兵力は五〇万人超と推計される。当時の世界の軍事力比較は正確には難しいが、日本は世界的にも有数の軍事国家であったことは間違いない。因みに、この時点での鉄砲生産台数は世界一（世界シェアー六〇％）、保有数は五〇万挺に達していたとの外国人による研究報告がある。あの強い元の猛攻を二度も防いだ故事は当然西洋にも伝わり「武威の国」という伝説が宣教師たちの目で事実として再確認されていた。宣教師たちは「日本は軍勢多く、武器は強力、兵士は勇敢」とリスボンに報告していた。天下人の時代の日本は世界で有数の軍事強国であったことは間違いない。

一方、スペインは一六世紀後半以降領土拡大により恒常的

な兵員不足と債務過多に陥り国王フェリペ二世も「主の恵みで王国は既に満たされた。これ以上の領土に野心はない」と戦線縮小に転じていた。最早、極東の軍事強国に艦隊を派遣するだけの余裕はなくなっていた。

一五九八年九月、スペイン王フェリペ二世と秀吉が相次いで薨去。大航海時代の東西の両雄がこの世を去った。

四．泰平志向の幕府は西洋外交を大転換した

（一）一七世紀、西洋での覇権国家が交代

1．西洋での主権国家の誕生と覇権交代

中世西洋は社会的にも地理的にも分散していながらも、ローマ教会、神聖ローマ帝国、ラテン語という普遍性によって結び付けられてきた。ところが、宗教改革などの進展に伴いこの連帯は各国君主にとり桎梏ともなっており、一七世紀に入ると、この連帯からの離脱の動きが激しくなった。各国の個別性及び領域支配を前提とした君主や領国の主権を最高で絶対的なものとする主権国家が次々と誕生する。主権国家誕生の契機となったのが、西洋全域を巻き込み最後の宗教戦争ともいわれた三〇年戦争を終結させた一六四八年の「ウェストファリア条約」だった。これにより、カトリックとプロテスタントの宗教戦争に終止符が打たれ、プロテスタントにもカトリックと同等の法的権利が与えられ、神聖ローマ帝国内の国々は主権と外交権が認められた。

2．オランダの覇権国化

オランダは元々西洋では小国ながら先進的な毛織物産業と世界一の造船業を擁し通商も盛んな経済的先進国だった。三〇年戦争の結果、カトリックのスペインとポルトガルが凋落し、主権国家となっていた新教国のオランダとイギリスが西洋の覇権国家として台頭してきた。

（1）オランダ独立戦争（一五六八〜一六四八）

一五六八年、スペイン領ネーデルランド一七州はスペイン王国フェリペ二世の中央集権政策と新教徒弾圧に反旗を翻し独立戦争をしかけた。八一年、新教徒の多い北部七州は戦いを優勢に進めネーデルランド共和国として実質的に独立を果たし、残った南部一〇州（現在のベルギー）はスペインの支配下にとどまりカトリックへの回帰を強制された。一六四八年、北部七州はウエストファリア条約でスペインからの独立を正式に承認され、八〇年に及んだオランダ独立戦争に勝利、新教国「ネーデルランド連邦共和国」を建国した。ここに、初めて固有の領土と国民と主権をもった主権国家が誕生した。

（注）オランダは日本での通称。現在の正式国名は「ネーデルランド王国」。

（2）ポルトガルとの戦争に勝利、「海上帝国」を構築

オランダにとり交易上の最大の競合相手は同じ海洋国家ポ

ルトガルであった。両国は一六〇二年から四〇年以上に亘り、南北アメリカ、アジアなどで熾烈な戦争を展開した。オランダは一六〇二年に設立した東インド会社に勅許をもって貿易独占権、交戦権、条約締結権などを付与、植民地活動も担わせていた。東インド（インドネシア）のバタビアを拠点に世界的交易活動を展開していた。

先ず、アジアでは、ポルトガル領香料島モルッカ諸島（インドネシア領マルク諸島）から一六〇五年にはポルトガルをその二年後にはスペインを駆逐し全島を自領とした。これで念願の高収益の香料貿易を完全に奪取しアジアでの覇権を確立した。さらに、二四年には台湾南部を制圧、六二年鄭成功に撃退されるまで台湾を統治していた。

新大陸では、一六二一年、西インド会社を設立。二四年東インド会社が発見していた北米ニューネーデルランド地域の植民地化を宣言した。この地域には現在のニューヨーク・ニュージャージー・コネチカット・デラウエアー・ペンシルベニアの各州が含まれていた。さらに、三〇年には、ポルトガル領ブラジルに侵入、オランダ領ブラジルを設け砂糖貿易を奪った。但し、領土は五四年巨額の賠償金と引き換えにポロトガルに返還した。

一七世紀前半、オランダは戦争に明け暮れたが殆どの戦争に勝利し、アムステルダムは西洋最大の貿易港かつ金融市場となり、科学・芸術の各方面でも世界中で称賛され、アフリカ・アジア・新大陸に植民地をもつ海上帝国を築き植民地主義大国として存在感を誇っていた。一七世紀はオランダにとり史上最も輝く「栄光の世紀」となった。

（3）イギリス・オランダの日本接近

一五九八年六月、ロッテルダム港から五隻のオランダ商船艦隊が出航した。隠されてはいたが真の任務はスペイン、ポルトガルのアジア拠点攻撃だった。目指すは香料島モルッカ諸島と銀の王国日本だった。マゼラン海峡を回る長い危険な航海で途中二隻は宿敵に撃沈され、一隻は荒海に沈没、一隻は航路に迷いロッテダムに引き返し、一隻だけが一六〇〇年四月豊後別府湾沖に漂着した。その船は三〇〇トンでリーフデ号と呼ばれ出港時の乗組員一一〇名は二四名に減っていた。現地日本の役人はイエズス会宣教師の証言から海賊船と断定、船員を逮捕、船体を押収した。逮捕された船員の中にオランダ人ヤン・ヨーステンとイギリス人W・アダムスが含まれていた。日本の紅毛人（オランダ人とイギリス人）との最初の遭遇となった。

（二）家康の西洋への対応　……「祖法」の誕生

当初、家康の対外政策は、秀吉の明征服戦略の完全放棄と近隣諸国との全方位外交の展開、南蛮両国に加え英・蘭両国にも貿易許可の付与、マニラ貿易、スペイン船の江戸湾入港の検討、など極めて積極的なものだった。一方、キリスト教には秀吉同様慎重だった。家康の耳には南蛮人からはカトリックの狙いは布教、英・蘭は海賊、外交顧問の紅毛人からはカトリックの狙いは布教、などの夫々ライバルへの讒言が頻繁に届いていた。一六一〇年、帰任途上漂流で船を失い困惑する前フィリッピン総督ビペロに家康はW・アダムス製造の大型船を提供し母国まで送り届けるという支援の手を差し伸べていた。スペインはその答礼として一六一一年六月、国王の親書を携えた儀仗兵三〇名も従えた大型使節団を日本に派遣していた。幕府は江戸城で将軍秀忠が翌月駿府城で大御所家康が、夫々謁見し世界最強の国からの使節団を歓待し、スペインとの貿易の開始を模索した。スペインは交換条件としてオランダとの断交と日本沿岸の港岸調査を求めてきた。家康はさらに伊達藩が独自にスペイン貿易を請願する支倉常長の慶長遣欧使節団にも貿易開始に好意的な国王宛家康親書を持たせていた。

そんな中、岡本大八事件が勃発した。これが家康の外交を転換させる契機となった。キリシタン大名肥前有馬晴信のポルトガル船撃沈による恩賞に絡む疑獄事件が発覚した。一二年贈賄側晴信と収賄側家康側近老中本多正純（正信長男）家臣岡本大八との直接対決で全貌が解明され、岡本は火あぶり刑、晴信は死罪となった。家康は晴信のみならず側近の家臣たる大八もキリシタンであることを知り驚愕、その上駿府の家臣に一四名ものキリスト教徒がいることも判明、愕然とする。さらに、イエズス会が長崎貿易を仕切り巨額の利益を挙げていることも露顕した。

ここで遂に家康はキリスト教禁止に踏み切った。一六一二年三月の岡本処刑日の翌日、幕府は先ず徳川家直轄領の駿府、京都、江戸での禁教令を布告し教会の破壊と布教の禁止を命じた。さらに、スペイン人とポルトガル人を日本から追放するという外交の大転換を断行した。その後、島原の乱はあったものの、「オランダ一国外交」により二〇〇有余年戦乱のない泰平の世の中を招来させた。この大胆な外交路線の転換を何のトラブルもなく実現させた幕府の外交手腕は実に見事だったという他ない。

鎖国は「家康発想、秀忠決断、家光完成」といえるが、当初から一貫した鎖国法などという明確な基本法があったわけではなく、時々に生じた小さな事件毎の指示や命令の積み重ねで構築されてきたものだった。第四代以降の後継将軍はこれを祖法と仰ぎ二〇〇年余遵守してきた。

祖法成立の経緯を具体的に検証してみたい。

1．外国人外交顧問の登用　……　関ヶ原の戦いの勝利者家康が次の天下人となることは衆目の一致するところだった。豊後に漂着したオランダ船リーフデ号は海賊船であったという報告が五大老筆頭の家康のもとに届いた。一六〇〇年五月、家康は乗組員のオランダ人ヤン・ヨーステンとイギリス人W・アダムスを船とともに大阪へ護送、引見。二人は今まで全く聞いたこともなかった西洋での新教国とカトリック国との対立などの機微に触れる情勢を臆せず説明した。家康は二人を気に入り、海賊船嫌疑はイエズス会の讒言に過ぎないと確信、江戸に招いて二人を外交政策の顧問に登用した。Y・ヨーステンには江戸の城下に屋敷を与え外交交渉に当たらせた。東京駅八重洲口は彼の名前に由来する。もう一人のW・アダムスはもっと気心が合い三浦按針という名を与え旗本に登用し日本橋に邸宅を相模の国に二二〇石の領地を与えた。

当時、日本ではポルトガルやスペインの宣教師が南蛮貿易の担い手として活躍中であったが、プロテスタントであった二人の紅毛人顧問からは、カトリックは「貿易は名目、布教が真の狙い」と誹謗、家康は南蛮人への警戒心を一段と強めた。南蛮貿易は徐々に縮小され、布教を伴わない紅毛人との貿易と朱印船貿易とが拡大する。

2．隣国外交　……　この時期、隣国明は海禁政策をとり、貿易は冊封国との朝貢貿易のみが認められていた。日本とは秀吉の朝鮮出兵以降外交関係が断絶し政府間交易は全くなかった。家康は秀吉とは違い、唐入りには初めから関心がなく朝鮮との国交再開策を探った。

一六〇九年、朝鮮と捕虜送還と貿易再開を合意、国交を再開した。日本では対馬藩が朝鮮外交を担うこととなる。この合意に基づき、朝鮮は将軍交代のつど祝賀使節を日本に派遣することとなった。朝鮮通信使の日本派遣は第一回が一六〇七年、最後の第一二回が一八一一年と二〇〇年間強続いた。廃止となったのは、朝鮮側での通信使派遣費用調達難が直接的理由だったが、日本側にも使節団受け入の意義が薄れてきていたという事情があった。これで日本の中華秩序からの離脱が一段と明確となり、外交関係があるのは西洋のオランダだけとなった。

3．貿易取引　……　家康は外交顧問の助言もあり、貿易の活性化と幕府関与の強化を狙った。一六〇四年貿易港を長崎に限定し東南アジア諸国相手の幕府主導の日本人による貿易、朱印船貿易を開始した。ルソン（スペイン領フィリッピン）、安南（ベトナム）、カンボジア、シャム（タイ）、ビルマ等に使者を派遣し外交関係を樹立し貿易を推進した。朱印船貿易では一六三八年までの約三〇年間で三五〇隻以上の日本船と延べ十万人余りの日本人が海外に渡航、一万人程の日本人が現地に在住、各地に日本人町も誕生した。幕府は朱印状を発行し船の安全航行を保証、発行手数料を徴収した。貿易品は中国産生糸を輸入、銀・銅・硫黄を輸出していた。日本の銀の輸出額は当時の世界の銀産出額の三分の一を占めていた。これに携わった大名、武士、商人等は約八〇名にのぼり、商人には有名な京の角倉了以や茶屋四郎次郎等の日本商人の他、在日明人や在日西洋人もいた。前出のW・アダムスやヤン・ヨーステンにも朱印状が下賜されていた。朱印船貿易は大きな利潤を生み、幕府にも将軍名の朱印状の発行により莫大な手数料が入り、江戸城築城など江戸幕府開闢に関わる費用に充当されていた。

一方、南蛮貿易はその後もマカオ拠点のポルトガル人とルソン拠点のスペイン人を中心に中国の生糸と日本の銀を仲介する貿易で活況を呈していたが、一六〇九年には紅毛人のオランダとイギリスも加わり四ヵ国（イギリス、オランダ、ポルトガル、スペイン）の商館が平戸に揃った。だが、中国に拠点のないイギリスは日本向け輸出品が調達できず自主的に日本から撤退し、南蛮人も貿易より布教を重視するカトリックの布教戦略が幕府に警戒され最終的に幕府から断交を通告されおとなしく撤退する。具体的には、二三年イギリス、二四年スペイン、四一年ポルトガルと続き、残ったオランダ商館も家光の指示で狭い出島に閉じ込められた。オランダもキリスト教国に違いなかったからだ。これにより、自由・対等な南蛮貿易は消滅し、幕府直轄の管理された恩恵的な貿易に変貌した。

また、朱印船貿易も朱印持参船が寄港地でトラブルを起こす事件が勃発、将軍の権威を失墜させる事態となり、現地在住日本人カトリック信者が船員として日本に帰国するような事態も発覚、三五年日本人の海外渡航が完全に禁止され、五年以上海外在住の日本人の帰国も禁止され、朱印船貿易も完全に終焉した。背（貿易）に腹（治安）は代えられなかったのだろう。

4．キリスト教　……　一六一四年一月、家康は臨済宗僧侶黒衣の宰相崇伝起草のキリスト教禁止令を発令した。キリスト教は「日本の統一された宗教（神・儒・仏の三教一致）に反する敵である」と断じ、長崎と京都の教会を破壊、修道士や主だったキリスト教徒がマカオやマニラに国外追放された。その中には高山右近（日本人最高位の信者）も含まれていた。キリスト教は邪宗門となり多くの信者は隠れキリシタンとしてしか信仰を続けられなくなった。その後もキリスト教に対する弾圧は続き、三七年一〇月、島原の乱が勃発。当初は藩主暴政への百姓一揆だったが、天草四郎という少年が出現し様相は一変、宗教戦争に変貌。幕府は総力を挙げ、翌年二月一揆勢全員を殺害し鎮圧した。幕府は諸大名の他、オランダ人や中国人まで動員させる総力戦となった。オランダはキリスト教徒弾圧に手を貸し、カトリック側からの強い批判を浴びることとなった。幕府はその後もキリスト教徒は厳しく弾圧し続けた。祖法の創始者家康・秀忠・家光の徳川三将軍は「布教も信仰も禁止」の厳しい政策を断行、宣教師は全て日本から去った。西洋との付合いは「バテレンの世紀」から「カピタンの時代」へと移行する。

五．「祖法」を守り国交はオランダのみとなった

一六世紀から一七世紀初めオランダとイギリスの二つの新教国は、カトリックのポルトガルとスペイン両国への対抗か

ら協力関係を保ちカトリック両国を海外各地で駆逐する戦略で成功していた。だが、オランダ東インド会社の実力がイギリス東インド会社を凌駕するようになると、イギリスは日本をはじめとする東南アジアから撤退を余儀なくされた。高収益取引香料貿易を独占するオランダにアジアの富が集中することとなり、イギリス国内では反オランダ感情が急速に高まってきた。

この間、日本では徳川幕府は幕藩体制を強化し祖法たる鎖国体制を整備、島原の乱を最後に戦乱とは無縁な泰平の世を築きこれが史上稀な二〇〇年余続くこととなる。

(一) その後の西洋の動向

一七世紀後半、イギリスとオランダの間で覇権をかけた戦いが世界各地の海上を舞台に何回も繰り広げられた。

○第一次英蘭戦争(一六五二〜五四):クロムエルが制定した英優位の航海法に蘭が反発し北海で両者は戦を交えたが、英が勝利し蘭の仲介貿易は打撃を受ける。

○第二次英蘭戦争(一六六五〜六七):英が北米における蘭領ニューアムステルダムを占拠したことが発端となり戦ったが英が勝利、北米の現在のニューヨーク州を含む蘭領を英に割譲、蘭は北米での拠点を全て失った。

○第三次英蘭戦争(一六七二〜七四):重商主義を謳い強大化していた仏のルイ一四世は蘭侵略の機を伺っていたが、七二年、侵略を開始、仏の同盟国英も参戦、第三次英蘭戦争が勃発。蘭は善戦、英も仏の勝利による一段の強大化を恐れ蘭王室との縁戚化(英女王メアリー二世と蘭国王ウィリアム三世の結婚)で関係国は和睦した。

○第四次英蘭戦争(一七八〇〜八四):一六八八年の名誉革命で英蘭両国はメアリーとウィリアムが共同統治者となっていたが、アメリカ独立戦争で蘭が米を支援し英蘭の戦いが始まった。九七年には対英海戦で蘭は敗れ世界各地の植民地を殆ど英に奪われた。蘭に残された海外領土は蘭領東インド(首都バタビア)、蘭領ギアナ(現スリナム)、日本の長崎出島だけとなり、オランダは西洋の大国としての地位から完全に滑落し、経済力は衰勢を辿った。フランス革命でフランスの衛星国となり、一八一一年、ナポレオンのフランスに併合された。

(二) 鎖国の実相

この時代北東アジアの中華文明圏では明や朝鮮など多くの国は私的な海外渡航や海外貿易を禁止し政府が海外貿易を独占する海禁政策をとっていた。当時の明は日本が倭寇の拠点と考えていたこともあり、警戒と憎悪の対象だった。その明は一六四四年、滅亡、明の遺臣からは鄭成功も含め再三日本への支援要請があった。幕府は一部の積極論(親藩、薩摩)を斥け自重し動かなかった。

日本も「人と物の出入」を原則制限する海禁政策をとっていたが、日本的特色があった。国内統治上の観点からキリスト教関係の宣教師や信者や書籍の出入りや、国内機密情報（日本地図等）の流出を厳禁し厳罰を課していたことだ。また、鎖国の締め付け度合いも時代により変わり、はじめの四〇年は緩くその後二〇〇年は厳しく最後の三〇年は徐々に制度が崩壊してゆくという経過を辿った。

1．貿易管理　……　厳しい貿易管理で貿易は「四つの口」に限定したが、間接的に中国と繋がりがあり中国を意識した制度だった。

（1）長崎は幕府の長崎奉行が直接管理、蘭船と中国船のみが来航を許された。オランダは四千坪弱の人工島出島に商館を設け商館長以下を駐在させたが、商館員は島から出ることを禁じられていた。中国人貿易商は長崎に唐人屋敷（九千坪）を設け居住を許された。両国の貿易量は日本向輸出品を多くもつ中国が三分の二を占めた。

（2）対馬藩は釜山に一五世紀設置の倭館を増築（十万坪）、常駐者を置き朝鮮貿易が許された。徳川将軍交代時の慶賀使節たる朝鮮通信使受入れ準備の任を負った。

（3）薩摩藩は一六〇九年琉球王国を侵攻し属領化、琉球は新王即位毎に謝恩使、新将軍誕生毎に慶賀使を江戸に計一八回派遣し将軍に拝謁し信を通じていた。また、薩摩藩は幕府公認で一定の琉球との仲介貿易を許されていた。

（4）松前藩は北方国境警備の任を負いアイヌとの交易独占権を認められ、大陸とも繋がり、米、小袖等を輸出、乾燥鮭、ニシン、白鳥、とど皮などを輸入していた。

2．人的交流管理　……「日本人の出国、在外日本人の帰国、カトリック教国（ポルトガルとスペイン）からの入国」を禁じた。これはキリスト教徒の流入を防ぐのが狙いだったが、海外で漂流した漁民も帰国が許されなかった。一八四一年、土佐の貧しい漁師の次男一四歳の中浜万次郎は出漁し遭難、鳥島に漂着し米捕鯨船に救助されたが日本帰国が叶わず、ハワイ経由米国本土に送られ、故郷に帰れたのは一一年後、黒船来航の二年前だった。

3．情報管理　……　海外情報については、最重要の中国情報は「四つの口」から、西洋情報はオランダから蒐集する体制を敷いた。漢訳洋書とキリスト教関係の本の輸入は禁止されていた。享保の改革でキリスト教に関係のない漢訳洋書の輸入は認められるようになった。

（三）オランダとの交流

本土とは一つの石橋のみで繋がった出島は四区画に分れ、オランダ人、日本人役人、通詞の家（一〇家全て世襲）、倉庫など六五棟が建っていた。オランダ人は、商館長（カピタン）、次席、荷役係、外科医など一二～三人が居住し、その他多くの召使も伴っていた。外国人は自由に島外に出られず、日本人の出入りも厳しく制限されていた。その不自由さでオランダ人は「国立牢獄」と呼んでいた。

1．日蘭貿易　……　長崎―バタビア―アムステルダムを結ぶ中継貿易で、一六二一年から一八四七年までの二二七年間に延べ七〇〇隻以上、年平均三隻のオランダ船が来航した。オランダにとり日本産金・銀・銅の価格は国際的に非常に安く、利幅が極めて大きいうま味のある取引だった。オランダ船入港は年一回との幕府からの制約があり、オランダは常に貿易の拡大を長崎奉行に願い出ていた。

日本の輸入品は生糸、羅紗、ビロード、砂糖、香木、胡椒、書物など。輸出品は、初期は銀（一六六八年以降禁止）、金（主に小判。一七六二年以降禁止）、その後は銅が主体で、陶磁器（伊万里焼）、漆器、などの工芸品や樟脳等がそれに次いだ。

2．オランダ出島商館　……　商館長には総合商社「オランダ東インド会社日本支店長」と「租借地出島総督」ともいえる二つの顔があった。一六〇九年、平戸に開館され日蘭貿易が始まり、四一年出島に移転、以降西洋との唯一の窓口となり、一八五八年、出島開放令が出されるまで存続した。商館長はカピタン（ポルトガル語。英語のCaptain＝船長と同義）と呼ばれ、着任直後のオランダ風説書の提出と在任中一回の江戸参府が義務付けられていた。鎖国時代幕府が認めた日本で唯一人の「駐日大使」でもあった。

3．オランダ風説書　……　幕府はオランダ船入港の度毎に西洋中心の海外情報提供を義務付けていた。当初は国交を断交した仮想敵国（ポルトガルとスペイン）の情報が中心だったが、次第に西洋、インド、シナの三項目に情報項目は拡大して行く。風説書はカピタンが蘭語で口述し通詞が蘭語文と和訳文を作成、カピタンと通詞が署名した。蘭語文と和訳文とも継飛脚で幕府に急送され、林大学頭から将軍や閣老に朗読し報告するのがしきたりだった。カピタンの任期一年は海外情報の鮮度を保つために幕府が考案した制度だった。アヘン戦争勃発の一八四〇年以降、より詳細な海外情報「別段風説書」をバタビアで別途作成することを義務付けた。鎖国下の日本人がもちえた唯一の西洋情報だった。当時でも最も大事だったのはシナ情報だったが、別途中国船長から聴取した唐船風説書など四つの口からの情報も林家に集中させ幕府は独自に情報を取り纏めていた。

4．蘭学　……　蘭語で学ぶ西洋の先進学問

（1）日本で蘭語を学んでいたのは平戸や出島でオランダ商館員と接触する蘭語通詞たちだった。初めは実用会話程度だったが、一八世紀になるとかなり力のあるものも現れ多くの日本の知識人に蘭語を教えた。

（注）通詞職は世襲され元々南蛮通詞（ポルトガル語）家だった者が多い。

（2）一七二〇年、享保の改革の実学奨励の一環とし禁書を緩和、蘭学発展の扉を開いた。吉宗は臣下の野呂元丈（本草

学者）や青木昆陽に蘭語を学ぶことを命じていた。
（3）一八世紀後半、西洋の文化や書物もかなり輸入されていたが蘭学発展の契機となったのが、医師前野良沢（蘭語の師は青木昆陽）が中心となり杉田玄白も加わった原本独語の蘭訳解剖書を日本語に訳した「解体新書」の刊行だった（一七七四）。二人は江戸千住小塚原で死刑囚の腑分けを実見、蘭書の解剖図の正確さに驚嘆、翌日より会読を開始、三年後に日本語訳を刊行させ、これで「蘭学」という語が定着、本格的な蘭学研究が始まった。
（4）解体新書刊行以降、蘭語を通じて西洋の学術・文化・技術を学べる蘭学者の私塾「蘭学塾」が各地で生まれた。江戸の天真楼塾（杉田玄白）や芝蘭塾（大槻玄沢）の他にも長崎の通詞各家が開いた私塾、漢蘭折衷医華岡青洲の紀州の春林軒や大阪の合水堂、緒方洪庵が大阪に開いた適塾などが林立していた。適塾には一八四三年から約二〇年間に六三六名（含む福澤諭吉）が学んだという。
（5）蘭商館員で最も有名なのがドイツ人医師V・シーボルトである。彼は一七九六年、バイエルンの名門の出身。大学で医学、植物学を学び東洋研究を志望し蘭領東インド会社の外科医陸軍少佐となり、一八二三年、日蘭貿易再興のため出島商館付き医師として来日。無料診療や臨床講義が評判を呼び翌年長崎郊外に鳴滝塾を開くことが例外的に許され西洋の学術を信奉する日本人の集会所となり高野長英ら多くの門人を育てた。二六年の江戸参府では大槻玄沢、桂川甫賢、高橋景保、島津重豪（薩摩）・奥平昌高（中津）など数多くの日本人と知識や情報を交換。帰国時禁書の伊能忠敬製日本地図、樺太詳細図、江戸城本丸詳細図等海外持出しが発覚し国外追放となる（一八二八）。
（6）その後、蘭学は天文学、医学、植物学、物理学、化学、砲術、航海術、造船術などへ順次広がり、明治に入り「洋学」に発展し明治の大躍進に大きく貢献した。
（7）尚、ピストル、ポンプ、ランドセル、メス、ブリキ、ガラスなどは蘭語由来の言葉であり、「お転婆」は蘭語のオテンバール（御しがたい）が起源とする説もある。

六．異国船ラッシュは黒船来航の序曲だった

一八世紀後半からの一世紀は、西洋では政治的にはアメリカ独立宣言（一七七六）とフランス革命（一七八九）という市民革命が勃発し、イギリスでの産業革命の進展という政治・経済両面での二つの「革命」で特色付けられた。世界史上では西洋の近代がスタートし、英蘭覇権戦争でオランダが完敗、イギリスが七つの海を制覇する「パックス・ブリタニカ」の到来も告げていた。

（一）黒船来航がラッシュした一九世紀前半

1．江戸時代も後期になると西洋諸国が次々と交易を求め鎖国の日本近海に出没するようになった。先鞭をつけたのはアジアでの南下政策を進める「北の隣国」ロシアと建国後イギリスに気を遣いつつもアジアへの進出機会を窺う太平洋を挟んだ「東の隣国」アメリカの二ヵ国であった。

・一七九二年、露使節ラクスマンが伊勢の日本人漂流民大黒屋幸太夫らを護送し根室に来航、通商を求めた。幕府はラクスマンと面談、漂流民護送に謝意を表し通商に関する祖法を伝え、長崎に回航させ謝絶した。

・一八〇三年、米船が長崎に来航し貿易を要求。幕府拒絶。

・一八〇四年、露使節レザノフが長崎に漂流民を護送、通商を要求。幕府は漂流民を受取り貿易は拒否、以後漂流民送還は蘭を仲介すべしと伝達。レザノフは長崎を退去。諸大名に露船来航に注意を促す。

・一八〇六年、露船樺太に渡来、松前藩会所を襲う。

・一八〇七年、米船長崎に来航、薪水を求める。露船利尻島に侵入、通商を要求。

・一八二四年、英船員が水戸藩領大津浜と薩摩藩領宝島に上陸、住民と衝突。

2．幕府は異国船来航のつど海岸防備強化令を発令。

（1）異国船打払令（一八〇六）：ロシア船に限りの打払令。

（2）無二念打払令（一八二五）：蘭戦以外の全西洋船打払令。

（3）薪水給与令（一八四二）：清のアヘン戦争惨敗の報も入り、無二念打払令は国際紛争に直結する危険性があり、来航外国船への対応を緩め薪水・食料給与法令を発布。

3．幕府は北方で帰属が定まっていない樺太などに間宮林蔵を派遣し樺太が半島ではなく島であることを発見。また、伊能忠敬は蝦夷地も含む日本沿岸の実地測量を行い精密な日本地図を完成させていた。さらに、通詞たちに蘭語以外の英語やロシア語の勉強なども奨励していた。

（二）その後のオランダとの関係

日蘭貿易は「入港年一回カピタン任期一年」の定めがほぼ忠実に守られ一世紀半経過していたが、一八〇三年着任の第一四八代商館長ドゥーフを迎える蘭船の入港は途絶えていた。駐在期間が五年にも及んでも、出島関係者はカピタンも含めその理由を知るすべがなかった。

1．フェートン号事件勃発

一八〇八年八月英軍艦フェートン号が蘭船を装い三色の蘭国旗を掲げ長崎港に入港した。ドゥーフは待ち焦がれた蘭船の入港と思い直ぐに商館員二名を同船に差し向けたが、一名は身柄を拘束され、戻った一名が手にした英艦長書簡には「蘭船拿捕を目的に入港したが、蘭船は見当たらないので、直ぐ出航する。薪水と食糧の補給を求める。拒めば港内の日本船、唐船を全て焼き払う」と書かれていた。長崎奉行松平康英は激怒したが、商館員の身の安全を願うドゥーフの説得で英側の要求を受け入れた。翌日フェートン号は碇を上げ出航した。出航の翌朝、長崎奉行は国威を辱めたとし切腹し自害した。

この事件は西洋事情に疎い日本に意図して現実を知らしめるイギリスの対日戦略の一環だった。何回かの英蘭戦争での敗北など自国に不利な事実をオランダは隠蔽しており幕府はそれらの事実を何も知らされていなかった。長崎奉行はこの事実を英国に目の前で突き付けられ驚愕、対蘭外交の第一線の最高担当官として責任をとったのだった。

2．オランダを巡るその後の西洋情勢

（1）オランダの消滅

何回かの英蘭戦争で完敗したオランダは、仏革命の後ナポレオンの侵攻を受け、フランスの衛星国たるバタヴィア共和国（一七九五年）とかオランダ王国（一八〇六年、国王はナポレオンの弟ルイ）となり、一八一一年にはフランスに併合され、国は消滅した。オランダ国家は消滅、海外の植民地もジャワ島も含め全てイギリスに奪われていた。オランダの領土がこの地球上に存在していないこの二〇年間、世界で唯一日本の出島のオランダ商館だけが赤と白と青の三色のオランダ国旗を掲げ続けていた。

（2）フランスからの独立とオランダ国の復活

ナポレオン没落後の一八一四年、オランダはネーデルランド連合公国として独立を果たし、翌年のパリ条約でベルギーなどを与えられ、ジャワ島などの植民地も返還された。三〇年、ベルギーは独立し、ネーデルランド王国となり現在に至っている。その後、六〇年代から七〇年代にオランダは本格的な産業革命期を迎え、資本主義と議会制民主主義が進展する。

3．オランダ国王の日本への開国勧告

日本の異国船打払令から薪水給与令（一八四二）への転換が西洋列強の日本進出の契機となると読んだオランダ国王ウィルレム二世は一八四四年、日本へ開国勧告の特使を派遣し将軍家慶宛国王親書を長崎奉行に手渡した。翌年幕府は老中阿部正弘名で「従来通り、通信国は朝鮮・琉球、通商国は中国、オランダに限定する。これが祖法」と返答し国王勧告を謝絶した。「貴国とは通商のみ、政治には口を出すな」という素っ気ない返答だった。この国王の勧告の背後にはシーボルトの画策があったのであろう。

4．一八五二年九月、カピタンはバタビアの東インド政庁が作成した「別段風説書」を長崎奉行に提出し、「来年アメリカが蒸気船軍艦で訪日し通商を求める」と伝えた。一八五三年六月、ペリー艦隊が浦賀に来航した。

（おわりに）

「バテレンとカピタンとの三世紀」を貫く日本の対外政策

の骨格は、「キリスト教の拒否」と「中華秩序からの離脱」であり、西洋との付き合いは全て西洋の覇権国であった。この外交の基本枠組みの中で日本は賢く西洋を選択的に受容し、西洋は日本の非キリスト教国家の国づくりに貢献した。この外交の原型を造ったのは天下人であった。

（一）日本の西洋への対応は賢かった

1．日本は西洋を選択的に受容した

古来、日本は海を隔ててはいるものの中華として世界に屹立する隣国中国の圧倒的な影響下にあった。しかし、日本は「小中華」となる道を選ばず、中国文明の受入れには選択的だった。日本の古代国家は仏教・漢字・律令制は取り入れたが、儒教・科挙・宦官制は受け入れず、冊封は断固拒否した。九〇七年には二世紀以上続いた遣唐使を廃し、中華文明の公的取入れを休止している。

一六世紀央日本は初めて西洋と出会う。ルネッサンス・宗教改革・大航海を経験した西洋は一〇〇年以上戦争に明け暮れていた戦国末期の日本と比べ圧倒的に先進文明国だった。遥か彼方から荒海を乗り越え新航路を開拓し日本に辿り着いた西洋人には「地球は丸い」は常識だった。だが、当時の日本でこれを理解できた人はいなかった。この西洋との遭遇においても日本は怯むことなく、かつて中華文明に対峙したのと同様、選択的な文明摂取で対応した。貿易には積極的に応じ学問や技術は必死に受容した。だが、キリスト教や奴隷や植民地には強い拒否反応を示した。名もなき貧しき民も離島の鍛冶職人も国が誇る知識人も日本の特権階級武士たちも独裁的政治家の天下人も夫々の場面で夫々の役割を立派に果たした。

（1）キリスト教の受入れ拒否

天下人はカソリックの布教活動に日本侵略の匂いをかぎ取っていたが、その対応は夫々個性的で違っていた。

信長は日頃の仏教僧の腐敗を見せつけられてきただけに遠来の宣教師の理想への熱誠と献身には深い滅私の印象を受け敬意をもって全面的支援の姿勢を崩さなかった。秀吉も初めは「八宗九宗」と表現し既存の仏教八派に一つ加え九派になるだけと鷹揚に考えていた。だが、排他的で仏教への冒涜や日本人奴隷化は決して許せなかった。家康はカトリックが脅威と見抜き貿易に布教を結び付けない新教国蘭英と手を握り、南蛮カトリック国と断交、キリスト教を禁止した。「キリスト教の恩恵を受け入れなければ文明国になれない」という西欧を支配していた常識に日本は挑戦することとなった。

ここで私が付言したいのは日本の人々の反応である。ザビエルが鹿児島に上陸直後老女が問うた「なぜ、神様は今までわたしたちに気付かなかったのでしょう」という一言には驚いた。あのザビエルさえも返答に窮した。宣教師の説く「絶対神・創造主」という神には日本人は馴染みがなく、当惑し

た。天下人は日本の最高の知識人の僧侶や学者を集め宣教師との宗論を開いていたが、日乗は「神を、霊魂を、今この場で見せよ」と終始感情的だった。林羅山は宣教師に「地球は平板な方形」と執拗に主張、ともに宣教師の軽蔑を買っただけだった。江戸中期の新井白石の対応は流石だった。一七〇八年ローマ法王の内命で日本に潜入し捕縛されたカトリック司祭ジョバンニ・H・シドッティーは白石の訊問を受け「宣教師が西洋諸国の日本侵略の尖兵であるとの日本の認識は誤りである」と主張したのに対し、白石は「それは理解できる。だが、神が自ずと生まれたというなら、天地もまた自ずと発生することができるとしないのはおかしい」と反論した。白石は幕府に彼の本国送還を上申したが幕府はそれを認めず囚人として幽閉を続けた。その後の彼の小石川での囚人生活は二五両五人扶持の破格の待遇であった。キリスト教禁教はこのような日本の人々の気持ちが反映された独裁者こその決断だったと思う。

（2）西洋の先進文明の積極的受容

西洋からの技術や医学を学び取った職人や医師たちの真摯な姿を知り、新しい文明を取り入れるにはこのような現場での必死の努力があってこそ成功したのだと改めて学んだ。種子島の鍛冶職人がたった一年で鉄砲の自製化に成功したのは「技術の国」日本を彷彿させたし、日本各地の藩医師たちはシーボルトのもとに群がっていた。正に、当時の知識人は乾いた真綿が水を吸収するが如きスピードで西洋学問の吸収に成功していた。鉄砲伝来から二〇年余で鉄砲の大量生産と鉄砲隊創設で日本を世界一の鉄砲国家に変貌させた大名（武士）を讃えたい。これが日本の植民地化を防いだ最大の要因だったからだ。日本は先進文明の仕入先を中国から西洋に代えていた。

（3）付き合いは覇権国だけ

天下人は大局を睨み細部も把握し勇気ある決断を躊躇しなかった。三人はポルトガル・スペインの両国が植民地主義者として新大陸やアフリカやアジアでの行状や日本侵略の意図は充分に把握していた。それも承知で、信長は「ゴアは遠すぎる。大軍の派遣はない」と見抜きローマ・リスボンとの対等外交を展望し余裕たっぷりに彼らを全面受容した。秀吉は両国を威嚇する書面を送りつつも自らの明や天竺の征服計画に加担させようとし実際に朝鮮への大軍派遣を見せつけた。家康は西洋での宗教戦争の力学を正確に把握し新教国オランダとイギリスを味方につけ対立するカソリック両国を日本から追放する外交路線の大転換をやってのけた。用心深い家康は国内事情（豊臣遺臣や雄藩の動向）を最優先させた。スペイン・ポルトガルとの断交は、遣唐使派遣中止と同様、相手が覇権国であっただけに勇気のある決断だった。それにしても、このタイミングのよさには驚いた。遣唐使派遣中止から一三年で唐は滅亡、日本のスペインとの国交断交から二四年でスペインは覇権国から滑り落ちた。その後日本が選んだ西洋は次の覇権国オランダだった。

（二）日本の先進文明受容に対する西洋の貢献

西洋の衝撃を確と受け止め西洋文明の選択的摂取を成功させたのも、西洋の人々、とりわけ、直接日本人と顔を合わせて付き合う「バテレンとカピタン」の賜物であった。最初は南蛮人の商人や宣教師、その後は紅毛人の船長、航海士、造船技術者、医者、天文学者、植物学者などがやってきた。言葉も通じない日本人に手取り足取り夫々の専門分野の最新の知識や技術や情報を伝授していた。

特に貢献が大きかったと私が強く印象付けられた西洋人五人を最後に紹介させて頂き本稿を締め括りたい。

●F・ザビエル（一五〇六～五二）：スペイン人宣教師

日本にキリスト教を初めて伝えた。来日イエズス会士中最高位の人物だった。日本滞在は僅か二年半、日本での布教実績には顕著なものはなかったが、インド管区長（海外統括者）としてインドの次の宣教先に中国ではなく日本を選んだことを高く評価したい。お陰で日本は中国より三〇年程早くルネッサンス期の最新の天文学・数学・暦法などの成果に接することができた。因みに、中国初のイエズス会宣教師マテオ・リッチが入国したのは一五七九年、日本より三〇年遅かった。カトリック宣教は最新西洋学問の伝来でもあり、お陰で日本は中国より早くルネッサンス期最新の天文学・数学・暦法などの成果、例えば、地球球体論、太陽の運行原理、稲妻・雨の降る仕組みなどに接していた。彼は日本につき「今まで会った国民の中で最高で彼らより優れている人を異教徒では見つけられない。親しみやすく礼儀を重んじ善良で悪い心をもっていない。何よりも名誉を重んじ一般に貧しいが恥とは思わず一夫一妻で賭博をせず犯罪を憎む。日本こそキリスト教布教に相応しい国」と日本人を好意的に観察していた。フロイスは彼を「完璧な男」と評した。ローマ法王は彼の布教活動を高く評価、集めた信者数は聖パウロより多いとし、聖人に列している。殉教者を除けば来日宣教師の中で列聖されたのはザビエルだけである。

●L・フロイス（一五三二～九七）：ポルトガル人宣教師

ゴアでザビエルやアンジローと面識があり、一五六三年、三一歳でゴアのインド管区長秘書から転任。六五歳で没するまで日本でイエズス宣教師として活動した。最初の二〇年間は京を中心とする畿内で宣教活動を行い将軍足利義輝に年頭の挨拶をし、義輝暗殺後は京を追放され堺に避難、六九年信長の許可で四年振りに帰京、京での布教を許された。信長に寵愛され少なくとも一二回は会い、信長の世界観拡大に大きな影響を与えた。大友宗麟入信にも貢献。秀吉のバテレン追放令で長崎に赴きそこで没した。彼は語学と文筆の才に恵まれ後半の一四年間はイエズス会の日本活動記録「日本年報」の作成者となった。日本全国を巡り見聞を広め多くの著作を残した。ゴアでの上司ヴァリニァーノの彼の人物評は「慎重さに欠け誇張癖があり軽率小心で些事に拘り中庸を保つことができない人物」だった由。彼の著作「日本史」等は織豊期の政治とキリスト教布教につき詳述し現存史料の少ないこの時代「信長公記」と並ぶ不可欠で貴重な歴史史料である。この中にある「誇張癖のある」人物評を二つ紹介する。

○信長評：日本の王と呼ばれ全国の大半を支配。非常に優れた才能と器量をもち日本人の中で最も賢く勇敢で気前よく気高く慈悲深い人物である。キリスト教に寛容で宣教師たちに教会や土地を与えた。何度も会見したが親切で日本の歴史や文化につき話をした。

○秀吉評：猿と呼ばれ背が低く醜悪な容貌で片手に六本の指があった。信長の下僕で出自は卑しく無学で野心家で残忍で嫉妬深く不実である。キリスト教に敵対的で宣教師たちを迫害し教会や土地を奪った。何度も会ったが冷たく接し信長を呼び捨てにしていた。

●W・アダムス（一五六四〜一六二〇）：イギリス人航海士

来日第一号のイギリス人。出自は名門ではないが、一二年間の造船所徒弟経験後、海軍で航海士となり造船・航海の知識と技術を身に付けた実直なマーチャント。家康は彼の実務感覚に痛く惚れ込み、江戸城奥深くに招き入れ家臣ともども幾何学、地理学、造船術等を講じさせ、実際に大型英式帆船を建造させている。旗本として遇し日本橋に邸宅を相模三浦郡に二二〇石の知行地を与え厚遇。アダムスも「母国ではこれ程の地位と報酬は得られない」と感激。自ら尽力した平戸英国商館開設のため家康の下を辞し商館の雇人となり英国王書簡持参の英商船の日本初来航（一六一三）などの実現に貢献。一度も帰国せず自ら朱印船貿易にも携わり平戸で没した。死後英国の妻子と日本の子とに遺産を等分。彼の功績は幕府の外交路線の旧教国から新教国への大転換、幕府主導の朱印船貿易の開始と東南アジア貿易の活性化（自らも朱印状をもらい東南アジア貿易に従事）、幕府首脳への西洋最新学問の紹介等がある。家康は彼の説く地球球体論に納得していたに違いない。母国の友人宛書状が英国の「大航海叢書」に収められており「内政はよく整い、世界中でこの国ほど正しい政治の行われている国はない」とある。開国前の日本を知る貴重な海外史料でペリーも日本来航前に読んでいた。京浜急行「安針塚駅」や日本橋の「按針屋敷跡」では今でも彼が偲ばれる。

●カピタン（一六〇九〜一八六〇）：歴代オランダ商館長（一六六人）

カピタンは在日オランダ人の長、西洋の窓口としてのオランダの役割の評価は全てカピタンに帰せられる。カピタンの任期は幕府の命で原則一年だったが、結果としては二五一年間に一六六人がその職に就いた。ここではカピタンは固有名詞ではなく歴代の一六六人の総称である。カピタンには貿易取引、西洋情報、将軍拝謁という三つの属人的で恒例の重要な役割があった。オランダ風説書は長く続いたユニークな二国間情報伝達方式として世界的にも稀。風説書の内容は風説に過ぎず、敢えて言えば西洋のライバル国ポルトガル、スペイン、イギリス、フランス等の悪口やうわさ話に過ぎなかった。うま味のある対日貿易を独占し続けたい一心からか、自国に都合の悪い情報、具体的には、東インド会社の解散（一七九九）、世界各地での植民地の喪失、オランダ国の消滅（一七九六～一八一四）などの事実は意図的に隠蔽されていた。自分で海外情報を確認する術をもたない日本は熱心に耳を傾け続けた。オランダがフランスの占領下にあった時期、カピタンの任期一年原則は守られず、一五六代カピタン・ドゥーフは一四年間（一八〇三～一七）出島に据え置かれその間船の入港もなく風説書も提出できず生活費も事欠く有様だった。世界各地でオランダ国旗掲揚が消えた中彼は出島にオランダ国旗を揚げ続けていた。風説書はどんなあやふやな情報であったとしても知らないよりはましではあった。

カピタンは貿易継続のお礼のため年一回江戸に参府、将軍拝謁と献上品奉呈するのが恒例で、一六〇九年から一八五〇年まで一六六回行われた。日本国内を観察できる唯一の機会で商館からはカピタン、外科医、書記などと付添日本人（通詞、役人）など約六〇名が参加した。道中の扱いは大名行列並みで長崎・江戸間を平均九〇日で往復した。行路の人々にとり「蘭人見物」の貴重な機会だった。大阪では主要輸出品銅の生産者泉屋の精錬工場を見学し住友家当主の饗応も受けた。江戸参府の常宿、江戸の長崎屋や京の海老屋には毎回大勢の日本最高の知識人が列をなし質問攻めにし、西洋の新知識の吸収に努めたという。江戸参府経験者のシーボルトは「新鮮で驚きだった」と記録に残している。

●V・シーボルト（一七九六～一八六六）：ドイツ人医師

バイエルンの名門出身。大学で医学、植物学を学び東洋研究を志望し蘭領東インド会社の外科医陸軍少佐を経験。着任時二七歳。診療所兼私塾の鳴滝塾で多くの蘭学者を育てる傍ら、日本の歴史、地理、言語、動植物などの研究に没頭。一方、日蘭貿易に役立つ市場調査も行う。表の顔は医師と博物学者、裏の顔は市場調査員。彼の日本への貢献は二つに要約できる。一つは鳴滝塾などを通じ日本の蘭学の発展に貢献したこと。薫陶を受けた日本人は優に百名超。彼ら門下生たちが明治の西洋近代医学や自然科学のパイオニアになった。もう一つの貢献は外国人として最高の日本学の権威者となり、西洋での日本学研究を深めるのに貢献した。約六年間の日本滞在中に蒐集した動植物の剥製、書籍、絵画、美術工芸品等の収集品は数万点。西洋各地の民族学博物館の基礎作りに寄与した。日本の西洋学と西洋の日本学の双方の発展に大きく貢献。日本人妻との間の娘楠本イネは日本人女性初の産科医となった（美人のイネは司馬遼太郎の小説「花神」では適塾で薫陶を受けた大村益次郎の初恋の人として描かれている）。帰国後独人妻との間の二人の息子を連れ来日、駐日欧州公館の外交官として活躍した。

帰国時発覚したスパイ容疑（一八二八年、シーボルト事件）には、オランダ国王からの日本の内情探索の命を受けていたことが関係。禁制品を含んだ日本品蒐集品やその蒐集の仕方、追放後の母国での国王や各国外交当局への画策（対露、対ペリー）等から判断、野心家の彼にはあり得るかも知れない。だが、それにより彼の残した偉大な功績が些かでも損なわれることにはならないだろう。（終）

（参考文献）

「世界の歴史」⑯、⑰、㉒（中央公論社）
「バテレンの世紀」渡辺京二（新潮社）
「西洋の衝撃と日本」平川祐弘（講談社学術文庫）
「戦国日本と大航海時代」平川新（中央公論新社）
「オランダ風説書」松方冬子（中央公論新社）
「朝日日本歴史人物事典」（朝日新聞社）
「日本歴史大事典」（小学館）
「世界史辞典」（角川書店）
「ウィキペディア」（WEB辞書）

『ウクライナ戦争と和平法則』（東京図書出版）を読んで

茅野太郎

昨年十一月、古い友人、弁護士の廣田尚久君から新著を頂いた。同封された手紙には、「私の専門である和解や紛争解決に引き付けて、和平の法則性を記述の中心にした」とある。「和平とは、戦争の決着を勝ち負けによって決するのではない」という理解に立って、長年、民事の事件で実際に適用してきた「紛争解決学」の考えが国家間の戦争にも応用できないかを述べたのが本書である。

高齢の彼を執筆に動かしたのは、「ロシアがウクライナへ軍事侵攻したとき、先の世界大戦を知る最後の世代として何か書いておかなければならない」と考えたからである。

本書は、二十世紀以降の主要な戦争の歴史を理解し、ウクライナ侵攻の現実を検証した上で、「戦争から和平へという社会現象に法則性を探求することは、社会科学を研究するものにとっては常道的な在り方だと思う」という信念を披瀝する。

具体的には、「何とかして、対話や合意に向けて努力する」「合意にあたっては「赦し」が不可欠である」「正義を掲げていては和平はできない」「卓抜した和平案が必要」などの法則を整理する。

所詮理想論に過ぎないと批判されることを覚悟の上で、敢えて提言を試み、「戦争のない平和な世界が到来することを夢見て」と書いて本書を閉じる八十五歳の友人の情熱に心を打たれた。

カタルーニャの今・二〇二三年九月まで

岡田多喜男

一　田澤耕さんを偲ぶ会

法政大学名誉教授だった田澤耕さんが、二〇二二年九月二十四日に亡くなって、もう一年になります。田澤さんはカタルーニャを愛し、カタルーニャの人々から愛され、佳子夫人も御子息もカタルーニャ語話者になるという幸せな生涯でした。

訃報に接し、カタルーニャと日本の新聞や雑誌に、田澤さんを偲び、その功績を称える寄稿が数多く掲載されました。さらに、時を置かずして、カタルーニャ、日本の双方で、田澤耕さんを偲ぶ会がいくつも催されました。

（一）二〇二二年十二月十六日に、京都のバルセロナ文化センターで「恩師、田澤耕先生を偲ぶ会」が催されました。このセンターは、カタルーニャ文化の紹介を目的とし、スペイン語・カタルーニャ語の学習機会を提供し、言語と文化にかかわる種々のイベントを行なっていますが、田澤耕さんはこの活動に賛同し、御自身の著書四〇冊を寄贈したり、センターで講演をなさったりして支援していました。

センター長のロザリアさんは、日本滞在が三十年に及ぶ文学博士ですが、田澤耕さんのセンターへのサポートに感謝するスピーチをしました。この催しには、田澤佳子夫人、川本卓史さんも参加されました。

（二）二〇二三年三月一日に、〈田澤耕とジョルディ・プジョルの最後の対話〉の出版記念会がカタルーニャで催され、佳子夫人も神戸から出席し、感動的なスピーチをカタルーニャ語でしました。田澤耕さん、佳子さんご夫妻は、カタルーニャ北方の小さな町カラルプスに居を構え、三〇年間、毎年夏をこちらで過ごしました。カタルーニャ州首相を二十三年間の長きにわたり務めたジョルディ・プジョルさんがこの町の住人だったことから、お二人は親交を結ぶことになりました。二〇二二年七月十六日に、余命短かった田澤さんはプジョルさんを自宅に招き、最後の対話をしたのです。

田澤さんの逝去後になりましたが、『最後の対話』という書名で出版され、その出版披露会が、カタルーニャ学士院で行われました。学士院会長のカブレ博士、プジョルさん、佳子夫人、対話集を出版したラピスラズリ社の編集長がスピーチをしました。カブレ博士は、かつて田澤さんがバルセロナ大学で博士号を取得した際の指導教官でした。ラピスラズリ社は、田澤さんが、夏目漱石から太宰治にいたる日本の小説家十人の短編中編を翻訳した際の出版のほか、田澤さんの遺書ともいうべき『ある日本人の三十年に及ぶ足跡』の出版も手がけました。

（三）二〇二三年三月十四日には、バルセロナの書店ONAが、田澤耕さんを讃える会を開催、佳子夫人も参加しました。

このONAについては、田澤さんは著書『ニューエクスプレス・カタルーニャ語』（二〇一〇年、白水社）のコラム欄で次のように語っていました。正に相思相愛でした。

〈カタルーニャ語書籍の出版はフランコ政権下で禁止されました。その規制が徐々に緩和される中、完全な自由化はなかなか訪れませんでした。そんな中で、カタルーニャ語の本だけを売り続けてきたのが一九六二年に開店したONAという書店です。ONAは、当局からの圧力や、国粋主義者達からの嫌がらせに耐え、カタルーニャ文化の牙城となったのです。ヨーロッパの少数言語文学の中でも、今最も勢いのあるのはカタルーニャ文学だと言われますが、そのような隆盛の陰にはONAのような書店の力のあったことを忘れてはならないでしょう。〉

（四）二〇二三年四月二十二日に、日本・カタルーニャ友好親善協会が、恒例のサン・ジョルディの日のイベントで、田澤耕さんを偲びました。協会の見尾谷麻実さんが、田澤さんの長年に亙る貢献を詳しく述べ、謝意を表明したのに続き、佳子夫人が耕さんの思い出を語りました。耕さんが、日本の唱歌「村の鍛冶屋」をとても愛していたことを紹介し、その歌詞を語る間に、朗読が涙ぐんでの歌声に変わりました。「しばしも休まず鎚打つ響き、仕事に精出す村の鍛冶屋」というあの歌です。

日本・カタルーニャ友好親善協会では、機関誌AMICSの二〇二二年十一月号に〈追悼田澤耕先生〉という特別企画を掲載しました。これには、カタルーニャ語のラケル・ビラ先生や、協会の方々や、カタルーニャ語のクラス経験者の皆さんが寄稿しました。当日、田澤さんの遺稿となった『僕たちのバルセロナ』（西田書店）の即売もなされました。西田書店の出版する『あとらす』誌には、この本の挿絵を担当した金井真紀さんや、『あとらす』への投稿常連の皆さんが弔文を寄せました。

以下に、二〇二三年一月から九月に至るカタルーニャの情勢を纏めてみます。あとらす四八号では二〇二二年十二月までのカタルーニャ情勢を振り返りました。田澤耕さん亡き後、カタルーニャの情勢を随時述べる人も見当たりませんので、私ではいかにも力不足ですが、「カタルーニャの今」を今後も随時、綴っていきたいと思っています。

二　フランス・スペイン友好協力条約の調印

この条約は、二〇二三年一月十九日、フランスのマクロン大統領とスペインのサンチェス首相により、バルセロナで調印されました。

条約の内容は、〈両国は今後年次サミットを開催する。移民問題・防衛問題につき作業グループを創設する。経済、企業のフォーラムを毎年行う。文化、教育交流を推進する。両国の共通テーマに関し欧州が行う重大決定については、両国で協議する〉などでしたが、前年、バルセロナとマルセイユ間に敷設することが決められたグリーン水素プロジェクト推進の確認がなされたのが、いわば目玉であり、この条約がバルセロナで調印された理由でしょう。

調印式には、両国から約二十人の閣僚たちも出席しました。スペインからは三人の副首相、外務、防衛、内務、運輸、教育、文化大臣が出席するという力の入れ様でした。

サンチェス首相がこの条約をカタルーニャ問題解決に利用しようとしたのは見え見えで、彼は「この条約の調印によりカタルーニャの独立運動には終止符が打たれた」という趣旨の発言を数日来していました。カタルーニャ州首相のアラゴネスは反発し、マクロン、サンチェスに挨拶はしたものの、式典の始まる前、両国国歌の演奏が始まるや退席し、「カタルーニャの独立運動は決して終わっていない」と発言しました。

式典が行われたカタルーニャ美術館の前には、これに反対する独立派の政党、団体が詰め寄りデモをしました。カタルーニャ左派共和党、共にカタルーニャ党、人民統一候補、カタルーニャ国民会議、カタルーニャ共和国の為の評議会（これは亡命中のプッチダモン元州首相率いる政治団体です）がデモに参加しました。

（政党等の名称については末尾の註を参照）

三　スペインの刑法改正に伴う、独立派への求刑の変更

二〇二二年十二月の下院で、刑法の重要な改正が可決されました。騒乱罪の廃止、それに代わる加重公共秩序阻害罪の導入、横領罪に軽減規定の導入がなされました。サンチェス首相がカタルーニャ州首相アラゴネスと話し合って決めた法改正だったようです。サンチェス首相は、「今般の法改正により、カタルーニャの独立運動はもはや終了した」と語りました。これには、アラゴネスが、「独立運動procésは終わっていない」とすぐに反論しました。

この刑法改正に適応するため、二〇二三年二月十三日に最

高裁判所が、独立派要人九人に対する判決を次のように変更しました。

変更前の最高裁判決　二〇一九年十月十四日の概要

ジュンケラス　元カタルーニャ州副首相　騒乱罪と公金横領で禁錮十三年、公職停止十三年。

ルメーバ元外務相、トゥルイ元首相府相、バッサ元労働相が、騒乱罪と公金横領で禁錮十二年、公職停止十二年。

フルカディ元州議会議長が騒乱罪で禁錮十一年六ヵ月、公職停止十一年六ヵ月。

フォルン元内務相、ルイ元地域相が騒乱罪で禁錮十年六ヵ月、公職停止十年六ヵ月。

民間人の二人、サンチェスカタルーニャ国民会議（ANC）代表とクシャット文化協会（Omnium）代表が騒乱罪で禁錮九年。

これら九人に、サンチェス首相は、二〇二一年六月二十二日、特赦を与え、彼らは翌日出獄しました。ただし、特赦には公職停止は含まれていませんでした。

これに対し、二〇二三年二月十三日の最高裁判決は、刑法改正を受けて、ジュンケラスには、不服従と公金横領で禁錮十三年、公職停止十三年。ルメーバ、トゥルイ、バッサには、不服従と公金横領で禁錮十二年、公職停止十二年としました。

ここで注目すべきは、検察が彼らに加重公共秩序阻害罪を適用しようとしたのですが、判事は、彼らには暴力行為は無かったとして、これの適用を認めませんでした。ただし、公金横領については、刑法改正が軽減規定を設けたものの、判決はこの軽減規定の適用をしませんでした。

その他の五人のうち、フルカディ、ルイ、フォルンは不服従の判決、サンチェスとクシャットには、公共秩序阻害罪の判決を下しましたが、公務停止は適用されませんでした。

二〇二一年六月の特赦は勿論適用されています。

四　プッチダモン元州首相の動向

二〇一七年十月にベルギーに亡命したプッチダモン元カタルーニャ州首相に対し、スペインの最高裁判事が、欧州逮捕状を何度も発出しましたが、その都度不発でした。

プッチダモンは二〇一九年五月に行われた欧州議会選挙に立候補し、当選しましたので、議員不逮捕特権に護られました。彼と共に亡命していた元閣僚のクミンも、この選挙で当選、さらに落選していた元閣僚のプンサティも、繰り上げ当選を果たしました。

ところが、欧州議会が、二〇二一年三月九日に、彼ら三人の不逮捕特権の剥奪を可決しました。そこで三人は、欧州の第一審裁判所TGUEにこの決定の取り消しを求める訴えをしましたが、同裁判所は二〇二三年七月五日に、これを否定する判決を下しました。

プッチダモンは、直ちに欧州司法裁判所ＴＪＵＥ（日本の最高裁に相当）に上訴すると述べました。そして、上訴期限ぎりぎりの九月十八日に、彼ら三人がＴＪＵＥに上訴しました。この判決が出るのは数か月後の様ですが、スペインの予審判事リャレナが、かれら三人にまたも欧州逮捕状を出す動きもある様です。

ところで、プッチダモンには次の動きもありました。

北カタルーニャ（フランス）のプラダで毎年行われる〈夏季大学〉に、今年はパブロ・カザルス死後五十年を記念し、カタルーニャの要人が多数参加しました。カザルスは、独裁者フランコの治世を嫌って、この地に亡命していたのですが、一九七三年十月二十二日この地で死去しました。

八月二十一日には、元カタルーニャ首相のカルラス・プッチダモンが亡命地のベルギーを離れ参加しました。スペインの裁判官が欧州逮捕状を送る危険のある中での行動でした。これには、カタルーニャの現首相ペラ・アラゴネスや元首相達、ジョルディ・プジョル、ジョゼ・モンティリャ、キム・トーラも参加する盛大な催しになりました。ムンサラット修道院長や、カタルーニャ議会議長、カタルーニャ政府の二閣僚、カタルーニャ左派共和党のジュンケラス党首など錚々たる顔ぶれが参加しました。

五　二〇二三年は、スペインでは選挙の年でした

五月二十八日に、全国の市会議員選挙と十二州の州議会議員選挙が実施され、当選した議員たちが、その結果に基づき市長、州首相を選出していきました。

（註：日本では住民が市長、知事を直接選挙で選びますが、スペインでは先ず市会議員、州議会議員を選出し、彼らが市長、州首相を選びます。首相は日本でも直接選挙ではなく国会が首相指名をし、天皇が任命しますが、スペインでは、国王が首相候補を指名し、下院の信任を得て、首相に就任します）

六　市議会議員の選挙と市長の選出

全国に約八千二百ある自治体municipios（以下、市と訳します）の市議会議員選挙が、五月二十八日に実施されました。結果は最大野党で中道右派の国民党の圧勝でした。

スペインは全国に五十県（provincia）がありますが、その県庁所在都市のうち、三十都市で国民党が勝ちました。その内五都市では極右のボックス党との連立になりました。スペイン社会労働党が市長になったのは、十都市にとどまりました。

主要八大都市のうちマドリッド、バレンシア、セビリア、マラガ、ムルシア、サラゴサでは、国民党が勝利しました。スペイン社会労働党が抑えたのはバルセロナのみで、もう一

つの大都市ビルバオは、地方政党のバスク民族主義党が勝ちました。

カタルーニャ州の首府、バルセロナ市の市長選出は難航しました。

市議会議員の選挙では、元バルセロナ市長のトゥリアス率いる共にカタルーニャ党が第一党だったのですが、第二党だったカタルーニャ社会党を率いるジャウマ・コイボニが、前市長のアダ・コラウの選挙連合と右派の国民党の支持を得て逆転勝利しました。アダ・コラウは、直近の二期、バルセロナ市長を務めてきましたが、左翼で、カタルーニャの独立には反対する立場です。今回はわずかに及ばず、カタルーニャ社会党のコイボニを推すことになりました。

カタルーニャ独立を目指す勢力の共にカタルーニャ党は、カタルーニャ左派共和党の支持を得ましたが及ばず、敗退しました。

カタルーニャの主要都市では、タラゴナ、リェイダでスペイン社会労働党が市長に当選しましたが、ジローナでは人民統一候補が当選しました。ジローナはプッチダモンの地元ですが、共にカタルーニャ党はこの牙城を明け渡すことになりました。

七　自治州議会選挙と州首相選出

五月二十八日には、自治州議員選挙もあり、その結果に基づき州首相も次々に選出されました。スペインには十七の自治州と二の自治都市がありますが、そのうち五自治州は、二〇二二年までに選挙が終わっていて、今般選挙が行われたのは十二自治州と二自治都市でした。

その結果は国民党の圧勝でした。十二州のうち次の八州と、二自治都市で勝ちました。アラゴン、バレアレス、カンタブリア、バレンシア、エストゥレマドゥラ、リオハ、マドリッド、ムルシア、セウタ、メリリャ。

スペイン社会労働党が勝ったのは、アストゥリアス、カスティリャ・ラマンチャ、ナバラの三州にとどまりました。もう一州のカナリア諸島は、カナリア諸島連合がとりました。

既に選挙が済んでいた五州は、アンダルシア（国民党）、カタルーニャ（カタルーニャ左派共和党）ガリシア（国民党）、バスク（バスク民族主義党）、カスティリャ・イ・レオン（国民党）でした。

これらを合わせた十七自治州と二自治都市の首長は、国民党が十三、スペイン社会労働党三、カタルーニャ左派共和党一、カナリア諸島連合一、バスク民族主義党一という勢力図になりました。

国民党が圧勝したのですが、極右政党ボックス党との連立になった州も五あります。ムルシア、エストレマドゥラ、カスティリャ・イ・レオン、アラゴン、バレンシアです。

八　上院・下院議員選挙

次回の国会（上院、下院）議員選挙は、二〇二三年十二月になされると見られていたのですが、サンチェス首相は、五月二十八日に実施された地方選挙で野党の国民党が圧勝、与党のスペイン社会労働党が敗れたのをみて、このまま十二月まで待つとじり貧になると判断したのでしょう、前倒しの勝負に出て、七月二十三日に総選挙を実施すると決めました。

スペインでは、首相の信任など重要案件は下院の専権事項ですので、以下、下院の動向についてのみ記述します。

選挙前の世論調査や、新聞の予想では、国民党と極右のボックス党が合わせて過半数を獲得、国民党の党首フェイホーが首相に就く、つまり政権交代が起こるだろうとする向きが殆どでした。

ところが、七月二十三日の下院議員選挙結果では、国民党は躍進したのですが、ボックス党が議席を減らし、右派勢力は一七二人にとどまり議員総数三五〇の過半数一七六に四人足りませんでした。

国民党のフェイホーを支持する勢力は、国民党一三七、ボックス党三三、ナバラ住民連合一、カナリア諸島連合一、合計一七二。

社会労働党のサンチェスを支持する政党は、スペイン社会労働党一二一、スマール選挙連合三一、カタルーニャ左派共和党七、バスク・ナバラ選挙連合六、バスク民族主義党五、ガリシア民族主義ブロック一、合計一七一、つまり左右勢力が拮抗し、いずれも過半数の一七六に届かず、七人を擁する共にカタルーニャ党がキャスティング・ボードを握りました。

九　下院議長の選出

八月十七日に総選挙後初の国会が開催され、下院の議長にスペイン社会労働党のフランシナ・アルメンゴル（五十一歳）が一七八票を得て選出されました。下院議員総数三五〇の過半数一七六を二人上回ったのです。

左右の勢力が拮抗する中で決め手となったのが、共にカタルーニャ党がスペイン社会労働党のアルメンゴルの支持に回ったことでした。その際、共にカタルーニャ党がスペイン社会労働党に突き付けて飲ませたのは、次の四条件だったと報道されています。

①カタルーニャ語、バスク語、ガリシア語を欧州連合の公的言語とすること

②カタルーニャ語、バスク語、ガリシア語をスペイン議会における公的言語とすること

③二〇一七年八月十七日のバルセロナにおけるテロ襲撃事件の調査の徹底

④カタルーニャの政治家たちへの電話傍聴、いわゆるペ

ガサス事件の調査の徹底。

共にカタルーニャ党は、これらはあくまで議長選出に際しての条件であり、今後ペドロ・サンチェスの首相継続を認める際の条件ではないと明言しています。共にカタルーニャ党は、カタルーニャ独立派への恩赦、カタルーニャの独立の意思を問う住民投票の実施などの厳しい重要な要求をする構えです。

それにしても、カタルーニャ語を議会の公的言語とすることは、これまでカタルーニャが希望してきたことですが、果たせずにいました。それが今般、下院議長選出のため一歩前進したのには驚きました。

十　国王フェリペ六世が首相指名のため政党首脳から意見聴取

新議長アルメンゴルは、直ちに国王フェリペ六世に会い、下院の情勢を報告しました。スペイン国王フェリペ六世は、八月二十一日と二十二日に、諸政党党首との謁見をしました。彼らの意見を徴した上で、次期首相に誰を指名するかを決め、それを下院議長に示し、下院がそれを信任すれば、国王が首相に任命する手順です。

国王が意見聴取したのは、ナバラ住民連合、カナリア諸島連合、バスク民族主義党、スマール選挙連合、ボックス党、スペイン社会労働党、国民党の七政党でした。

次の諸党は国王謁見を拒絶しました。国王がこのような政治的権限を行使することを認めないと言う立場です。カタルーニャ左派共和党、バスク・ナバラ選挙連合、共にカタルーニャ党、ガリシア民族主義ブロック。

国王はその結果、八月二十二日に、国民党党首のフェイホーを首相候補に指名したことを下院議長アルメンゴルに告げました。アルメンゴルは、これを下院に報告し、下院議員がフェイホーを首相に信任するための総会を九月二十六日、二十七日に実施することを決めました。

十一　九月十一日は、カタルーニャの日 Diada Nacional de Catalunya,でした

今年も、カタルーニャ国民会議ANCの主宰するデモがバルセロナで行われましたが、参加者数は、市警発表で十一万五千人（昨年比マイナス三万五千人）、ANC発表で八十万人（昨年比十万人プラス）と極めて低調でした。かつて、ピークの二〇一四年には警察発表で百八十万人でしたから激減です。去年は参加しなかったカタルーニャ左派共和党が今年は参加、共にカタルーニャ党は去年同様参加しました。

毎年選ばれるlema（モットー）として、今年はVia foral が選ばれました。これは、中世のカタルーニャで、敵の攻撃から自国を護るため市民に、「家から出て戦え」と促した檄で

した。この叫び声を聞くと、十六歳から六十歳までの男は弓と武器を持って戦いに参加したのだそうです。また、デモのシンボルカラーには、青と黄色が選ばれました。これらは欧州連合旗の色です。

尚、この日はチリのアジェンデ大統領がピノチェットに殺害された一九七三年九月十一日から五〇年目にあたり、アジェンデを悼む集会もバルセロナで行われました。

十二　プッチダモンの記者会見

前述のように、フェイホーとサンチェスの支持が拮抗している中で、キャスティング・ボードを握ったのが、下院議員七人を擁する共にカタルーニャ党でした。

共にカタルーニャ党は、党首はラウラ・ボラスですが、プッチダモンが創設した政党で、彼はベルギーに亡命中ながら、この党を実質的に率いています。プッチダモンは、九月五日に、ブリュッセルで記者会見を行い、フェイホーとサンチェスに、下院における首相選出の前に、先ず、カタルーニャ独立運動に罪を問われている者たち全員の恩赦をするため、恩赦法を制定することを求めました。

これに対し、国民党のフェイホーは、即座にNOと反応、「自分は、この要求を拒絶することで、首相就任の機会を失うことになるとしても、このようなゆすりには屈しない」と発言しました。

プッチダモンは、更にカタルーニャの独立について、次のように発言しました。

〈恩赦も根本的な問題の解決にはならない。カタルーニャの問題を解決する自律的なレシピなどはないのだ。決定的なのは、カタルーニャを国家として認めること、カタルーニャの自治権の承認である。カタルーニャの人々は、二〇一七年十月一日の住民投票で共和国として独立するという決定をしたが、これを民主的に実現する権利を有している。そして我々が何年もの間強調してきた様に、十月一日の決定に代わるには、スペイン国と合意した上での国民投票のみが可能だ。これの国民投票を実施するのに憲法上の支障は無い。問題は、それを認める政治的意思の欠如だ。何故なら、望めば出来るからだ。民主主義においては、このような非常に重要な決定は国民の手に委ねる仕組みほど優れたものは無い。〉

政局に大きな影響のある記者会見とあって、独立派の共にカタルーニャ党、カタルーニャ左派共和党、人民統一候補の幹部もブリュッセルに駆けつけました。

十三　国民党党首フェイホーの動き

スペインの国王が次期首相候補に国民党党首のフェイホーを指名し、フェイホーは九月二十六日に下院で施政演説を行い、二十七日に下院議員の信任投票に臨むことになりました。しかし、劣勢は明らかで下院の信任が得られそうもない状況でした。

そこでフェイホーは、スペイン社会労働党書記長で現首相のサンチェスと八月三十日に会談し、「二年間、自分に首相を任せてほしい、その後選挙を行おう」と提言しましたが、サンチェスにすげなく断られたそうです。首相の任期は通常四年ですが、半分だけ自分にやらせろと言ったのですね。

フェイホーは、サンチェスが、カタルーニャ左派共和党や共にカタルーニャ党のような、カタルーニャをスペインから独立させたいとする政党の支持を得ようとしていることを強く非難し、自分はそんなことをしてまで政権をとりたいとは思わないと言った様ですが、これはもう捨て台詞のようですね。

フェイホーは更に、信任投票の直前の九月二十四日、マドリッドで、恩赦法制定反対のデモを国民党にさせました。

フェイホーが下院で信任されない時には、次はサンチェスが国王から首相に指名されるでしょうが、下院で首相に信任されるためには、共にカタルーニャ党やカタルーニャ左派共和党の支持を得る必要があり、そのため、彼らの主張を受け入れて恩赦法を制定する動きのあることに対し、反対を表明したものです。つまり、フェイホーは自分が負けることを見越して、サンチェスの就任を阻止する行動に出たのですね。

デモには、アスナール、ラホイ元首相、現マドリッド州首相アユッソ、マドリッド市長も参加した様ですが、参加者数は僅か四万人にとどまったようです。〈百万の大都市でたったの四万ですか?〉という冷やかしの記事もありました。

十四　下院がフェイホーを不信任

スペイン下院は二十六日から二十七日にかけ、国王から指名された新首相候補で中道右派の国民党党首フェイホーの信任投票に移りました。二十七日にかけて、諸政党代表者がフェイホーを支持するか否かのスピーチをした上で、二十七日午後に信任投票をしました。結果は事前の予想通り、支持票は一七二票にとどまり、議員総数三五〇の過半数一七六票には四票足りませんでした。そこで第二回目の投票が九月二十九日に実施されました。この際は、過半数でなくても支持票が不支持票を上回れば良い相対多数で良かったのですが、賛成は一七二、反対一七七、無効一でフェイホーの不信任が決まりました。次は、おそらく国王がサンチェスを首相候補に指名し、下院議員の信任投票がなされるのでしょう。もし、サンチェスが二か月の間に信任されない場合には、国会は十一月二十七日に解散され、二〇二四年一月十四日に再選挙が行われます。

二〇二三年九月三十日記

追記

国民党のフェイホーが、下院で信任されなかったので、国王は、十月三日に社会労働党書記長ペドロ・サンチェスを首相に指名しました。

サンチェスは、PSOE、Sumarに加え諸地方政党のERC、Junts、EH Bildu、PNV、CC、BNG の支持を取り付け、十一月十六日の下院議員総会で首相に信任されました。賛成は一七九票、反対票はPP、Vox、UPNの一七一票でした。

サンチェスは十七日に国王により首相に任命され、二十日には二二人の閣僚名を発表しました。内一二人が女性でした。第三次サンチェス内閣が発足したのですが、PSOEとSumarの連立内閣でSumarから、第二副首相兼労働相のヨランダ・ディアスなど五人が入閣しました。

サンチェスの首相再任にキャスティング・ボードを握ったのは、ベルギーに亡命中のプッチダモンの率いる共にカタルーニャ党で、彼はサンチェスに、二〇一二年以来のカタルーニャ独立運動の活動家たちの恩赦法の制定を下院に登録させました。

この恩赦法に関してはVoxなどの右派勢力が大反対で、連日PSOE本部前に押しかけデモをしています。

（註）スペインの主要政党の和訳名、略称、名称、一覧

・全国政党

国民党（中道右派）　PP　Partido Popular
スペイン社会労働党（中道左派）　PSOE　Partido Socialista Obrero Español
ボックス党（極右）　VOX　Vox
スマール選挙連合（左派）　Sumar　Sumar（coalición）

・地方政党

カタルーニャ社会党（中道左派）　PSC　Partit dels Socialistes de Catalunya
カタルーニャ左派共和党（左派）　ERC　Esquerra Republicana de Catalunya
共にカタルーニャ党（右派）　Junts　Junts per Catalunya
人民統一候補（極左）　CUP　Candidatura d'Unitat Popular
バスク民族主義党（右派）　PNV　Partido Nacionalista Vasco
ナバラ住民連合（右派）　UPN　Union del Pueblo Navarro
バスク・ナバラ政党連合（左派）　EH Bildu　Euskal Herria Bildu
カナリア諸島連合（右派）　CC　Coalición Canaria
ガリシア民族主義ブロック（左派）　BNG　Bloque Nacionalista Galego

あななすの午後

——S・K氏に捧ぐ

山根タカ子

【あらすじ】
——二人に出合いがあり、二人は互いに理解し合い、老人だけど男と女、男と女だけど友人という理想的な間柄を保ちつつ、満ち足りた晩年を過ごしていた。が、二年後のある日、男は癌の余命宣告を受け、娘の家族に守られるように、女の前から去って行く——

終章

彼がこの世を去って一年が経とうとしている。今年もまた長い夏が終り、空の移ろいや風の様子などに秋の気配を感じる頃となり、ようやくわたしは筆を執ることが出来る。彼の名前を口にすることも出来る。わたしはわたしの人生の物語を一人称で語ることも出来る。

あの日、ドアの前でお別れをして以来、わたしたちは二度と逢うことはなかった。けれども何と濃密な最後の月日を共にしたことだろう。

三月二十五日、金曜日、晴、別れの日からわたしたちの終章が始まる。

左折のウインカーを点滅させながら彼の車が雑木林の陰に隠れた時、わたしは胸の中に小さいけれどはっきりとしたピリオドを打った。

彼は余命宣告を受けた身で近い内に死を迎えるためにこの地を離れ娘の許へ移り住むのだ。今はあんな風に元気だけれど、腹腔に散らばった無数の癌細胞を抱えているのだ。クリスマスの日に宣告を受け、あれから既に三ヶ月、宣告どおりならあと三ヶ月しか残っていない。四月頃には何らかの徴候が現れるだろうと本人自らが予測している。そう読んで三月末の移動を決めたらしい。

この三ヶ月、彼は凄まじいばかりの行動力で身辺の整理をした。銀行と証券会社に度々出向き、何ヶ所かのゴルフ場で最後のプレーをし支配人に別れの挨拶をし、歯科では次の予約をキャンセルする。離島へ短い旅をし新しい絵も描いた。週に二回のわたしとの食事会を楽しみ、ほとんど毎日可能な限りいっしょにお茶の時間を過した。

検査や手術の度の絶食で急激に体重は落ちたけれど体力は

すぐに回復した様だ。二、三キロは戻ったものの少し細身になった姿もわたしはだんだんに見慣れた。散歩に出かける後姿を見かけた時、その気力に満ちた背は以前と変わらず力強かった。化学療法に代わる療法の研究もしている。ゴルフ友だちの医者に勧められたという「アルカリ療法」の文献を読み込んでいる。そんなものを勧める医者もいるのだとわたしは驚いているが彼は既にやり始めている。

「重曹を飲むのですか。どんな味がするの？」

「プールの味がします」

そんなもの——とわたしは思うけれど口には出せない。口出しはさせない勢いがある。特に体に害を与える事もなさそうだし、その内に熱が冷めてやめるだろう。少々の事では考えを曲げないのが大方の男の習性だとわたしは知っている。

わたしと逢う時、彼は常に柔らかな表情でゆったりと動き、あの優しい眼差しで朗らかに話し、共に色々な物の味を味わい、とても穏やかな日々だった。

しかし、思えば怒涛の様な三ヶ月であった。それも三月二十五日の今日終ったのだ。

元気な内は逢いに来ます。と彼は幾度か言った様な気がするけれど、多分それは実現しないだろうとわたしは密かに思っている。今日が別れの日だ。これでお終いにしよう、こちらからは連絡しないとわたしは決めている。理性でそうは決めていていても彼の車が視界から消えた後も涙があふれ出るばかりだ。仕方がない、今夜は泣いて明かそうと諦めている。

その夕方、着信音に何気なくケータイを取り上げてみると「梶方　哲」カジカタサトシ、三時間前に別れたばかりの彼の名だ。

「勝ったよ」といきなり彼の声。「テレビ見れなかったでしょう？　2:0でオーストラリアに勝ちましたよ。ワールドカップ出場決まりだ」

思わず乗せられる。

「え？　誰が入れたの？」

「M君。七時のニュースできっとシュート場面が出るよ。見てごらん」

なんて人だろうと一瞬わたしの頭の中で配線が混乱する。放映権の問題で普通のチャンネルでは見れなかったサッカーの試合だが、彼は苦心してスマホでライブを見たらしい。

「ホテルに落ち着きました。そちらは変りないですか」

と改めて言う。

こんな日になんて人だろうと尚もあきれる。そしてわたしは気持がすっと楽になる。お変りないも何も、わたしは今も瞼が腫れているのだ。しかしベランダから涙ながらに見送った事は言わない。あの人はこうして今までと同じ様に日々の出来事を話しながら付き合ってゆくつもりなのだ。

（乗せられてゆこう。自然ななりゆきに任せよう）と多珂子はその日、三月二十五日の日記に記す。長い一日であった。

多珂子の日記

《3月27日、梶方さんからメールあり。長女の家に無事に着いた。途中孫の家の近くに一泊して皆に会った。そんな事で昨日はばたばたしていて連絡出来なかった。ごめんなさい。明日こちらの主治医に会いますと。私もその後の事を業務連絡風に返信して、以上と終る。胸の中のピリオドは消しゴムで消す》

《3月30日、もうハート印を描く事はないと思っていたけれど、毎日まめに電話をくれる。今日は病院から。検査結果は二ヶ月前と変りなし。癌は進行していないんだ。良かった。病院の帰りにテレビ等の買い物で四ヶ所回った。少しずつ自分で運転して道を覚えたい等とすごく前向き。元気だ》

《3月31日、朝食後いきなりくらっときて私はいつ倒れてもおかしくない状態。寝たり起きたりしてパジャマで一日過ごす。一度こうなるとしばらく駄目。彼には心配かけたくないけれど昼前の電話で実状を話す。午後の散歩の途中で再び様子を尋ねてくれる。神奈川の田舎町の風景、思いのほか桜が多くて今まさに満開。春爛漫の様子。夜、約束どおりもう一度電話あり、少し落ち着いた事報告。明日は私も頑張るぞ！》

しかし、結局わたしの体調は四月の中頃まで揺れ動いた。激しい目眩に襲われ不安のあまり夜中に娘を呼んだ日もあった。わたしは心臓に問題を抱えていて、厄介なことに自律神経がわたしに無断でわたしの体を支配する。彼に合わせてクールに振る舞っているつもりでもこうして体が正直に答えを出す。いつもの事だ。

梶方は毎日必ず電話をかけてきて多珂子の体調に共感したり励ましたり、立場が逆転している。「頑張りなさいよ」と平凡な一言にも心がこもっている。毎日話し合う。互いに心安まる。不思議に逢いたいとは思わない。

《4月18日、彼は近郊のゴルフ場の坂道に難渋した様子。ハーフで上がったとお風呂上がりのクラブハウスから電話。ワースト記録を出したと言うも明るい。ムキにならないところがいい。余裕があるのだ》

彼はその後何度かゴルフをしたが、フラットなコースならまずまず満足な成績であるらしい。しかし、筋力の衰えを自覚している。食べても食べても体重が増えない。筋肉筋肉と連呼している。そのくせ脚立に登って植木の手入れをした等と言う。

「脚立には登らないで下さい。約束して下さい」

「大丈夫だよ。気をつけてるから」

気をつけていても思っている以上に筋力が弱っているのだ。しかし、本人は認めたくない。自分がどこかから落ちたり転倒するなんて夢にも思っていないのだ。男は皆そうなのだ。わたしだって見たくはないけれど——。

そして、梶方は例のアルカリ療法に異常な状態である。週に五回点滴注射を受けに別の病院に通っている。そんな物を血管に入れるなんてとわたしは思うけれど、引き受ける病院もあり、主治医からデータを送ってくれるという事は一定の効果があるのだろうか、と思う他ない。彼は信じてやっているのだ。この治療が成功すればぜひお目にかかりたい。頑張ります、と言う。

　主治医の検査と診察は月に一度である。大病院だそうだけれど、こちらもどうかと思う点がいくつかある。

「主治医はまだ一度も僕の体を触りません。行く度に腹がふくれてませんかと言うんだ。ふくれてませんよ。痩せてぺたんこだ」と言う。食が細くなった。食後に胸がつかえて気分が悪い事などを話すと、腹の中に腫瘍があるのだから当然だと答えたと言う。ひどい。

　自らの予想どおり最近になってぼつぼつ体の変調を感じている様だ。自分の体の中が今どうなっているのか真実を知りたいと言う。思うようにならない体調に苛立っている様である。

「体重が落ちると精神的にきついんです」

　その言葉にわたしは胸をえぐられる。わたしの方は体力が一段下がった所で落ち着いている。こうして階段を一段ずつ降りる様に老いてゆくのだ。

　その様にして四月が終った。

五月の初旬に私たちは初めて手紙のやりとりをした。彼は書面では苛つく気持を反省しているが、CT検査の日が近づくにつれとてもナーバスになっている様だ。わたしは気にしているつもりはないのに体が表現する。不整脈が激しく、危険なほどにふらつく。なかなか寝つけず明け方に嫌な夢を見る。そんな自分を嫌いになる。癌細胞よ、せめて現状維持を。

　奇蹟は起こらなかった。彼の癌は確実に進行していた。病院からと家からと二度電話があり、さすがに声は暗い。例のアルカリ療法も効果がなかったので打ち切りと言われたらしい。又何か次を考えている。妙な民間療法、サプリメント、食事療法、聞くだけでむかつく様なスープ――。わたしはいらっとするけれど彼のやり方を否定する事は出来ない。全部受け止めてこんがらがった思いを一つ一つ拾い上げる様に聞いてあげる。こんなに馬鹿な、こんなに弱い人だったのね、梶方さん。それでいいのよ、哲さん。わたしは全部受け入れる。けれども敏感な彼はわたしが心から賛同していない事を感じとっている。

「ワラです。藁だと分かっていても掴むしかないのです」

　わたしはもう何と返事をしていいか分からない。二人でいっしょくたになって迷宮に迷い込んでゆく思いである。まだ18ホールを85で完遂する程の体力があるのだから、藁くずには目もくれず好きな物だけ食べ、好きな事だけして残りの人生を楽しんでほしい。そうは思うけれどそんなに簡単な事ではないのだろう。安直な助言などとても出来ない。

「そうめんが美味しい。収まりがいい」と言うので〈揖保乃糸〉の黒帯を一箱送ることにする。避暑地へ持参していた程の好物だから喜んでくれるだろう。

テラスの花々も寝室のお布団も夏の物に移ってゆくこの季節、彼は迷路の中でもがいている。その姿を包み隠さずわたしにも見せる。

「何もしないで死を待っている事は出来ない。生きたいという本能」そんな言葉が出る様になり、主治医との問答もあり、彼は化学療法を考える様になった。

「心は決まっているの？」と尋ねる。

「何もしなくてもどうせ消える命ならやってみる」と言う。

とても理解出来る様な気もするけれど、自信をもって理解しているとは言えない気もする。彼がやると決めたからには心をつくして応援しようとわたしは思う。

《6月3日、涼しい高原のホテルから爽やかなメールが来た。手入れのゆき届いたコースを18ホール完遂。この体重で我ながら不思議だけれど90そこそこで廻れた。孫は若さでティーショットが一番長いが、あとは経験の差が出て、次女、僕、孫の順位。次女は途中から底力を出してきよった。と満足そうだ》

こんなニュースに接するとわたしは彼に神奈川へ移るよう勧めた事は間違いではなかったとほっとする。ゴルフの得意な次女が計画した水入らずのツアーだ。抗癌剤投与が始まる前に『ゴルフ命』のお父さんの為に。

あの人はゴルフをしてなきゃ駄目だなとわたしも嬉しくなる。こんな日が少しでも長く続きます様に。しかし、あの身長で50キロ台は厳しい。食べても食べても落ちてゆく体重。体重が減ると精神的にキツイのですといつか彼が言った。筋肉筋肉と連呼している。

一年前の今頃は73キロの筋肉を大切に養ってコンペで優勝を競っていたのだ。いつか或る日、大きな文旦を三個持って訪ねて来た。

「二等賞です。いっしょに食べましょう」

「あら、優勝ではなかったの？　あのスコアなら優勝だって仰ってたじゃないですか」

「あとから上がった組の人に一打負けていました。二位でした」

「69の人がいたのですか。凄いわね」

「グランドシニアになり立ての人です」

そのコンペで彼は36と34で70、というスコアで優勝を確信していた。

「優勝の商品は何だったんですか」

「神戸牛です」

「なら、文旦の方が良かったわねェ。こんな見事な文旦、見たことがないわ」

とわたしたちは笑い合った。

「はい、一つはお嬢さんに」

お嬢さんの分というのはいつもの事だった。わたしの喜びを喜びとし、心配事を共に心配し、まどろっこしい体調の変化にも気長に付き合ってくれた。わたしはいつも温められていた。この人と巡り合えて良かったと何度でも思うのだった。

わたしたちは波長が合っていた。わたしのテラスのウッドデッキを彼はぐいと持ち上げ、わたしが箒で下を掃いた。そんな時、何だか運命的なものを感じる程に二人の呼吸がぴたりと合うのだった。そう感じている事に二人共気づいていた。気づかないふりをしている事にも共に知らんふりをしていた。

そんな事を思ってはわたしは胸が痛くなる。抽象的に胸が痛むばかりではなく、実際に鼓動が乱れぐらりと体が傾く。

たまらなく懐かしくなり、わたしは便箋をとりだす。今なら十六日からの入院の前に届くだろう。日々の出来事は何でも話し合っているので他に何か新鮮な明るい話題を、となれば、孫たちのロンドン情報を少しお裾分けしよう。若い頃英国系の企業に勤めていた彼には興味ある話題かもしれない。横書きにしよう。


懐かしい梶方さん、哲さん。

いつもお電話ありがとう。お別れしてから日が経ちましたね。毎日お声を聞かせて頂いてそちらのご様子を伺うにつけ私なりに心配したり安心したりしています。

昨日私は葉桜の並木道を少し歩いてみました。姫女苑（ひめじょおん）、茅花（つばな）、小判草、ちょっとした草叢（むら）にも雑草たちが美しうございました。こんなに美しいのに誰も気づかず通り過ぎてゆきます。そういう物をあなたと見たいと思いました。あなたのお好きな六月の風が吹いていましたよ。パイナップルの香りに酔って、あななすの句を詠んだあの午後は一年前の今頃だったでしょうか。

さて今日は私の事ばかり話します。お読み捨て下さい。この二ヶ月私は介護保険の事で気が紛れています。出入りの或る方が私の事を心配して申請して下さり、この度公的なサービスを受ける事になりました。「要支援1」と申しますのは「概ね日常生活は自立しているが何らかの支援が必要な人」という事で、私はハイ、その通りでゴザイマス。憧れのデイサービスに行く事になりました。抵抗がありました。親の世代の事しか知らなかったので、デイサービスといえば老人が大勢集められてお弁当を当てがわれ、チイチイパッパみたいなお遊戯をしてお風呂で洗われ、安物のお菓子でお茶を飲んで夕方に送り返されるのだと思い込んでいました。今、この世界の進化に驚いています。三ヶ所ばかり見学して「機能訓練特化型デイサービス」というのを選びました。坂道をころげ落ちる様に心肺機能、運動機能を失いつつある現在の私に必要かと判断いたしました。又、追い追い経験をお話ししますね。アドバイスを下さいね。私が素直に受け入れているので娘はほっとしている様です。

さてさて、初夏のロンドン情報を少々。一月から現地の小学校に通い始めたほのかちゃんはこの六月で二年生の学期末となりました。

日本と違って実に様々な人種の子供がいるそうで、英語を母国語としない生徒の為の語学クラスが週に一度あるそうです。その教室でほのかはこの度 Best progress award を頂いたそうです。ゼロからスタートして僅か6ヶ月でよく進歩したという事でしょうか。又、二年生のクラスではReadingのTop賞を獲得。そして、クラスで二人目のPen License も取ったそうです。これはボールペンを使ってもよいという免許証だそうで、字を正しく美しく書ける子供だけがペンを使わせてもらえるのですって。面白いですね。

でもどうなってんの？　Native born の子供たちの中で転入したばかりの彼女が何故？　親はめんどくさがってあまり説明してくれませんが、賞状を提げてHomeroom teacherとの写真を送ってきたところを見るとまんざらでもないのでしょう。

ちょっと自慢ぽくなりました？　自慢と思われると困るのであまり人には話せません。こんな話はあなただから話せるのです。きっといつもの様に共に心から喜んで下さる事でしょう。

ママの緑子は外国では皆発音に苦労なさるので、ついにEnglish name を決めたそうです。レイチェルですって（固有名詞のスペル分かりません）。ウクライナ問題についてはイギリスはEUを離脱したからジョンソン首相は好きな事言ってる、とこれはレイチェルの個人的見解です。

私は書き出すと止めどなくなる悪い癖があるのでつい長くなってしまいました。字も乱暴になってきましたので、今日はこの辺りで――。

梶方さん、いつもいつもあなたとのあの日々のあれこれを思い出しています。こう書くだけでもう目の奥が熱くなります。とても懐かしくてとても寂しいです。

16日からの入院とその後の治療がうまくゆきますよう心からお祈りしています。まもなく入梅となりうっとうしい日が続くかもしれませんが、どうぞお心を強く持って明るくお過ごし下さい。お祈りしています。

6月10日　多珂子

その頃、中部地方に水害があり、わたしの手紙はかなり遅れて着いた様だ。彼はすでに入院していたが、最初の抗癌剤投与が始まるその朝に娘さんが病室へ届けてくれた。検査の結果治療に耐える体力は十分と分かり、自ら決心した事とはいえ果たしてこれが正しい選択であるのか、まだ迷いもあり複雑な不安感に打ち震えていたその朝であったらしい。すぐに電話が入った。

「夢中で読みました。面白くて、哀しくてそして勇気をいただきました。実は僕はとても不安定な精神状態で横たわっていたのです。お手紙で気持を転換する事が出来ました。勇気をもって落ちついて初回の治療を受けられそう。ありがとう。ほんとうにありがとう」

彼は何度もありがとうと言った。その午後、安定した気持で点滴を受けた様子。それも知らせてくれる。このタイミングで届いた事が良かった。郵便の遅れが幸いした様だった。

翌日は38度の熱が出た。病室のベッドから二度三度のコールがあったが、反応しているのは体だけで心は落ちついている様だ。明日熱が下がれば退院します。ここに来る道中、栗の花が咲いていました等と話す。傍らに行ってあげたい、健気なんだもの、とわたしは日記に記す。

その夏も日本列島は歴史的な暑さに見舞われた。これからはこれが普通の日本の夏となるのかもしれない。梶方とはもう三ヶ月も電話の声だけ。時々手紙。余命六ヶ月と宣告されてその六ヶ月が過ぎた。

幸い大きな副作用もなく三週間毎の点滴治療は無事に進んだ。食後の胸のつかえがなくなり、かなりしっかり食べているらしい。効果が出ている。七月には自ら勝負どころだと理論武装していた三クール目も無事にすませた。体調は上向きと言い会話の内容も軽くなる。

《7月9日、呼び出し音が長く鳴って「寝てた?」と彼。「いいえ働いていますよ。洗濯物を取り入れてたから遅くなったの。ごめんね」

「いいんだ、いいんだ」

食べているのに体重が増えない事を嘆いている。きっと癌細胞が栄養を横取りしているのだ。そろそろ勢力が逆転して体力がつき、彼の言う様にせめてあと二年位は敵と共生しながら中身の濃い余生を――》

《7月11日、今日も体重のこと。演説も聞いてあげる。政治の事、防衛について、主治医のあり方ｅｔｃ。理路整然、衰えていない》

次の日も又々、体重のこと。わたしは話題の方向を変える。ちょっとヨイショしてあげよう。

「痩せてますます男前になってんじゃないの?」

すると、否定の意味ではあるものの「ウフーン」が久しぶりに出た。続いて、

「髭剃ってないんだァ」

「え?　伸ばしてんの?」

「うん。顎のあたりまでね。無精髭風に」

「わァ、似合いそう」

「これカットするのが結構難しいんだァ」

「最初は専門家に形作ってもらうのがいいかもね。銀座の理髪店へ行かなきゃ。ふふ」

八十を過ぎて15キロも痩せてこの色男ぶりだ!　嬉しくな

る。わたしも負けていない。

「わたしもちょっと変わったのよ。コロナで美容院を控えている内に髪が伸びたのでこの頃束髪（シニヨン）にしているの」

「見たいなァ。写真送って」

「そんな大袈裟な。あ、この次イラストを描いて送るわ。体操に行く時は耳のうしろでふたつにくくるの」

「トレーニングはどう？」

「まあね。鍛えるなんて今更無理だけど、あなたが仰った様になるべく休まず行って、体全体を動かしてくるだけでも良しと為し、ですよ。娘に頼んで大丸でトレパンを買ってきてもらったの」

「そう、良かったね。どんな色？」

「クロ。黒と言ってもゴキブリの様なテカテカの黒ではなくて――」

と言葉を探していると、

「墨の黒だね」

冴えている。

せめて二、三キロは体重を増やして髭を整え、涼しくなったらわたしに逢いに来るつもりだ。

わたしは彼との再会を想像してみる。ホテルのロビーかどこかでわたしを待っている痩身の男、白髪の髭面、こめかみも頬もげっそりと落ちくぼみ鼻梁ばかりが目立つ。何ヶ月も死と向き合っているのだから眼光は厳しくなっているだろう。けれども、わたしを見つけると俄かに温かく潤うだろう。サイズの合わなくなったぶかぶかの洋服姿でわたしの方へ歩いてくる。どことなく文学的な雰囲気をまとっている。やっぱり素敵な人だ。ゴルファーらしい歩き方も懐しい。足取りはしっかりしている。それなのにその足元にはいつの間にやら霧が立ちこめている。舞台のスモークの様に濃い霧だ。足元は見えない。互いに手を差しのべ合っているのにそれ以上は近づけない。

《7月28日、私の体調は安物レストランの日替り定食だ。まずまずの日もあるけれど今日はハズレだった。銀行で用をすませたあと具合が悪くなる。倒れない事だけを目標になんとか帰ってくる。精神的にも落ち込んで横になっているところへ彼からコール。こういう時ものすごく優しい。「頑張りすぎたんだね。寝てなさい」と切りそうになるので、「切らないで。何か話して」と甘える。「僕たちの出会い」と彼は表現するのだが、初めて会った頃の話になる。二度三度と続けて不思議な偶然の出会いがあり、とても自然に近づいたのだった》

八月に入って、長女の七菜子さんから暑中見舞いの葉書が来た。父の体調は上向きとある。

次のCT検査では病巣の25パーセントの減少を見た。血液検査でもすべての項目で上向きの結果が出た。四回目から薬を強くしたと彼は感じている。翌日にかなり激しくお腹をくだしたそう。体重を増やしたいと切望している人にとって食べた物が全部出てしまうのは耐え難いことであろう。上を向いていた気持に又少し影が差す。こんな事の繰り返しだ。

せめて気分転換をと、本を一冊送る。田澤耕著『僕たちのバルセロナ』。彼の好きそうな内容だ。届いた日に早速お礼の電話があり、面白くてもう三分の一読んだと言う。打てば響く様な反応。だから好き、とわたしは日記に記す。

結果的にこれが梶方の最後の読書となった。そして、まもなく著者の田澤さんが不帰の客となられたが、同じ病気の彼には伝えない。

「涼しくなれば必ずそちらに行きます。待っていて下さい。お土産は何がいいかしら」と手紙が来た。そうして希望の夏が終わった。束の間の希望であった。

九月、去年までは彼が北海道から帰ってきた九月、少し日焼けした若々しい彼が眩しかった九月。

「それでね」と続きのやうに秋立ちぬ

「それでね」はあの頃の彼の口癖だった。二ヶ月もの不在の後だのに、まるでさっきからの続きの様に「それでね」と始まって避暑地からのお土産をテーブルに並べるのだった。

《9月10日、涼しくなり私は少し体が楽になる、夏中歩けなかった登り坂を歩けた。今宵の名月を愛でる。雲に入ったり出たり、乗っかったり》

彼の体が弱ってゆく様子がぽつぽつ伝わってきたのはこの頃からだった。病巣の縮小とはうらはらに痛みが少し出ていると洩らしたり、微熱があるんだァと淋しそうに言う日もある。体力の減退に強い抗癌剤が追い打ちをかけている様にわたしは感じる。

彼は又迷路をさまよい始める。高価な対価を払ってどこかの医者とリモート面談してみたり、それでどんな助言を得たかというと、朝日を浴びて散歩しなさい、落語を聞いて笑いなさいだなんて——馬鹿にしないで下さい。彼は術中に陥っている。商売されている。高価な藁だ。こんなに馬鹿な人だったのか。聞くだけでむかつく様なスープだの、サプリメントだの、今更食事療法なんてそんな事全部やめてあなたの好きな物だけ召し上がって下さい。わたしは口に出してそうは言えなかったけれど、受話器の向こうでわたしの気配を感じたのか「医者に言われたら誰でも一度は信用するでしょう?やってみないと分からないじゃない?」と気弱にわたしの同意を求める。そりゃそうねと、わたしの素っ気ない返事は今がらんどうの彼の肋骨の内部にどう響いただろうか。

彼の不運の一つに主治医への不信感に加えて、良い緩和ケア専門医に巡り会えなかった事がある。一度、主治医と連携する緩和ケアチームの診察室に入った事があったが、どうだった?　と期待するわたしに彼はあっさりと言った。

「一時間話しましたが世間話に終りました。内科とのコミュニケーションがよくない様に僕は感じましたね」

神戸に居るのなら何としてもS先生のところへ連れてゆくと、わたしはじれったく思うばかりだ。S先生の診察所へ来る末期癌患者さんは、夫婦だったり親子だったり、初診の日は皆一様に青ざめて思いつめた表情で入って来られるが、先生との一時間の面談の後は晴ればれと安心した表情になって帰ってゆかれるそうだ。わたしの夫も十五年前にそうやってまだ三十代のS先生に看取っていただいた。体の辛さばかりではなく、それ以上の精神的な苦しみ、死にゆく過程への不安やおそれ。人生の意味、死生観など、つまりスピリチュアルな苦悩までも含めて全人的な痛みを引き受けて下さるのだ。「これから先、何が起っても私が何とかしますよ」と言ってくれる医者に彼は巡り会えなかった。

何でも自力で解決しようとする彼の性格も原因の一つだったかもしれない。でも、そこを見抜いて導いてくれるのが専門家（プロフェッショナル）ではないかとわたしは思う。

わたしの様な無力な者を「僕の唯一の心の支え、多珂子さん」と彼は言う。わたしは指一本の労力も彼に捧げる事は出来なかったけれど、この数ヶ月、彼の苦しい時に多少はほっとするひと時を共有する事くらいは出来ていたかもしれない。時にはピカソの絵の思い違いを種に声を立てて笑わせたり、楽しい思い出話を持ち出したり、わたしの方が不調になって心配させたり、時には甘えたりはらはらさせたり。それはわたしにとって大きな癒しでもあり、わたしを癒していると彼が自覚する事そのものが、彼の生きがいにも繋がっていた様に思う。わたしにはこれしか出来なかった。

そして、わたしは自分の生活を崩さなかった。月々の俳句の投句を欠かさず、ピアノのレパートリーを維持し、お彼岸がくれば土いじりもする。娘のサポートもあってバレエの公演にも行った。そういう報告を彼は心から喜んで聞いている様に思えた。「ジゼル」がどんな物語なのか、舞台がどう展開したかなんて大方の男には何の興味もない事であろうに、彼は並々ならぬ関心をもってわたしの話を聞き、感想を述べ、眠っているわたしの感性を引き出してゆく。それは彼が持っている天性の性質である。その様な神の恩物（ギフト）をわたしは欲しいままにしていた。

《10月7日、昨日から連絡がない。夜になってようやく待ちに待った受信音。受話器に飛びつく。彼は昨日から発熱、足のむくみもひどい。点滴前の検査で癌マーカーは下がっていたが腎機能に問題ありと出たのに、主治医は薬を追加して六回目の点滴を強行した。断れなかったのだろうか。ここで治療をストップする勇気がなかったのだろう。帰宅後に高熱が出て今冷やしている。そう語る言葉もはっきりせず聞きとりにくい。それなのに「そっちは変りない?」と気遣ってくれる。泣きながらお皿を洗う》

《10月8日、彼は少し元気が出ている。お取り寄せを共に楽しんだことを懐かしむ。「相手といい、場所といい、雰囲気といい、しかも二人だけで」と。「色々な事がありましたね」と言うと「これからまだ色々あります」と言う。死までの過程を意味していると理解する。

今夜は十三夜、夜更けて東の空に少し欠けた美しい月。一年前の十三夜の日、あの日癌が見つかったのだ》

《10月9日、彼がいっぱい話したが、かなりろれつが回らない。薬が多すぎる事、薬でお腹一杯になる。あのナンチャラ博士の本や例のリモート面談にも疑問が湧いてきた。多珂子さん、僕は回り道をしました。遅いよ、梶方さん。こんなに馬鹿な人だったのね。玄関の三段が大変なんです。多珂子さん、僕は股を開いて歩いています。そんなにかっこ悪い人になってしまったのね。私の梶方さん》

《10月10日、彼に手紙を書く。

「ご気分如何ですか。東の窓からの山桜の葉が少し黄ばんでまいりました。この雑木林が私にとっての小さな秋です。

今はどこへも行けなくても一日を無事に過ごせるだけで感謝しています。それでいいのですね。月の美しい夜が続きます。

今夜も温かくしておやすみ下さい」

午後の便に合わせてポストまでウォーキング》

《10月11日、秋冷に備えて羽毛布団をセットする。ふらつきながらも私は大丈夫。トレーニングにも行ってきた。今日は帰途の海の色が泣きたいほど綺麗だった》

十月の半頃、その頃から痛みについて話すことが多くなった。感情を交えず詳しく聞いてあげる事しか出来ない。

「どういう痛み？　シクシクとか――」

「差し込むって言葉があるでしょう？　あれだ」

「ああ、それは辛いわね。強いの？　どのくらい？」

「ウ～～ン、思わず声が出るくらい」

「そんなにィーー。我慢することはないのよ。先生にちゃんと話してお薬もらってる？」

「痛みに薬が間に合わないんだ。二、三十分はかかるよ」

十二時間毎に飲む予防的な鎮痛剤も飲んでいるらしいが効果が薄れてきた様だ。内科医の許を離れて早く緩和ケア専門医に、とわたしは強く思うけれど、彼はまだ闘う姿勢を捨てていない。驚いた事に主治医は抗癌剤の七回目も予定している。病巣ばかり叩いても体力がこんなに弱ってきている。病巣の縮小がむしろ彼を心理的に混乱させている。

《10月21日、「僕は混乱している。精神的にぐちゃぐちゃだ」と自ら言う。「これからどうなってゆくのかって思うのね？」

「思うよ。そればっかりだ！」手足がむくんで湿疹がひどく出ている。強い差し込みに度々襲われる。そんな状態で丸山ワクチンだの、新しい食事療法に意欲も。私はもうついてゆけない。今となっては痛みを制御して精神的な安定を図るべき。闘うのはもうやめて！　私もふらふらだ》

そして翌日には「じたばたするのはやめた。なる様にしかならない」と。「僕はもうどうしていいか分からない」とも。わたしにも分からない。唯聞いてあげる事しか出来ない。

「この頃連絡遅れがちに。御容赦のほどを」とメールが来た。すぐに電話をかける。

「そんな事気になさらないで」

「気にしてません。あるがままの姿でおつき合いさせてもらってます」

「そうしましょう」

「何をするにも億劫なんです。体力の衰えの速さに驚いています。一日一日、目に見えて自分で分かります。凄まじいものです。今僕の行動範囲は20メートル四方です」

そんな事を弱々しい声ながら明確に話す。こんなに客観視している事を痛々しく、しかし彼らしいと感じる。間歇的に下痢があり、頻尿にも悩まされている。

「夜中にトイレに行くのが大変なんだ」

「トイレ遠いって仰ってたわね。ころばないでね。灯りは点けていますか」

彼は自分が転倒するとは思っていない。男はこれだから困る。杖を使う事にも積極的になれない。

「男の人なら溲瓶(しびん)という便利な物があるじゃないですか。あれは具合がいいと思うけど――」

「そのシビンなんだがね」と彼は言った。「ナナに頼んでるんだけど忘れたとか言ってまだ届かないんだ。あの人は何でもゆっくりなんですよ」

「七菜子さんらしいわね」とわたしは笑って、「明日もう一度はっきりと宣言なさったら？　今夜から使いたいって」

「そうします」

「じゃあ、又あした」と電話を切る。まだ明日がある。

癌の末期は速いと聞いている。手摺りの工事が終わった時にはもう歩けなくなっている。車椅子が届いた時にはもう起き上がれなくなっている。後手々々に回る事が多いらしい。

十月末に予定されていた七回目は、さすがに主治医の判断で中止となったが、その情報はすぐにわたしには届かなかった。三日も電話がなかったからわたしの気持は切迫していた。十一月に入って三日目の夕方電話が入った時「待ってたのよ」と叫んでしまう。

「あなたの状況が分からないからどんなに心配したか――。ずっとあなたの事ばかり考えていたのよ。どこに居ても何をしていてもあなたの事ばかり――。ずっと祈ってる――。あなたの事ばかり」

彼は一言、彼も叫ぶように言った。

「分かってるよ」

二人とも切羽詰まっていた。切羽詰まっている中で「分かってるよ」の一言が嬉しい。

プラトニック・ラヴ、プラトン的な愛とは何なのだろう。『純粋に精神的な愛。感覚の対象は真の実在ではなく、霊魂の目でとらえる個物の原型』って？　哲学的な事はわたしにはさっぱり分からない。『純粋究極の精神性』？　そんなものではなかった。情念、雑念（ぞうねん）、多少の私欲等々、雑多な感情も含んでいる。互いに異性として接している。肉体的には何のふれ合いもなかったけれど、しかも今はもう逢う事すら叶わないが、私たちは確かに、或る一つの境地に達していたと思う。

　電話の声がおぼつかなくなった十月末あたりからわたしは時々葉書を送るようになった。葉書なら封を切る手間もなく、短い文なら少しの集中力で手に取ってくれるだろう。それも億劫なら七菜子さんが読んで聞かせてくれるだろう。

　梶方さん、おかげん如何ですか。そちらでは昨夜の月蝕が見えましたか。私は東の窓から一部始終を見ました。神秘的でした。少し気持が高ぶってなかなか寝つけませんでした。月に作用されるなんて私は原始的ですね。海月（くらげ）以下です。今日はお手伝いの人にお願いして明石産のヤリイカのお刺身を買ってきてもらいました。柔らかくて美味でした。梶方さんも白身のお刺身ならお口に合うかもしれませんね。来週は寒くなるそうです。お大切に。

多珂子

毒にも薬にもならないそんな文面しか書けない。こうしている内にも彼はどんどん弱ってゆく。堪らなくなってコールしてみるが、彼は出ない。いつもならすぐに「ごめんね」と折り返しがくるがもうそれもない。あれが最後の電話だったのだろうか。その時の彼の言葉をわたしははっきり覚えている。

「約束を果たしたかった。逢って直接伝えたかったんです。とうとう行けなかった。お手紙書きます」

　声も弱々しくろれつも回らず、受話器を持つのもやっとの様子なのに手紙など――。

「無理をしなくていいのよ。あなたの気持は分かってるから」

「ごめんね。少し疲れてきた」

「すぐ切るわ。何も考えないでゆっくりお寝みになって。わたしは祈ってる」

「うん、ごめんね」

　驚いたことにほんとうに手紙が届いた。最後の手紙と意識したのだろう。大きな字でよそよそしい程の丁寧な言葉で三枚、文にも文字にも乱れはない。「もっともっと書きたいがこの辺りで――」と結び「以上」と終わっている。「では又」と書ける状況ではないし、「さようなら」とも言いたくなかったのだろう。わたしはその「以上」が少し可笑しかった。

　お返事を書きますとわたしはすぐにメールした。届くまで生きていてくれるだろうか。心はあせるけれど、速達便にするのも彼の心を傷つける行為だ。ふと思いついてわたしは七菜子さんに何か送る事にした。箱の中の手袋を思い出した。ちょっとお世話になった方にその場でお礼の気持を伝える為に何やかや小さな物をわたしはいつも用意している、ソックスやハンカチ等が入っているその箱の中から、綺麗な色の手袋を見つけた。それを送る小包に彼への手紙を忍ばせよう。宅配便なら夕方出せば明日届く。

いつもの調子で少し近況を語り、二人で植えたフランス産の無花果の成長ぶりを報告する。30センチだった苗が倍ほどに伸び幹も太くなった。今、見事に黄葉している。来年には結実を見る予定だ。手紙を続ける。

——海風、谷風、山桜、夕焼空、雨に濡れたテラコッタ、あななすの午後のこと等々——。覚えておられますか。何を思い出しても胸がつまります。

あんなによくしていただいて私は幸せでした。哲さん、ほんとうにありがとうございました。あなたのお手紙にある「青い鳥」はすぐ近くにいたのですね。

あなたのお傍にも今、精神的な安らぎという青い鳥が訪れます様に。今、私はそればかり願っています。

今お世話になっている訪問診療のお医者様がいい方であります様に。痛みや排泄のコントロールが十分であります様に。少しでも少しでもお楽にお過ごしなさいます様に。心をこめてお祈りしています。祈る他に何も出来ないのが悲しうございます。

そして、ふと目を上げるとデスクの前のあなたの絵、どきっとする程突き抜けて明るいのです。いつも元気づけられています。秋の林の絵は今年いっぱい飾って、新春には桜の遠景の絵に替えましょう。桜が散ったら朝もやの羊蹄山の絵に。一年中ありがとう。

お疲れになったでしょうか。いっぱい書いてしまいました。ごめんなさいね。次からは又葉書でお便りします。今日も西瓜を美味しく召し上がれるといいですね。

追伸、同封の物、ご迷惑でなければ七菜子さんにお渡し下さい。お気に入っていただけるといいのですが——。

多珂子

翌日、手紙を読んだ。あなたの気持がよく分かった。とろれつの回らない短い電話があった。「一日中眠ってばかり。薬のせいかなァ」とのんびりとした口調であまり切迫した様子はない。訪問診療の先生が適切な処置をして下さっているのかもしれない。

《11月11日、来週から寒くなるというのでテラスの用事を少々片づけてしまう。他には何もしない。それでも夜になると脱力感がひどい。心が塞がっていて何もかも放り出してしまいたいほどだ。深呼吸する。

従兄から昆布と妹からの差し入れが同時に届く。みんな優

しい》

《11月12日、七菜子さんから手袋のお礼の電話。「父はうとうと眠っている時間が多い。お友だちから電話が入ってるけど、かけてあげるから話す？ と言っても積極的ではない」と。彼女と話して現状がはっきり分かった。彼が途切れ途切れに言っていた事が全部繋がった。今年中、ひょっとしたら今月中と言われている事は初めて知ったが、はっきり分かって私はかえって落ち着く。胸の中で物事がとんとんと整列した感じ》

《11月13日、薬のせいで一日中朦朧としている事に七菜子さんが不安を口にしたので、『鎮静』について書かれたS先生の本を送ってあげる。一日も早い方がいいので又、宅急便にする。集荷に来るドライバーさんに感謝のスポーツドリンクを》

《11月14日、本が届いて彼女は「鎮静」を理解した。鎮静処置を受けた状態ではうとうととしているが意識を失っているのではない。呼びかければ応える事が出来る。「あれよあれよと対応するのが精一杯のスピードで力が落ちてゆきます。父は終わりが近い事を悟っています」と彼女は言う。私はこの辺で退くべきかと彼女に相談する。近しい方々のお見舞いもあるだろうし、見知らぬ女から毎日葉書が来るのは？「最期まで寄り添ってやってほしい。父は今まで一人で生きてきた人だから」と言う。泣き虫でゆっくりのナナさんもこの数ヶ月で大人になった》

《11月15日、七菜子さんの言葉に励まされて又一通葉書を投函した。意識がある内に届くだろうかとふと思うけれど、いつもの様に語りかける様な調子で軽ろやかに》

こんにちは！ お目覚めですか。ちょっと面白い話題です。昨日、海のナントカという行事で天皇皇后様が明石にお見えになり、市役所の前浜で魚の放流をなさいました。うちの娘がバレエのレッスンの帰りに偶然沿道でお見送りしたそうです。あんなに醒めた娘がコーフンして電話してきました。凄いオーラを感じたそうです。「あんなにアリガタイものとは知らんかった」って。笑うでしょ？ 白バイの数にも驚いてたから案外単純ですね。

まずい事にそこで紙面がつきてしまった。ひょっとしたらこれが最後の便りになるかもしれないのにこれではいけない。表に返して横線を引き、下段に――。

良いお医者様に巡り合えたご様子、安心いたしました。七菜子さんご夫妻もとてもお優しいですね。お孫さんにもしょっ中会えるし梶方さんはお幸せ。うんと甘えるといいですよ。皆んなあなたが大好きなんです。

十一月十四日　　多珂子

《11月18日、彼からの音信が途絶えて十日になる。私の葉書が着いたと七菜子さんからメール。「父はもうろうとしている時間が多いですが、孫が読んであげるとその時は目をパッチリと開けて聞き、声を発して返事をする場面もありました。孫はとても綺麗に読めて皆で聞き惚れ、文章が良いからだと言い合いました」。

下の娘さんたちも集まっておられる様子》

《11月19日、やはり十一月中なのだろうか。長く生きていてほしいとは思わない。身体と魂の安息を願うのみ。彼が重篤となって以来、私は寝る前のお祈りの時もそればかり祈っている。願い事はしない、その日の感謝する事を見つけてそれだけを祈るという私のルールを破っている》

《11月20日、夜遅く七菜子さんからのメールを開く。「昨日の午後に父は息をひきとりました。静かに立派に旅立ちました。あのお便りを読んだ後、意識が戻ることはありませんでした。本当に急ぎ足で逝ってしまいました。今はベッドから解放されて喜んでいると信じます。どうか悲しまないで下さいね。私も父から泣くなよと言われていたのに泣いてます。叱られますね。お知らせがあまり遅くなってもと主人と相談しまして、こんなに夜遅くごめんなさい」》

「泣いてます。ご家族の皆様覚悟なさっておられたでしょうけれど、こんなに早く――。『ありがとう、さようなら』と彼にそっと伝えて下さい」

わたしは簡単に返信をして自分の中に閉じこもった。彼が旅立った昨日の午後三時ごろわたしは何をしていたのだろう？　マンションの管理組合の総会に出席していたのだ。会議の内容にうんざりしつつ早く終わってくれないかとばかり考えていた。俗世の底にいた。霊感も直感も働かなかったのでこの世を離れてゆく人の魂に寄りそうことは叶わなかった。これが現実だ。けれども、あの言葉「皆んなあなたが大好きなんです」という言葉が間に合った事はほとんど奇跡の様にわたしには思えるのだった。

その日、わたしは少し泣いたけれど案外早く立ち直った。今思えば、ほんとうの悲しみが始まっていない事に気づいていないだけだった。ほんとうの寂しさにも――。翌日、メールの着信音が鳴った時には「梶方さんだ！」と思わず手を伸ばしたのでこれはいけないと思い、着信音とランプの色を変更した。ついでに着歴もちょっと覗いてすぐにオール削除した。何故あんな事をしたのだろう。後悔している。

しばらくの間、わたしは日記帳に「気持はからっぽ」としか書けなかった。もう電話を待つこともない。手紙を書いても届ける先がない。就寝前のお祈りの時に彼の平穏を祈る必要もない。庭の最後のバラが散ったのだ。

案の定、体調も激しく変化した。ある朝、目覚めた瞬間から胸に違和感があり、カーテンを開けて回り空気を入れ換えている内に心拍の細動が始まる。ほとんどケイレン状態。コップの水を保持するのもやっとの状態でベッドにたどりつく。今日死んでもいいなと思う。24日という日はわたしには何かと縁のある日だから覚えやすいなんて、自分はもう覚える必要はないのにバカみたい。いつもの様に冷水を飲み、深呼吸、ひたすら安静、時間をかけて待つしかない。お金のかからないそんな対策をしている内に突然心筋ががくんと大きく拍動して脈が整い始める。正午には正常。しかし頭も体もまだのろのろとしか動けない。マンガみたいな一日だ。

日常は勝手に流れてゆく。予定通りに人が来て荷物が届き、冷蔵庫を開けたり閉めたり、食器を使ったり洗ったり、温水器の修理の電話にかかり切り、立ったり座ったり上向いたりしゃがんだり。サッカーのワールドカップも始まった。ドイツにもスペインにも勝った。そしてどこかに敗けた。テーブルクロスを拡げる時、レモンを切る時、靴ひもを結ぶ時、何をしても思い出す。

ある夕方、早めにカーテンを閉めようとして月の出に驚く。彼が来たように感じる。来たのかもしれない。涙がこみ上げてくる。すぐに気分転換する術を使う。「わたしはいくつか『術』を持っているので大丈夫よ、梶方さん」。

小鳥来るをとこ死にゆく日にも来る

恵まれた容姿と体力、いくつかの才能、ユニークな感性、そして自由。彼が持っていたそういうものを一つずつ手離してゆく時、彼が求めたものは目には見えない『信頼と愛』であったろうか。死が迫った人の心情を受けとめ、内面の痛みや苦しみを和らげるお手伝いなどわたしには荷が重すぎた。唯、精神的に共に存在する事しか出来なかったが、それで良かったのかもしれない。彼は満足していたと思う。

わたしが心打たれたのは、彼が弱ってゆく様子をなりふり構わずわたしに見せてくれた事だ。彼の苦悩をさしおいて言うのは不謹慎だけれど、「嬉しかった」と言ってもいい。どちらかと言えば自分が大事で常にかっこ良くありたい人だったのに、痩せ衰え、下痢をくり返し、混乱し、何度も迷路にはまり、いくつもの藁を掴み、ぐちゃぐちゃになり、身体能力が日に日に欠落してゆく有り様をなりふり構わずわたしに見せた。

それを今わたしは『滅びに向かうものの美』或いは『乱調の美』と呼びたい。ちょっと言いすぎだろうか。月の光が部屋に差し込む時「いいんだ、いいんだ、それでいいんだ」と言う彼の声が聞こえてくる様な気がする――――。

（終）

猫の思い出

宮崎ふみ

相変わらず猫ブームが続いているそうです。コロナ禍の影響もあったのでしょうが、最近も養老孟司・下重暁子共著の『老いてはネコに従え』と題した本の新聞広告を目にしましたから多分そうなのでしょう。以前、養老さんが飼い猫と暮らす日々をTVで観たことがありますが、いかにもNHK好みとの印象があり、先生が語ると何やら哲学風に聞こえるから不思議です。

私も一時期をのぞいて猫と暮らしてきました。この一時期は長く続きましたが辛い想い出がそうさせました。

小学三、四年の頃、クラスメートの子猫を母にせがんで飼うことにしましたが、そのミーちゃんが一年か二年たって物置のタンスに三匹の子猫を産み落としたのです。誰かがタンスの引き出しを仕舞い忘れたのでしょう。ミーちゃんはそこに産んだのですが、母の着物が産後の汚れで台無しになり、父を激怒させました。そして父は南京袋に入れて海に捨ててこいと言ってききませんでした。泣きじゃくる私を見かねた兄は南京袋をくるくると回し、「ほら、気絶させたから」と私に渡し、ふたりで浜辺に向かったのです。波にさらわれた袋はたちまち視界から消え去りました。その辛い悲しい出来事は久しく猫との生活を遠ざけました。

長い空白を経て再び猫と巡りあったのは当時小学五年生の息子と近所を散歩しているとき、ほとんど死にかけている白い子猫をひきとってからです。この子猫はくびにビニールの輪をし、片方が金目、もう片方が銀目で、その特徴を絵が上手な夫に描いてもらって五、六枚電柱に貼り出しましたが、私も息子も連絡がないことを願っていました。そして幸い連絡はありませんでした。

それ以来、多くの猫が私のそばにおりました。バスに轢かれた猫もいましたが総じて彼ら彼女らの死に際は見事で、食事を摂らなくなって痩せ衰えてきたな、と思った矢先に静かに息を引き取っていることが常です。

ある晩、夫がコートに雑巾のような猫を抱きかかえて帰宅したのは乱酔の所業でした。あまりの汚れた姿に呆れて風呂場で洗い流したところ、ボロボロと毛がぬけ、翌日動物病院での診断は猫エイズ。その治療のため隔週土曜日約一年通いましたが、彼も精いっぱい生きて見事に死に絶えました。いまは公園で産まれたばかり、カラスの餌食になる寸前のナナが十歳になり、外猫のモモが定時に餌をねだりに来ています。まだ「老いてはネコに従え」という心境にはいたってはおりません。

またたびの

関根キヌ子

北向きの山のなだりに〝またたび〟の白き葉ゆれて夏が近づく

丸々と見事に太った玉葱を収穫するも老いの楽しみ

ジャガイモの花咲き初めし晴れの間を猪よけのヒモを張りゆく

亡き夫の好みし新茶を供えつつ今日一日の無事を祈らん

ひとり居の吾を案じて妹が訪いくれる心うれしき

朝夕に離れて住む息子が田水見に来てはやさしきことばかけゆく

重たくて抱えられない大キャベツ友を呼ばりておすそわけする

蚊もいない暑き夏日の夕暮れや赤き不気味な月昇りくる

さるすべり枝をたわめて咲き盛る真夏の日差しものともせずに

炎立つ如く咲きたる凌霄花真夏の花は勢いて咲く

電柱の影さえ恋し真夏日の三十五度の舗装路を行く

台風に休み繰り上げ帰る子等今も昔も自然は偉大

孫の婚整いしことを報告す令和五年の夏の佳き日に

水の無い山の畑の雑草にすがる小がえるいずこで生れし

漢詩の世界
——日本の漢詩（第二回）

桑名靖生

平安時代

中国から漢詩がもたらされ、我が国初の漢詩集「懐風藻」から一世紀半ばを経過して平安時代に入り、中国唐風文化、書や詩文などを学ぶ機運更に高まり、漢詩は洗練され、天皇・皇族・僧侶など上流、知識階級により、隆盛を来すようになった。

一、第五十二代　嵯峨天皇（七八六〜八四二）

京都嵯峨野大覚寺。今は弘法大師空海を宗祖とした真言宗大覚寺派総本山となっているが、元は嵯峨天皇の離宮として建てられたものである。

嵯峨天皇は唐風文化、書、漢詩文などに深い関心を寄せられ、大沢の池は、離宮庭園の湖として自ら造営し、中国の洞庭湖を見立てて「庭湖」と呼んだのもその表れのひとつである。

遣唐使として入唐し、唐の新しい文化、仏法を伝え、帰朝した僧侶に嵯峨天皇は深く帰依された。

釈空海と特に親交を深め、天皇自身教えを乞うことが多かった。

唐から帰朝したばかりの空海を離宮に招き、二人で歓談、香り高い茶を酌みながら話は弾んだ。日も暮れて空海は高雄の山寺（神護寺）に帰る。その時の嵯峨天皇の詠まれた詩。

與海公 飲茶 送帰山
道俗相分経数年
今秋晤言亦良縁
香茶酌罷日云暮
稽首傷離望雲煙

海公と茶を飲み 帰山を送る
道俗相分かれて 数年を経るも
今秋の晤言 亦た良縁なり
香茶を酌み罷り 日は云に暮れ
稽首して離を傷み 雲煙を望む

《語釈》

海公：空海のこと。　晤言：会って語る。　稽首：深々と頭を下げる。

《大意》

君が求める仏道の世界と、自分が関わっている俗世の世界とは互いに道を異にして、会うこともなく、数年の時間が経ってしまった。今年の秋に二人で語り合えたのは、また良縁というものであった。

香り高い茶を酌み終えて、君が高雄の山に帰るころ陽は暮れかかる。私は君に深々と頭を下げて別離を哀しみ、君が帰って行く雲や霞のかなたを望み見るのであった。

中国、漢の元帝の時代、後宮に入った「王昭君」という名の女性が居た。元帝の寵愛を得られず、匈奴の王「呼韓邪単于」に嫁ぐことになる。挨拶に来た王昭君を見て、元帝は、彼女の美貌に驚いたが、あとの祭りであった。

北方の荒寥たる砂漠の中、都との違いに彼女は泣くが、匈奴の習慣に従い単于の父子二代の妻となり、胡の地にて亡くなった。

この王昭君を題材とする詩歌は漢代の歌曲として多く記録されており、唐代では李白・白楽天が作詞している。

嵯峨天皇は、この史実を読み、王昭君の人生を憐れまれたのか、五言律詩を作っている。先ず白楽天の作。

王昭君

満面胡沙満鬢風
眉銷残黛瞼銷紅
愁苦辛勤顦顇盡
如今却似畫圖中

王昭君　白楽天

面に満つる胡沙　鬢に満つる風
眉は　残黛銷え　瞼は　紅銷ゆ
愁苦　辛勤して　顦顇し　盡せば
如今ぞ　却って画図の中に似たり

《語釈》

王昭君：漢の元帝は、宮廷画家に官女たちの肖像画を描かせ、その中から気に入った者を寵愛した。為に官女たちはこぞって賄賂を贈り、美しく描かれようとした。が、王昭君だけは贈らなかった。故に絶世の美人でありながら、醜女に描かれ、元帝の寵愛を受けることなく、政略結婚の犠牲として匈奴の王に嫁がされた。　胡沙：北方異民族の住む砂漠の地。　鬢：顔の両側の髪。　銷：消える。　残黛：褪せて消えかかったまゆずみ。　瞼：顔。　画図：画家に醜く描かれた肖像画。

《大意》

漢を離れて来た匈奴の地。顔は砂漠の塵にまみれ、ほつれた髪は風に流れる。美しい眉を描いたうすずみも、豊かな頬にさした紅も、いつしか色あせた。悲しみ、苦しみのため、げっそりと痩せ衰えてしまい、今の私の姿は皮肉にもあの醜婦の肖像画そのものになってしまっている。

王昭君

弱歳辞漢闕
含愁入胡関
天涯千萬里
一去更無還
沙漠蝉鬢壊

王昭君　嵯峨天皇

弱歳にして　漢闕を　辞し
愁いを　含みて　胡関に　入る
天涯　千萬里
一たび　去って　更に　還る　無し
沙漠　蝉鬢を　壊し

風霜残玉顔
唯餘長安月
照送幾重山

風霜 玉顔を 残う
唯だ 長安の月を 余して
幾重の 山を 照らし 送る

《語釈》

漢闕：漢の宮殿。　胡関：匈奴の関所。　蝉鬢：蝉の羽のように薄くすいた髪の形。

《大意》

若くして漢の宮殿を辞去して、憂愁を抱いて匈奴の関所に入った。此処は天の最果て、千万里離れたかなたにある。ひとたび長安を去れば、もう帰還することはかなわない。砂漠の黄塵は美人の美しい髪のかたちを壊し、北風と冷たい霜が、玉のように美しい容貌をそこなってしまった。ただ変わらないのは、長安で見た月だけ、昔のままの姿で、幾重にも連なる匈奴の山を照らし出している。

次は嵯峨天皇が、山荘に仮泊された時の感興を詠まれた詩である。

山　夜

移居今夜薜蘿眠
夢裏山鶏報暁天
不覺雲來衣暗濕
即知家近深溪邊

山の夜
居を移して 今夜 薜蘿に眠る
夢裏の 山鶏 暁天を 報ず
覚えず雲来たって 衣 暗に湿う
即ち知る家は 深渓の辺に近きを

《語釈》

薜蘿：まさきのかずらとつたかずら。　夢裏：夢の中。裏は中の意味。　山鶏：山鳥。

《大意》

今夜は久しぶりに宮中から出て山中に泊る。あたりは、まさきのかずらやさるおがせが垂れ下がった樹木深い所。心も落ちつきぐっすり眠った。夢まだ覚めやらずうとしている時に山鳥が聞こえてはや夜明けとなったが、まもなくこの家は深い谷川の近くにあるのだということが分かった。

淀川の北岸、河陽（現在の山崎付近）の離宮へ行幸の際、『河陽十詠』を詩作された。次の詩は「十詠」の中の一詩。

江上船

一道長江通千里
満々流水漾行船
風帆遠没虚無裡
疑是仙査欲上天

江上の 船
一道の 長江 千里に 通ず
満々たる 流水 行船を 漾わす
風帆 遠く没す 虚無の 裡
疑うらくは是れ仙査の
天に上らんと 欲するかと

《語釈》

江：淀川を指す。　行船：川の上を進む船。　虚無：何も無い、ぼんやりかすんだ遥かかなたの意。　仙査：仙人の乗った筏。

《大意》

河陽の離宮から見ると、淀川が千里のかなたまで続くかのように流れている。川の広く豊かな水の流れに行きかうこれら船が、風を孕んで矢のように速く遠く遥かかなたに消えゆく光景は、まるで仙人の乗ったいかだが天に上るようである。

二、弘法大師 釈空海（七七四〜八三五）

讃岐（香川県）に生まれ、幼少から神童といわれたほど聡明で、十八歳で都にある大学の明経科に進んだが、四書五経を研究、学習する経学が意に満たず、家族の反対を押し切って、和泉の槇尾寺で出家する。

延暦二十三年（八〇四）留学僧として入唐。長安にて幾多の名僧に出会う。名僧恵果阿闍梨から真言密教の授戒をうけ、その教えを日本に広めるために必要な経典、曼荼羅、修行の法具にいたるまで京の朝廷に提出すべく二年で帰朝した。

八一六年 嵯峨天皇より紀州高野山開創の勅許を得、真言密教の聖地を開く。

八二三年 京都東寺を下賜される。

八二八年 京に綜芸種智院を創設、貴賤、身分を問わず教育を施す。庶民のために、土木、灌漑事業を行い、現在も四国各地に「弘法池」として残っている。

書は、嵯峨天皇、橘逸勢と共に三筆といわれる。

唐に留学中、長安で親しくなった昶法和尚の庭園に招かれて次の詩を詠んだ。

在唐観昶法和尚小山　　唐に在りて昶法和尚の小山を観る

看竹看花本國春　　竹を看花を看るは本国の春
人聲鳥囀漢家新　　人の声鳥の囀りは漢家に新たなり
見君庭際小山色　　君の庭際に小山の色を見れば
還識君情不染塵　　還識る君が情の塵に染まらざるを

《語釈》

本国：日本。　漢家：漢の地。　小山：築山。

《大意》

花を看ても竹を看ても、日本の春と異なるところはないが、人の声を聞き、鳥の鳴く声を聞いていると、やはり異国漢の領土に居るのだという新たな気持ちになる。今君の庭の築山を見ていると、なお君が俗塵に染まっていないことを知った。

高野山へ入山当初の作。

南山中見過新羅道者　　南山中に新羅道者を見過す

吾住此山不記春　　吾は此の山に住みて春を記せず
空観雲日不見人　　空しく雲日を観るも、人を見ず
新羅道者幽尋意　　新羅の道者　幽尋の意
持錫飛来恰如神　　錫を持して飛来する恰も神の如し

《語釈》

南山中：高野山。　新羅道者：新羅の修験者。　幽尋の意：奥深い山を尋ねる。　錫：錫杖。

《大意》

私はこの高野山に住んでいるが、春という季節を記憶しない。ただ空しく浮かぶ雲と太陽を目にするだけで人の姿を見ることはない。

新羅の修験者が奥深い山を尋ねようと現れた。手に持つ錫杖が空を切って飛ぶ様子はあたかも神のようであった。

後夜聞仏法僧鳥
閑林獨坐草堂暁
三寶音聲聞一鳥
一鳥有聲聲有心
聲心雲水倶了了

後夜 仏法僧鳥を聞く
閑林 独坐す 草堂の暁
三宝の 音声 一鳥に聞く
一鳥声有り 声心有り
声心 雲水 倶に了了

《語釈》

仏法僧鳥：別名三宝鳥、慈悲心鳥ともいう。　閑林：静かな林。　三宝：仏・法・僧。

《大意》

静かな林の中に独り坐して、心気を澄ます。朝まだき、三宝鳥の声を聞いた。その声、その心に感応し、行雲流水、大きく悟ることを得た。

三、菅原道真～栄光と死と～（八四五～九〇三）

曾祖父、祖父、父と三代ともに文章博士であった菅原家に生まれ、道真は幼少の頃から神童といわれた。

月夜見梅花
月耀晴如雪
梅花似星照
可憐金鏡轉
庭上香玉房

月夜 梅花を見る（道真十一歳の作）
月の耀きは 晴れたる 雪の如し
梅花は 照れる 星に似たり
憐れむべし 金鏡 転じ
庭上に 玉房の 香れるを

《大意》

輝く月の光は、晴れた日の雪の如く、夜の梅は照る星のよう。鏡の如き月が動くにつれ、庭の梅の花は、えも言えぬ香りを放つ。

十八歳で大学寮の試験に合格。その八年後（八七〇）に官吏任官試験に合格。。三十三歳の時文章博士となる。

仁和二年（八八六）讃岐守として地方勤務を経験の後、寛平三年（八九一）中央政府に復帰、蔵人頭に任命される。

宇多天皇の信任も厚く、次の醍醐天皇にも重用され、四年後中納言となり、以後栄進を続け、ついに藤原氏以外の者として初めて右大臣となった。道真五十五歳の時であり、政治家としても頂点に立ったことになる。

昌泰三年（九〇〇）重陽の節句の翌朝九月十日、清涼殿にて醍醐天皇より「秋思」という勅題を受け、七言律詩を献上する。

秋思

丞相廃年幾楽思
今宵触物自然悲
聲寒絡緯風吹處
葉落梧桐雨打時
君富春秋臣漸老
恩無涯岸報猶遅
不知此意何安慰
飲酒聴琴又詠詩

秋思（しゅうし）

丞相（じょうしょう）年を廃（はい）して幾（いく）たびか楽思（らくし）す
今宵（こんしょう）物（もの）に触（ふ）れて自然（しぜん）に悲（かな）し
声（こえ）は寒（さむ）し 絡緯（らくい） 風（かぜ）吹（ふ）くの処（ところ）
葉（は）は落（お）つ 梧桐（ごどう） 雨（あめ）打（う）つの 時（とき）
君（きみ）は 春秋（しゅんじゅう）に富（と）み 臣（しん）漸（ようや）く老（お）ゆ
恩（おん）は涯岸（がいがん）無（な）く報（むく）ゆること猶遅（なおおそ）し
知（し）らず此（こ）の意（い） 何（なに）をか安慰（あんい）せん
酒（さけ）を飲（の）み 琴（こと）を聴（き）き 又（また） 詩（し）を詠（えい）ず

《語釈》

丞相：執政の大臣、道真自称。　廃年：年を忘れる。　楽思：楽しい思い。　絡緯：こおろぎ、又はくつわ虫。　梧桐：青桐。　涯岸：果て、限り。

《大意》

長い間君の寵愛を受け、右大臣となり幾回となく楽しく過ごしてきましたが、今宵秋の深まりを覚え、心寂しく、こおろぎの啼く音、秋風吹き、雨に青桐も葉を落とす時、限りない君恩に私は何もお報いできるあてもなく、心残りのまま老いを重ねました。

せめて君のお相手として、酒を飲み、琴の調べを聴き、又詩を詠じたりしてご慰安申し上げるばかりです。

醍醐天皇はこの詩を大層褒められて、ご自分の御衣を道真に下賜された。

この異例の早い昇進が、逆に人のねたみを買い、藤原氏や一部の皇族、文人の嫉妬と反感を呼び、延喜元年（九〇一）藤原時平らの策謀、醍醐天皇の廃位を企てたという謀叛の罪を問われ、九州大宰府に左遷させられた。

家族とも十分な別れも許されないまま、京都を離れる際、自宅の梅の木を詠った短歌。

東風（こちふ）吹かば 匂（にお）ひ起（お）こせよ 梅（うめ）の花（はな）
　あるじなしとて 春（はる）な忘（わす）れそ

天皇に信任を受け、栄華を極めた京の生活を思えば、配所に流された今の暮らしは絶望と涙の毎日であった。二年に及ぶ配所の生活、その道真の心情は「菅家後集」として今に伝えられている。

自詠

離家三四月
落涙百千行
萬事皆如夢

自詠（じえい）

家（いえ）を離（はな）れて三四月（さんしげつ）
涙（なみだ）を落（お）とす百千行（ひゃくせんぎょう）
万事（ばんじ）皆（みな） 夢（ゆめ）の如（ごと）し

時時仰彼蒼　　時時(じじ)彼蒼(ひそう)を仰(あお)ぐ

《大意》

家を離れてもう三、四か月たった。あれこれ考えると涙がとめどなく流れる。過ぎ去ったことは総て夢のよう。今はただかなたの天を仰いで訴えるだけである。

不門出　　門(もん)を出(い)でず

一従謫落在柴荊　　一(ひと)たび謫落(たくらく)せられて柴荊(さいけい)に在(あ)り
萬死兢兢跼蹐情　　万死(ばんし)兢兢(きょうきょう)たり跼蹐(きょくせき)の情(じょう)
都府楼纔看瓦色　　都府楼(とふろう)は纔(わず)かに瓦色(がしょく)を看(み)るのみ
観音寺只聴鐘聲　　観音寺(かんのんじ)は只(ただ)鐘声(しょうせい)を聴(き)くのみ
中懐好逐孤雲去　　中懐(ちゅうかい)は好(この)んで孤雲(こうん)を逐(お)うて去(さ)り
外物相逢満月迎　　外物(がいぶつ)相逢(あいお)うて満月(まんげつ)迎(むか)う
此地雖身無撿繋　　此(こ)の地(ち)身(み)に撿繋(けんけい)無(な)しと雖(いえど)も
何爲寸歩出門行　　何爲(なんすれ)ぞ寸歩(すんぽ)も門(もん)を出(い)でて行(ゆ)かん

《語釈》

謫落：左遷。　柴荊：柴と荊のあばら家。　跼蹐：恐れ慎む。
中懐：心の中。　外物：心にふれる総ての対象。　撿繋：束縛。

《大意》

一たび大宰府に配流され、粗末な家に住む身となってからは、万死に値する罪を負い、恐れ慎みひたすら謹慎している。大宰府政庁は僅かに瓦を見るだけで、観世音寺はただ鐘の音を聴くばかりである。

私の心の内は、あの離れ雲を追い、心の外は、十五夜の満月を迎え入れている。我が身はそれほど束縛されていないが、それでも一歩も門を出て行く気に、どうしてもなれない。

白居易に同じ「不門出」という詩題があり、道真が『白氏文集(はくしもんじゅう)』からそれを詠んだものである。

白居易は、他人にわずらわされず、静かな生活に満足している閑適の心をその詩に詠んでいるが、不遇な流謫生活を訴えた道真の悲痛な思いとは、大きな違いがある。

聞雁　　雁(かり)を聞(き)く

我爲遷客汝來賓　　我(われ)は遷客(せんかく)為(た)り汝(なんじ)は来賓(らいひん)
共是蕭蕭旅漂身　　共(とも)に是(こ)れ蕭々(しょうしょう)として旅漂(りょひょう)の身(み)
欹枕思量帰去日　　枕(まくら)を欹(そばだ)てて思量(しりょう)するは帰去(ききょ)の日(ひ)
我知何歳汝明春　　我(われ)は何(いず)れの歳(とし)なるかを知(し)り
　　　　　　　　　汝(なんじ)は明春(みょうしゅん)

《大意》

私は罪を得て左遷された者、雁よお前は越冬する客人。確かにもの寂しく旅に漂う身の上である。

私は枕を傾け、いつの日か都に戻れるだろうかと、帰る日のことばかり思いめぐらせている。その日がいつの歳になるか分からないが、雁よ、お前は来年の春には故郷に帰って行くのだ。

道真は、京を発つ時は、また帰る日があると思っていたに違いない。足腰の弱い妻子を残したのもそれ故である。が、その思いは、ついに適えられることはなかった。

読家書
消息寂寥三月余
便風吹著一封書
西門樹被人移去
北地園教客寄居
紙裏生薑称薬種
竹籠昆布記斎儲
不言妻子飢寒苦
爲是還愁懊悩余

家書を　読む
消息　寂寥たり三月余
便風　吹著す　一封の　書
西門の樹は人に移去せられ
北地の園は客をして寄去せしむ
紙に生薑を裹み　薬種にと称し
竹に昆布を籠め斎の儲とせよと記す
言わず妻子の　飢寒の苦しみを
是が爲　還た愁い余を懊悩せしむ

《語釈》

便風：手紙を運んでくれる風。　生薑：生姜。　斎：精進潔斎。　儲：備える。

《大意》

家族からの音信が途絶えて三月あまりになる。たまたま手紙を運んでくれる風が、家人の一通の封書を吹き寄せてくれた。屋敷の西門にあった樹木は人に運び出され何処かに移され、北側の庭園は、人に貸して住まわせているとのこと。

そして、紙に生姜を包んでいるが、それは薬だといい、竹の籠に昆布を入れているがそれは精進潔斎にそなえよという。しかしそこには妻子の日々の生活の飢え、寒さ、苦しみの言葉はまったく書かれていない。それがかえって私を悲しませ、悶え苦しませるのである。

京を離れ、大宰府での生活から一年が経った。その一年前、重陽の日の九月九日の翌日、内裏の清涼殿で、前日の宴に続いて後宴が開かれた。勅題「秋思」の道真の献上した詩が、醍醐天皇の御意にかない、褒められ、天子ご自身の御衣を賜ったことを今、道真は思い起こしている。

九月十日
去年今夜侍清涼
秋思詩篇獨断腸
恩賜御衣今在此
捧持毎日拝余香

九月十日
去年の今夜　清涼に侍し
秋思の詩篇　独り　断腸
恩賜の　御衣　今此に　在り
捧持して　毎日　余香を　拝す

《大意》

去年の今夜は、清涼殿で天子のおそばに侍っていた。秋思の題で詩を詠じたが、天子からたいへんなお褒めにあずかったのも、今は腸を断つほどに辛い。天子から戴いた恩賜の御衣は今なお此処にある。私はその御衣を捧げ持って残り香を懐かしみ、毎日君恩に感謝申し上げている。

その一年後、延喜三年（九〇三）道真逝去。都へ戻ることの望郷の想い空しく、大宰府の地で五十八歳の生涯を終えられた。

道真の死後、京には異変が続く。道真を流罪にした張本人の藤原時平が急死し、その係累も死ぬ。清涼殿に落雷、多くの死者が出た。そして醍醐天皇の病死など続けざまに京の都に天変地異が相次ぎ、道真の怨霊として畏れられ、それを鎮めるために、道真を天満天神として祭り、崇拝するようになったのが天神信仰のはじまりで、最初の神社として祭ったのが京都北野天満宮である。

戦国時代～謙信・信玄・政宗～

平安も末期になり、武家の抬頭が天皇政治を大きく揺るがすことになる。鎌倉幕府も百五十年が経って、戦乱の中衰退し、元弘三年（一三三三）後醍醐天皇は足利尊氏の助けを借り、鎌倉幕府を倒す。この「建武の新政」も束の間、足利尊氏の離反により後醍醐天皇は敗れ、吉野に逃れる。

一三三八年、足利尊氏は京都室町に幕府を開く。天皇皇統も、吉野に南朝、大覚寺統後醍醐天皇、京都に北朝、持明院統光明天皇と、皇統は分裂対立した。

この南北朝時代も、南朝 亀山天皇の京都帰京により、明徳三年（一三九二）南北朝は統一された。荘園制を基盤とする公家社会は没落し、足利政権は全国に覇権を拡げていった。江戸時代まで、我が国の歴史観は「南朝が善、尊氏は逆臣」とみなされてきた。漢詩も南朝吉野を讃え、楠木正成の誠忠を詠んだ詩が多い。

この時代に足利氏に仕え、功名をあげた武将、細川頼之は、足利尊氏・義詮に厚く信頼され、義満（尊氏の孫）の補佐を託されたが、義満は細川頼之の権勢を憎み始めたため、自ら職を辞し、剃髪して僧職となり、讃岐に帰った。

その際に詠んだ詩を次に。

海南行

人生五十愧無功
花木春過夏已中
満室蒼蠅掃難去
起尋禪榻臥清風

海南行

人生五十　功無きを愧ず
花木　春過ぎて　夏已に中なり
満室の　蒼蠅　掃えども去り難し
起て禪榻を尋ねて清風に臥せん

《語釈》

蒼蠅：アオバエ。不徳の小人を例えた。　禪榻：榻は腰掛。禅家で用いる床几。

《大意》

我も五十歳を越えたが、何の功も無いのを恥ずかしく思う。

花や木も春の盛りを過ぎ、夏も半ばである。

ところが、青蠅どもがうるさく、払っても払ってもきりがない。いっそ清風の吹く処で床几に横になり、俗縁を絶って余生を送ろうと思う。

応仁の乱は一四六七年、室町幕府八代将軍足利義政の後継争いをめぐって、有力な守護大名が対立し、京都から全国規模の内乱に発展し、十一年間続いた。室町幕府も一五七三年、十五代将軍足利義昭を以って滅び、群雄割拠の戦国時代となる。

戦国大名、上杉謙信・武田信玄・伊達政宗は、織田信長からも一目置かれたほどの軍略に長けた英雄であるが、武辺一辺倒ではなく、幼少より禅僧について学び、古典、漢籍に通じた漢詩人としても優れた教養人であった。

一、上杉謙信（一五三〇〜一五七八）

本名は長尾景虎。剃髪して法号を不識庵という。越後の領主で、たびたび隣国甲斐の武田信玄と闘い、中でも永禄四年（一五六一）の川中島の合戦は有名である。

頼山陽にこの合戦を詠んだ漢詩がある。謙信が信玄を討ち取る千載一遇の好機を逃した光景が絵に描かれていたのを見て作詩したものである。

不識庵撃機山題図
鞭聲粛粛夜過河
暁見千兵擁大牙
遺恨十年磨一剣
流星光底逸長蛇

不識庵 機山を撃つの図に題す
鞭声 粛粛 夜 河を過る
暁に見る 千兵の大牙を要するを
遺恨 十年 一剣を磨き
流星 光底 長蛇を逸す

《語釈》

不識庵：謙信の法号。　機山：信玄の法号。　大牙：大将旗。
長蛇：信玄が巳年であることから蛇とした。

《大意》

鞭の音もさせず、粛々ひっそりと千曲川を渡る。早朝武田の兵は、突如現れた謙信の大将旗と中心の敵軍に驚愕、たちまち乱戦となった。謙信の奇襲に信玄が虎口を脱したのは正に間一髪のところであった。謙信にとっては、十年の宿願むなしく剣光一閃、長蛇を逸してなお恨みを残すことになった。

山陽は、この差し迫った情景を描写して、生き生きとした躍動を見事に詠んだ傑作である。

謙信は、この川中島合戦の後、天正五年（一五七七）九月、加賀に攻め入り、能登の七尾城を攻略、陥落させ、兵馬を休めた。ちょうど十三日の名月であったので陣中観月の宴を催した。この時の謙信の作詩。

九月十三夜
霜満軍営秋気清
数行過雁月三更
越山併得能州景
遮莫家郷憶遠征

九月十三夜
霜は軍営に満ちて秋気清し
数行の過雁月三更
越山併せ得たり能州の景
遮莫家郷の遠征を憶うを

《語釈》

軍営：軍隊の陣営。　三更：夜の十二時。　遮莫：ままよの意味。

《大意》

陣営いっぱいに霜が降りて、秋の気配が清々しい。雁が列をなして渡って行く。真夜中の空に月は煌々と冴えわたっている。

我が領地の越後の山々と、今あらたに能登の景色を併せ得ることができた。ままよ国元の家族らが、我らが遠征の身を案じているであろうが、今宵はこの名月を心ゆくまで眺めていよう。

謙信が信玄に塩を贈った話は有名である。かつて私は長野県小谷村の「塩の道」といわれる千国街道を歩いた。昔の古道が今も残っていて、糸魚川から牛の背に塩を積んで信濃・甲斐に塩を運んだ道である。内陸の信濃・甲斐にとって、必需品の塩の確保は大きな問題であった。山深い甲斐、信濃の塩不足を察して謙信は塩を送ったのである。

その時の信玄に宛てた書状に「卿と我と争うところは弓箭にあり、何ぞ米塩に非んや。今より商賈を通じて給するに、北海の塩を以ってせん。請う之を取れ」と語っている。

謙信は大義名分を重んじ、私利私欲で戦いを起こすことはなかった。義侠心に溢れて、細かいことにも心遣いのできる武将であった。

二、武田信玄（一五二一〜一五七三）

法号を機山という。軍略に優れ、外交、民政にも力を尽くした。幼少のころから長禅寺の禅師 岐秀元伯から学問を教わり、恵林寺の快川紹喜に禅を学んだ。

越後の上杉謙信と常に覇権を争い、決着が着かぬまま時を費やした。

天下統一の志を立て、京への上洛の途上で、織田信長と一戦を交える前に倒れ、信州駒場で病没した。遺言により、三年間喪を隠し、天正四年（一五七六）その遺骨は恵林寺に埋葬された。

信玄の遺志を継いだ勝頼は長篠の戦いで織田信長に大敗、敗走した勝頼の行方を問う信長の威に服さなかった快川和尚は山門楼上で焼き殺された。この時の快川和尚の名言、「心頭を滅却すれば火もまた涼し」は、中国晩唐の詩人杜荀鶴の次の漢詩から採られている。

夏日題悟空上人院
三伏閉門披一納
兼無松竹蔭房廊
安禅不必須山水
滅却心頭火亦涼

夏日 悟空上人の院に題す
三伏 門を閉ざして 一納を披く
兼ねて松竹の 房廊を蔭う無し
安禅は 必ずしも山水を須いず
心頭を滅却すれば 火も亦涼し

《語釈》

悟空上人：詳細は不明。　三伏：夏至のあと夏の暑さの最も厳しい時節。　一納：僧衣。　披：着る。　房廊：部屋の廊下。

《大意》

暑い三伏の時節、戸を閉め切って僧衣を整え座す。庭の松の木や竹が家の中に涼しさをもたらすこともない。安らかな禅の境地には山水を必要とせず、心中の雑念を消し去って悟道に入れば、火の中にあっても涼しさを感じるものなのである。

暑熱の中、禅の修行に余念のない悟空上人を讃えた詩。

次は落花を惜しむあまり、年老いた漁師の手を借りて網を張り、散る桜の花びらを留めようとする信玄。そこには武将信玄の姿はなく、風流人としての信玄がある。

惜落花
檐外紅残三四峰
蜂狂蝶酔景猶濃
遊人亦借漁翁手
網住飛花至晩鐘

落花を惜しむ
檐外に 紅を残す 三四峰
蜂狂 蝶酔 景は猶濃し
遊人 亦た漁翁の 手を借り
網に飛花を住めて 晩鐘に至る

《語釈》

檐外：軒先の外。　遊人：遊興の人、信玄本人。　飛花：飛び散る桜の花びら。

《大意》

軒先の外に桜の花を残しているのは、三、四の山にすぎない。それでも蜂は狂おしげに飛び、蝶は酔ったように飛び交う春の気配はまさに濃厚である。

遊興人の私は、また漁師の手を借りて網を張って飛び散る桜の花びらを留めようとしたが、晩鐘の響く夕暮れとなった。

薔薇
満院薔薇香露新
雨餘紅色別留春
風流謝傳今猶在
花似東山縹渺人

薔薇
満院の 薔薇 香露 新なり
雨余の紅色 留春を 別にす
風流 謝伝 今 猶在り
花は 東山 縹渺の 人に似たり

《語釈》

満院：中庭いっぱい。　風流謝伝：中国東晋時代の貴族政治家で風流人の謝安石のこと、その伝記。　縹渺：遠くかすかではっきりしない様子。

《大意》

庭いっぱいの薔薇の花に、香を含んだ露が降りて新鮮である。雨後の深い紅色は、去り行く春を惜しむ気持ちを殊更強くしている。風流人謝安石の伝記は今も存在する。東山に隠棲したと言われる謝安石の姿に似て、薔薇の花は風流で美しい。

信玄は薔薇を愛した。庭いっぱいに薔薇を植えて、その香りと色を楽しんだ。

中国晩唐の詩人、高駢が同じ薔薇を詠んでいる。信玄はこれを読み、承知していたのかもしれない。

山亭夏日
緑樹濃陰夏日長
楼台倒影入池塘
水晶動簾起微風
一架薔薇満院香

山亭夏日
緑樹 陰濃やかにして夏日長し
楼台影を倒まにして池塘に入る
水晶の簾動いて 微風 起こり
一架の 薔薇 満院 香し

《語釈》

山亭：山の別荘。　池塘：池。　一架：棚一面。　満：庭中いっぱい。

《大意》

緑の木立も色濃く、夏の一日はいかにも長い。高殿は池に影を逆さまに映して、そよ風が水晶の簾を動かす。花壇の薔薇の香りが庭いっぱいに満ちている。

信玄は武将であるとともに、自己の感慨、詩情を表現せずにはいられない詩人であった。

次の七言絶句は、外征の途上、遥か故郷甲府を想い詠んだ詩で、上杉謙信の詠った「九月十三夜」と同じ望郷の詩である。

旅館聴鵑
空山緑樹雨晴辰
残月杜鵑呼夢頻
旅館一聲帰思切
天涯瞻恋蜀城春

旅館 鵑を 聴く
空山 緑樹 雨晴れし辰
残月 杜鵑 夢を呼ぶこと頻り
旅館 一声 帰思 切なり
天涯 瞻恋す 蜀城の 春

《語釈》

空山：人気のない山。　鵑：ほととぎす。　瞻恋：仰ぎ見て恋い慕う。　蜀城：蜀の国の望帝がほととぎすと化したという故事。

《大意》

人の気配のない山に、緑の樹々が美しいのは雨後の晴れ間である。残月の夜、ほととぎすが故郷への夢を呼ぶように鳴くこと頻りである。

旅の宿でこのほととぎすの一声を聞いただけで、故郷に帰りたいの思い切実である。

遥か遠くに居て、故郷を慕わしくかえりみるのはその昔、蜀の望帝がほととぎすと化したように、我が身もほととぎすとなって、ふるさとの春を訪ねてみたいからである。

　新正口号
淑気未融春尚遅
霜辛雪苦豈言詩
此情愧被東風咲
吟断江南梅一枝

　新正の口号
淑気未だ融らず春尚お遅し
霜辛雪苦 豈詩を言わんや
此の情愧ずらくは東風に咲われん
吟断す江南の梅一枝

《語釈》
新正：新年、正月。　口号：即興の詩。　淑気：春の穏やかな気。　霜辛雪苦：霜や雪に苦しむ。　吟断：吟じ、詠う。
三国時代の呉の武将陸凱の「贈范曄」の詩中の結句《些か贈る一枝の春》を引用。信玄は陸凱のこの詩を承知していた。

《大意》
春の穏やかな気はこの山国にはまだ行き渡らず、春尚遅い。霜や雪に苦しめられて新春の詩を作るなどと暢気なことを言っていられないほどである。が、こんな歌心では恥ずかしく春風に嗤われてしまうだろう。せめて陸凱の「一枝の春」を吟じて、梅一枝の春の訪れを待つことにしよう。
信玄は、中国の漢詩、漢籍をよく読み学び、自作の漢詩にそれらを取り入れている。

三、伊達政宗（一五六七〜一六三六）

安土桃山から江戸時代初期の武将。仙台藩藩祖。幼少の頃右眼を失明し、「独眼竜」と称された。
秀吉、家康という二人の覇者に挟まれながら、戦国期を巧みな政治力で乗り切った。
秀吉亡き後、慶長五年（一六〇〇）関ヶ原の戦では、政宗は東軍家康側に付き、米沢藩、上杉景勝・家老直江兼続の軍を押えて、関ヶ原での家康勝利の一因として、戦後伊達家六十二万石を安堵された。
このような戦国動乱の中にありながら、政宗は漢詩人として抜群の資質をそなえている。その詩才は、抒情性豊かな詩風で、戦国武将の中でも際立って優れていた。

　元旦試觚
時物春來催我吟
詩情酒渇共何禁
屠蘇沈酔忘才拙
黄鸝和答新語音

　元旦に觚を試む
時物春に来たりて我が吟を催し
詩情 酒渇 共に何ぞ禁ぜん
屠蘇 沈酔して 才の拙きを忘れ
黄鸝に 和答す 新語の 音

《語釈》
酒渇：酒を飲みたいという渇き。　黄鸝：うぐいす。　新語：新しい詩を作る。

《大意》
その時節の春がやってきて、私に詩を吟じさせる。詩情が湧いてくるのと、酒を飲みたいという渇きはいずれも禁じることができない。元旦、お屠蘇で深く酔っ払い、自分の詩の拙いのも忘れて、ついうぐいすの声に和して答える形で新しい詩を作ってしまった。

「うぐいすの声に和して詩を作った」…。政宗の風流才子の面目躍如である。

悠々とした余生と言うに相応しい政宗の晩年の作二首がある。戦さに明け暮れていた少壮時代、それが収まり、政宗の平和な余生が始まるのは、元和元年（一六一五）大坂夏の陣が終わってからである。徳川方に参戦し、大坂豊臣方の勇将、後藤又兵衛、薄田兼相を討ち取って徳川方に勇名を馳せている。

酔後口号　　酔後に口号す
馬上少年過　　馬上 少年 過ぐ
世平白髪多　　世平かにして 白髪 多し
残軀天所赦　　残躯 天の 赦す所
不楽是如何　　楽しまざれば 是れ 如何せん

四十年前少壮時　　四十年前 少壮の 時
功名聊復自私期　　功名 聊か 復た 私自り 期す
老來不識干戈事　　老来 識らず 干戈の 事
只把春風桃李觚　　只だ 春風 桃李 觚を 把るのみ

《語釈》
口号：心に思うままに吟じられた詩。　残躯：老残の身。
干戈：戦場。　桃李：モモやスモモ。　觚：盃。

《大意》
馬上、戦さの中で少年時代を過ごした。今の世は太平で、白髪のみ多くなった。この老残の身は、天が私に許し与えた余生であれば、楽しまないでどうするものか。

四十年前は意気盛んな若い時期であった。功名、手柄をたて名を上げようという気になったのも、私が自ら目指したものである。今は年老いて戦場、戦のことは忘れてしまい、春風に誘われ桃李の花を愛でて、盃を手に酒を飲むだけである。

落梅　　落梅
花落乾坤風未吹　　花は 乾坤に落ち 風未だ吹かず
樹間料識有黄鸝　　樹間に料り識る 黄鸝有るを
不然行客悩春色　　然らずんば 行客は 春色に悩み
自入梅林折一枝　　自から梅林に入りて一枝を折る

《語釈》
乾坤：天地。　黄鸝：うぐいす。　行客：旅人、政宗自身。
春色：春の色香。

《大意》
風も吹かないのに、花が天地に散っている。林の中に確かにうぐいすが居るようである。そうでなければ、私は春の色香に迷い悩み、自ら梅林に入ってひと枝を手折ってしまうであろう。

うぐいすを女性と見立てた場合、それと「春色に悩む」の言葉から、「春色」は春の景色という意味より、性の匂いがするのではないだろうか。「梅林　一枝を折る」はなかなか意味深長な一文である。

次は「春宵　一刻　値千金」という春の宵を詠った中国北宋の詩人、蘇軾（蘇東坡）の『春夜』を踏まえて作詩したもので、酒と詩は政宗にとって切っても切れない仲の良い友達であり、洒落た詩である。

春　月

風落雲閑窓外邊
双樽對客不知眠
中秋莫羨管弦月
一刻千金春夜天

春　月

風落ち雲閑かなり 窓外の辺
双樽 対客して 眠るを 知らず
中秋 管弦の月を 羨むこと莫れ
一刻 千金 春夜の 天

《大意》

窓の外には、風もなくなり、雲がのどかに浮かんでいる。二つの樽を挟んで客人と向かい合い、酒を酌みかわし、眠ることを忘れている。中秋といえば、管弦を奏でる月であるが、それを羨むことはない。一刻千金に値するのは、春の宵だけのことではなく、月の照る春の夜もまた価値のあるものである。

豊臣秀吉が、朝鮮征伐と称して始めた朝鮮への出兵は無意味な侵略戦争であった。秀吉の死とともに、勝敗がはっきりしないまま、撤退した中に伊達政宗も居た。

政宗は、この地から梅の木の芽を持ち帰り、自分の屋敷の後庭に植えておいた。

むなしい戦さのなかで、政宗は朝鮮に咲いていた梅の香りを大事に思い、せめてもの記念にと持ち帰った。それが芽をふき、花をつける。それを静かに鑑賞する政宗の風流心は何ともいえず清々しい。

朝鮮之役載一梅而帰栽之後園詩以記

朝鮮の役に一梅を載せて帰り之を後園に栽え詩を以て記す

絶海行軍帰國日
鉄衣袖裏裹芳芽
風流千古餘清操
幾度間看異域花

絶海の 行軍 帰国の日
鉄衣の 袖裏 芳芽を 裹む
風流 千古 清操を 余し
幾度か 間看す 異域の 花

《語釈》

絶海行軍：海を隔てた戦地。　鉄衣：鎧。　裏：衣の内側。

芳芽：香り立つ梅の木の芽。　清操：清らかな節操。

《大意》

海を渡って朝鮮国に行軍し、帰る日に鎧の袖に香りの高い梅の芽を包んで持ち帰る。

風流心は千古の昔から、この梅に託して清らかな節操を伝えてきた。私は帰国してから幾度となく、異国の梅の花を愛でているのである。

終

参考文献「漢詩のこころ」林田愼之助　講談社現代文庫

【西田書店ブックレビュー】
湯澤毅然コレクション
第1巻『アンバランス』

■本書は二〇二三年八月、五十五歳で逝った著者の遺稿第1巻として送り出された。小社は著者から託された原稿（総文字数150万字は400字詰で3500枚に及ぶ）を生前の著者と諮り、全7巻を目途に刊行を開始した。

著者は埼玉日産のグループ会社に勤務し、残業に追われ、飲み会にも顔をだすという、ごく普通のサラリーマンであり、同居する母上や姉上にも創作の気配は感じられなかったという。それは二〇二一年三月末に末期がんを告知されて以来、パソコンを駆使し「書きもの」に没頭している姿はしばしば見うけられたが、死の直前に膨大な原稿を提示されるまでご家族は知らずに過ごした（姉上談）。

小社編集部が姉上所縁の方を介して原稿に接したのは今年の七月十日。先ずその量に驚かされた。打ち出された原稿はテーマごとに丹念に紐でとじられ、冒頭には各篇詳細な目次と文字量、脱稿日が一覧となって付されていた。その全篇を持ち帰るのは困難で、残りは宅配便での手配をお願いし、直ちに素読みに入ったのは、この時点で著者の余命が二か月余と知らされたからである。素読みの過程で、病を得てから二年余りでこれだけの作品を書きあげた驚きは、作品の質の高さの驚きに変わった。

がん治療の過酷さは想像を絶するが、その最中にかくも多岐にわたるテーマを書き分けたアイデアと筆力に感嘆しつつ第1巻の編集に入ったのだが、著者は本書を見ることなく、八月十七日この世に別れを告げた。そして九月十五日、七七忌の霊前に本書は捧げられた。

本誌ではご遺族の了解を得て、本書作品の一部を掲げ、哀悼の意を表する。

四六判／356頁
定価2,200円+税

著者

許嫁

ある日、突然、そのオンナは現れた。

＊

私の実家は長野県の県北に位置していた。冬には2メートル以上の積雪があり、毎日、屋根に積もった雪降ろしから一日が始まるようなところだ。

若者や男手の少なくなった村は互助会を組んで互いを助け合う。ただでさえ高齢化の進む村では、村人どうしの助け合いなくしては生きていけない。高齢者や女性だけしかいない民家の雪降ろしは、自然と誰かが手伝う。

どんなに気に入らない、意固地で頑固な爺、婆の家であっても、手伝える者は黙って雪降ろしをする。婆が無言で汁粉を差し出す。それを黙ってすすり、黙って雪降ろしをし、黙って帰って行く。この無言のやり取りが、心の通い合いであり、村人の思いやりでもあった。

日頃の鬱憤も諍いも、生きていくためには「それはそれ、これはこれ。」と割り切らないとやってはいけない。少なくとも、当時の私たちには、そのくらいの心の余裕はあった。

当時は第2次世界大戦が国家の関心事の中心となっていたが、戦局は至難を極めていた。軍部は少しでも多くの補充員を求めていた。村の若い男たちのもとには次々と役所の兵事係吏員が訪れ、彼らは赤紙を受け取り戦地に駆り出される。

幸か不幸か、もともと身体の弱かった私は、徴兵検査のときに結核を患っており、除隊扱いとして帰郷を命ぜられた。

しかし、その2年後、兄の運命の行方と引き換えに、弟に赤紙が届き、弟は徴兵検査において甲種で合格。志願兵として入営を果たした。当時、齢17歳になったばかりだった。

弟の入営が決まったと知ったとき、私の感情は入り乱れていた。私が除隊となり弟が戦地に向かう。私の命と弟の命の位置関係が分からず、近親者で開かれた弟の出征祝賀会において、思わず私は酩酊していた。

「お国のために・・・生きて帰ってこい。」

私は他人に聞こえないように、何度も何度も、その言葉を繰り返していた。

そんな、兄の思いを、すべて知っているかのように弟が微笑んでいる。その笑顔が、更に私の心を醜くする。

「ナニ、笑ってんだっ、兄を追い抜いて、そんなに嬉しいのかっ！」

自分でも何を云っているのか分からない。周りの知人が私の肩を抑える。弟が泣きそうな目で笑っていた。

その傍らに、あのオンナがいた。

私も、一度、そのオンナに会ったことがある。いきなり弟が連れてきて、紹介されたのだ。

清楚で控えめで、優しい目をしたオンナだった。

「戦争に駆り出される前ぇに、この娘と一緒になりたいんじゃ。」

弟に赤紙が届いたのは、それから1週間ほどのちのことだった。

＊

戦争が終わっても弟は帰ってこなかった。

遺骨も遺品も返ってこない。唯一、届いたものは『戦死公報』だけ。悲しみは、さほど深く感じなかった。２００万人を超える戦死者がいる以上、その中のひとりに弟がいても不思議ではない。ただ、自分ではなく弟が逝ってしまったと云うことが、私の思考を流離わせていた。

そんなある日、弟の許嫁だったオンナが若いオトコと一緒に訪れてきた。

オンナはいまどきのパーマネントをあて、白いガラ入りのワンピーズに赤いヒールをはいていたが、清楚で控えめな印象は変わっていなかった。

一方、オトコの方は、20前後の若者で、オールバックに開襟シャツとスラックスという姿が妙に似合わず、どう見ても、そのオンナのヒモのような頼りなさが見て取れた。

私はオンナの顔を見て意地悪な気持ちになった。２人を家に上げることもなく、三和土の上から見下ろすようにして話しかけていた。

「誰かと思ったら、キミだったんだねぇ。」

「ご無沙汰しております。」

遠慮がちにオンナが答える。

「で、こちらは？」

「・・・ワタシのお付き合いしている男性です。」

「君、稼ぎはあるのかね？」

私はオトコに聞いた。

「いいえ、このご時世、どこも雇ってもらえません。」

今度は私はオンナに云った。

「オンナは金のあるヤツと一緒にならなきゃ不幸になるよ。」

そのオンナは、左斜め下に目を逸らしていて、こちらを見ようともしない。まるで、心の中の恥ずかしい部分を見透かされた少女のようだった。

しかし、目を逸らしていたのは僅か数秒だった。気を取り直したのか、心の整理がついたのか、それとも開き直ったのか、話題を変える意図を含んだように、こちらを見てニコッと微笑んだ。

私は、幼さの残るオンナのつくり笑顔の中に、オンナの強さを見たような気がした。

「ワタシ、このヒトと結婚するんです。今日は、そのご挨拶に伺いました。」

オンナの単刀直入なモノ云いに、私は多少たじろいだが、それは予想していた通りの言葉でもあった。薄々感じてはいたその言葉を聞いたとたん、私は更にそのオンナに意地悪をしたくなった。

「こんな職のない若造とどうやって暮らしていくんだい？」

「何とかします。」

「何とかって？」

答えに困ったオンナは意を決して云った。

「ワタシには父の残した財産があります。それでこのヒトと幸せになります。」

その返答が、私の気持ちに油を注いだ。

「あははは、何とかするって云ったって、結局、親の脛をかじるだけじゃないか。」

そこまで云って、私は何だか侘しくなった。もし、オンナの云う通り父親が財産を残しているのなら、彼女の云う通り、2人は、今後、何とか出来るだろう。そうなれば、いままでの会話は私の性格が歪んでいただけのこととしか残されないだろう。

それよりも何よりも、今日、そのオンナが喧嘩をしに来た訳でもないし、嫌味を云いに来た訳でもない。純粋な気持ちで弟に詫びを入れに来たのだということを私は知っていた。

それでも、私は、あえて、弟のことを口にしなかった。私は許せなかった。このオンナが、弟にひとこと詫びを入れただけで、これから将来に向けての一歩を踏み出すことを。

それを知りながら私はオンナを卑しめる言葉を次々と浴びせ続けている。

「戦争が終わって良かったね。これから女は自由の身だ。キミもパーマネントや新しい洋服が似合っているよ。」

「・・・」

「お兄さんも、カッコいいねぇ。それが最近の流行りなのかい？　いい、ご身分だ。」

「・・・」

一向に私から弟の話が出てこないことに、そのオンナはイライラしているようだ。かと云って、自分から云いだすのも気が引けている。

結局、そのオンナは、弟の話を一切せず、失望して帰って行った。私は、オンナが弟との関係をリセットして新しい人生を歩みだそうとする第一歩目に失敗し、悔し涙を浮かべながら帰っていく後姿を見送っていた。

オンナが帰ったあと、玄関の引き戸を後ろ手に閉めたまま、戦後の荒れ果てた風景と、すさんだ心を持った人々が行きかう時代に、明るい未来を目指して歩み出そうとしているオンナを私は暗い気持ちにさせてしまったと思った。

私はつくづく自分が嫌になった。

＊

今日も雪が降り続けている。明日の朝には玄関まで埋もれ、屋根の雪降ろしをしないと家が押しつぶされてしまうだろう。

私は、今日のオンナとのやり取りを思い返しながら、自分の心の小ささを後悔しつつ、残り少ない人生と照らし合わせて「もう、どうでも良いことだ。」と無理やり、つなぎ合わせて自分に云い聞かせ、仏壇を見つめていた。

翌朝、雪はおさまったようだ。外からは男衆の声が聞こえてくる。村の互助会による雪降ろしをしているのだろう。

いきなり、部屋の中に外光が射し込んできた。村の衆が埋もれていた窓ガラスのところの雪を除雪してくれたようだ。雪をかいてくれた若い男が窓からのぞき込んでニッと笑った。

私は、彼を見て、一瞬、目を疑った。

その青年は、軍帽、軍衣、軍袴、巻脚絆、軍靴を身にまとっていた。入営したとき、弟は17歳になったばかりだった。その弟が、出征祝賀会のときの姿のままで雪をかいている。

私は言葉が出なかった。そして、弟は、こちらを振り向いてもくれず、せっせと雪を掘っている。まるで、私が、オンナとの会話の中で、意図的に弟の話を持ち出さなかったときのように、私との意思の疎通を拒んでいる。

私はあきらめて、雪を降ろす弟の姿を見続けた。おそらく、私と弟の間で意思の疎通をするのは不可能だろう。でもいい。こうやって、弟の姿を、もう一度見られただけで十分だ。

さっきまで、この先の人生を考えて「もう、どうでも良いことだ。」と思っていた私だが、弟の姿を見ているうちに「どうでも良いことなんて、ひとつもない。」と思うようになっていた。

雪かきが終わったのか、玄関の外で撤収の動きが見え始めた。私は急いで保温器に入れてあった缶コーヒーを幾つか取り出して玄関に向かった。玄関の引き戸を開けると、村の若い衆が、まだ数人いた。

「ほれっ。けぇ。」

私は、缶コーヒーを彼らに投げて渡した。彼らが、ポカンとして私を見ている。

「なんじゃ。そんなに、このクソ爺から、モノもらうんが珍しいんか？」

戦後、数年が経った。そろそろ、ヒトとの無言のやり取りで、心の通い合いを取り戻す時期なのかもしれないと私は思った。

「あとらす」連載を底稿とした
ハンス・ブリンクマン氏の著書

『私と日本の七十年
―オランダ人銀行家の回想記』

日本自費出版文化賞エッセー部門賞受賞

■第26回日本自費出版文化賞の授賞式が2023年11月11日、新宿区アルカディア市ヶ谷で行われ、エッセー部門賞を受賞しました。小社では第13回個人誌部門賞（『天皇陛下と大福餅』秋葉洋著）、第23回エッセー部門賞（『私の出逢った詩歌』上・下巻　進士郁著）に次ぐ、三回目の受賞となりました。

今回の受賞者、ハンス・ブリンクマン氏が翻訳を担当した溝口広美さんとともに福岡から上京し、授賞式に臨み受賞のことばを述べました。以下はその全文です。

受賞のことば

このたびの受賞に、たいへん驚いております。四十五年間の日本暮らしを含め、わたしが七十年以上にわたり日本と関わり、個人的な体験を数多く体験してきたことを回想記としてまとめたからでしょうか。

初めて日本に来たのは昭和二十五年のことでした。アムステルダムに本社のあるオランダの国際銀行の神戸支店に赴任してきた十八歳のわたしは、就職したばかりの新米で、その時の若い感性が文体に反映されており、そうした感性が失せることなくわたしの生き方のどこかに感じられるからなのでしょうか。あるいは、わたしの一番初めの上司が述べたことによるのでしょうか。戦前、日本で暮らしていた彼はこう言いました、日本には「隠された美というものがあり、それは黄金のように発掘しなければならない」

日本文化や日本人の行動様式のすべてに美があるとは限らないことを、いまでは知っておりますが、彼のこの言葉のおかげで、わたしは日本のことをもっと学びたい、日本と深く関わりたいという気持ちになったのです。

日本を理想化することだけは避けてきました。日本の社会における邪悪な一面や、戦時中に犯したことなど知らないわけではありません。それでも日本は豊かな歴史と高い文明を有する国だと感じてきましたし、激しく対立しないように努めるところは、特に、わたしが惹かれる日本の魅力であり、この本で論じたのも、そこです。

審査員の皆様が本書を貫くリアリズムを評価し、本書にエッセー部門賞を与えてくださったことに深く感謝いたします。

英語で書き始めた時から、いつの日かこの本が日本語で読まれることを願っておりました。親友で翻訳家の溝口広美さんによる献身的な邦訳のおかげで、わたしの夢が叶いました。だから、溝口さんもこのたびの受賞に値するといえましょう。

＊

翻訳者にとっての一番の喜びは、「この本を訳したい」という作品とめぐり合い、それを訳し、未知の読者に読んでもらえることです。さらに今回は、このような素晴らしい賞を賜り、ブリンクマンさんと受賞の喜びを分かち合うことができ、まことに嬉しく思います。ありがとうございました。

（溝口広美）

選考委員の藤野健一氏から
表彰状を受けるブリンクマン氏

左から代表理事の中山千夏氏、
ブリンクマン氏、溝口さん

編集後記

■今号は本誌に新しい方を三名迎えました。岩井富美恵さんの自転車紀行は、本誌に活力を与えてくださいました。向坂勝之さんの昭和天皇の実像に迫る文章は、折しも初代宮内庁長官田島道治氏が書き残した『拝謁記』が、昨年の12月15日から、東京の国立国会図書館で閲覧できるようになったというニュースと相まって、タイムリーにお読みいただけると思います。髙橋和雅さんは音楽展示をめぐる新鮮な論考をお寄せくださいました。村井睦男さんのポール・サイモンの歌詞から始まる論考や、川本卓史さんのタングルウッド音楽祭に触れた文章と合わせて、偶然ですが、今号はアメリカの音楽を感じさせられる誌面となりました。読みながら、いろんなジャンルの音楽をお楽しみいただければ幸いです。

■小社が神保町から西神田へと所を変えて一年。再び神保町に戻って参りました。利便性を考えてのことですが、やはり神保町は落ち着くなあと思います。ほんの数百メートルのことですが、「ただいま」という気分です。

■小社西田書店は今年、50周年を迎えます。本誌『あとらす』も次号で50号となります。お引き受けしたのは11号からで、こんなに長く続くとは思いもよりませんでしたが、記念すべき特別号となりますよう、気を引き締めて編集にあたりたいと思います。皆様の奮ってのご投稿、お待ちしております。

（N・S）

■訃　報

自らの体験をもとに数々の秀作を書き下ろし、本誌を活性化してくださった浅川泰一さんが、二〇二三年九月十二日他界されました。享年八十八。ご子息修一さんからその訃報がもたらされました。当編集部にもお立ち寄りいただき、明解な意見などお話しくださった在りし日のことが思い起こされます。ご冥福を心よりお祈りいたします。

あとらす49号

2024年1月25日初版第1刷発行

編　　集　あとらす編集室

発 行 人　柴田光陽

（編集顧問）熊谷文雄・川本卓史

発行所　株式会社西田書店

〒101-0051東京都千代田区神田神保町2-10-31 IWビル4F

Tel 03-3261-4509 Fax 03-3262-4643

e-mail : nishi-da@f6.dion.ne.jp

URL : https://nishida-shoten.co.jp

印刷・製本　株式会社エス・アイ・ピー

あとらす49号執筆者（50音順）

岩井富美恵（岡山県岡山市）
岩井希文（大阪府茨木市）
岡田多喜男（千葉県我孫子市）
恩田統夫（東京都渋谷区）
川本卓史（東京都世田谷区）
熊谷文雄（兵庫県伊丹市）
桑名靖生（茨城県鹿嶋市）
関根キヌ子（福島県鮫川村）
髙橋和雅（埼玉県東松山市）
向坂勝之（神奈川県横浜市）
村井睦男（神奈川県藤沢市）
山根タカ子（兵庫県明石市）
（コラム）
大津港一（東京都台東区）
茅野太郎（長野県茅野市）
斉田睦子（茨城県土浦市）
宮崎ふみ（東京都足立区）

＊執筆者への感想、お問合わせは下記小社宛願います。

（編集部）

「あとらす」次号（50号）のお知らせ

［発行日］　２０２４年7月２５日
［原稿締切り］　２０２４年4月３０日（必着）
締切り以降の到着分は次号掲載になります。
［原稿状態］　ワード形式（出力紙付き）を郵送、またはメール送信。
ワープロ原稿、手書き原稿の場合は入力します（入力代が必要です）
［原稿枚数］　１頁　２７字×２３行×２段組で５頁以上３０頁以内。
見出し８～１０行（俳句と短歌は例外とします）
※原則として初校で責任校了
［投稿料］　下記編集室へ問合せ下さい。
［問合せ先］　東京都千代田区神田神保町２－１０－３１ IWビル４F
西田書店「あとらす」編集室　担当者　関根
TEL 03-3261-4509　FAX 03-3262-4643
e-mail : nishi-da@f6.dion.ne.jp
URL：https://nishida-shoten.co.jp

読者各位
本誌への感想や要望などは、上記、西田書店「あとらす」編集室へお寄せ下さい。各作品に関する感想や批評も同様です。